afgeschreven

D0996459

Carolien Omidi

De miniatuurmeesteres

Artemis & co

ISBN 978 90 472 0094 9
Omslagontwerp Janine Jansen
Omslagillustratie © Getty Images/The Bridgeman Library/Hermann
Anschuetz, *Esther*, Oil on canvas Pushkin Museum Moscow Russia
Foto auteur Maryam Moradpour

Verspreiding voor België:
Veen Bosch & Keuning uitgevers n.v., Antwerpen

Voor mijn moeder,
in liefdevolle herinnering

Wanneer ben ik geboren?
Wanneer zal ik sterven?
Niemand kan de dag van zijn geboorte veranderen
Of de dag van zijn dood bepalen.
Kom, mijn geliefde, ik wil de roes van de wijn vragen
Me te doen vergeten dat we er nooit iets van zullen begrijpen.

Omar Khayyam (1048-1131)
Uit: *Rubaiyat*

Vandaag zou het dan eindigen, haar leven, dat pas vijftien jaren omvatte. Soraya zat stil op haar gebedskleed terwijl ze haar vingers geroutineerd langs de kralen van haar tasbi, haar bidsnoer, liet gaan. Ze staarde uit het raam. Donkere wolken ijlden langs. Soraya's hoofd bonkte zwaar van alle tranen die ze vergeefs vergoten had. Maar nu was alles voorbij. Het was alsof al het vocht uit haar lichaam was gezogen. 'Alle lof is aan God,' mompelde ze drieëndertig maal. Maar ze wist dat zelfs Hij haar niet kon redden van het gruwelijke lot dat ze binnen enkele uren zou moeten ondergaan. Sterker nog, waarschijnlijk was het Zijn wil. Dat was wat Moesa, de dorpsgeestelijke, haar altijd had verteld. Dat zelfs wanneer een vogel slechts zijn vleugels spreidde, God ervan op de hoogte was. Dat elke gebeurtenis bij de orde der dingen hoorde, het goddelijk plan. Deze dag had al in de boeken gestaan nog voor ze het levenslicht had aanschouwd. Toch kon het niet anders dan dat het haar straf was. Voor het feit dat ze haar moeder en broers niet had gehoorzaamd, dat ze had geweigerd haar leven te vervlechten met dat van een grijsaard wiens vingers op verdorde wilgentakken leken.

Het vooruitzicht op wat er vandaag te gebeuren stond, bracht haar gedachten terug naar vier zomers geleden. Het leek weer alsof ze Mina's kermende stem hoorde. 'Maman!' Nee, vergeten zou ze het nooit. Hoe de kinderen van het dorp hadden gelachen terwijl enkele mannen het gat groeven. Hoe de vrouwen achter hun zwarte chadors hadden geweend maar elkaar desalniettemin vertelden dat dit het beste was. Dat Mina het nu eenmaal had verdiend. Soraya had eigenlijk niet willen gaan kijken en haar moeder had het haar afgeraden, maar op de een of andere manier voelde het als haar plicht. Het was het laatste wat ze nog kon doen voor het zes jaar oudere buurmeisje dat haar zo vaak had geholpen. Soraya dacht eraan hoe Mina bloemenkransen voor haar had gevlochten, haar liedjes had geleerd. Nadat Mina moest trouwen met een man die twintig jaar ouder was dan zij, had ze minder tijd gehad om met Soraya in het gras te liggen om met het getjilp van de krekels op de achtergrond de wetenswaardigheden over hun dorpsgenoten door te nemen. Maar soms gebeurde het toch, en dan genoot Soraya er dubbel van. Mina had ook tijd gevonden om een sjaal voor haar te breien. Soms had Soraya, om redenen die ze niet geheel begreep, stiekem aan bepaalde jongens moeten vragen wat ze van Mina vonden, ook toen ze al getrouwd was. En uiteindelijk was er iets gebeurd tussen Mina en één van die jongens dat zo verschrikkelijk was, dat Mina moest sterven.

Ze had zich uit alle macht verzet toen de drie mannen haar in het gat duwden. Geschreeuwd dat ze onschuldig was. Twee mannen bleven haar vasthouden terwijl de derde het gat volschepte met zand, tot alleen haar hoofd er nog boven uitstak. Mina huilde en riep om haar moeder, maar dat mocht niet baten. Enkele ogenblikken later waren de mannen en jongens begonnen met gooien: stenen, ter grootte van een vuist, die ze van tevoren al klaar hadden gelegd. Mina's kreten waren ondraaglijk geweest. Het zand rond haar hoofd zoog het bloed razendsnel op, tot nog eenmaal een kermend 'maman' had geklonken. Daarna was er slechts een gekmakende stilte geweest. En toen had Soraya moeten overgeven.

Alsof de duivel ermee speelde, zou Soraya vandaag hetzelfde lot treffen als haar buurmeisje.

1

Miyando'ab, juni 1521

De aanblik van nog natte rode verf op droog hout deed hem als altijd denken aan hoe dingen anders hadden kunnen lopen. Anders hadden moeten lopen. De hele ochtend al was hij bezig geweest de juiste tint rood te mengen. Een die het precaire midden hield tussen hartstocht en dood. Siawash deed nog een stap naar achteren om het resultaat in zich op te nemen.

Het schilderen was hem deze keer zwaarder gevallen dan anders. Alsof niet alleen het eindeloze bukken en turen hun lichamelijke tol begonnen te eisen, maar ook alsof er in de geschilderde beeltenis zelf iets mis was wat op hem drukte als een loden plaat. Toch leek alles te kloppen. Het gezicht van zijn dochter had hij levensecht op het deksel van de door hemzelf vervaardigde houten kist weten te krijgen. Haar ronde ogen hadden precies de juiste bruintint en haar zwarte krullen staken zo subtiel onder haar rode hoofddoek uit, dat Siawash zich enkele malen had moeten inhouden om zijn vingertoppen er niet liefkozend over te laten glijden.

Morgen zou hij haar de kist schenken, dan zou ze vijftien jaar worden. Opnieuw leek het alsof er iets op zijn schouders drukte. Een bittere amandelsmaak vulde zijn mond. Ze zou de kist in de kamer zetten, dicht bij het vuur. Als Siawash zijn ogen dichtkneep, kon hij het tafereel al helemaal voor zich zien: zijn meisje zittend bij het vuur, naast zijn kist met haar beeltenis erop. Nooit, nee nooit mocht dat voorbijgaan. Als hij eerlijk was wilde hij dat de kist voor altijd in zijn huis zou blijven en nimmer zou behoren tot een bruidsschat. Dat die nooit gevuld zou worden met schalen en kruiken die hun niet eigen waren. En dat de kist nooit ofte nimmer terecht zou komen in het huis van de een of andere...

Op dat moment klonk buiten een heldere meisjesstem. Haastig spoelde Siawash water over zijn kwast, een rode plas achterlatend op de grond. Dat was zij. Het eten zou wel klaar zijn. Met een laatste blik op de schildering liep hij snel de werkplaats uit.

Peinzend keek Melika voor zich uit. Het bezoek van de oude Mahmoed die ochtend, liet haar maar niet los. Strompelend welhaast was de man naar het huis gekomen. Met zijn vlekkerige vest strak als een verband rond zijn magere lichaam gebonden en zijn warrige grijze haren als stofnesten rond zijn gezicht, had hij Melika smekend aangekeken. 'Schenk mij uw dochter en ik zal haar de gelukkigste onder de vrouwen maken,' had hij gelispeld. Melika was het schaamrood naar de wangen gestegen. Ze had haar volle lippen een ogenblik stevig op elkaar geperst. De gedachte alleen al om haar dochter aan deze grijsaard uit te huwelijken, was verwerpelijk. Ze zou de brutale Mahmoed een oorveeg moeten geven. Ze zou hem toe moeten schreeuwen: Mogen de engelen je tot de volgende dageraad vervloeken! Als ze een behoorlijke vrouw was, had ze dat gedaan. In plaats daarvan had ze gezwegen en het voorstel van de oude man op zich in laten werken. Het zou per slot van rekening ook zijn voordelen hebben: een mond minder te hoeven voeden – een aanlokkelijke gedachte, vooral nu Siawash' rug zwakker werd en zijn arbeid steeds minder leek op te brengen. En Mahmoed mocht dan oud zijn, hij was zeker niet onbemiddeld. Hoe lang hij nog rond zou mogen lopen op deze aarde was aan God; maar Melika's verstand zei dat het nooit veel meer dan tien jaar kon worden. Ze zouden overeen kunnen komen dat Soraya al zijn bezittingen zou erven in plaats van het gebruikelijke één achtste. Dat zou de hele familie ten goede komen. En wellicht was er dan nog een kans dat haar dochter een tweede huwelijk kon aangaan.

'Ik zal er met mijn man over spreken,' had Melika simpelweg gezegd. Met zijn hand op zijn borst en een korte buiging bij wijze van groet, had Mahmoed afscheid genomen.

Vanavond zou ze het bij Siawash te berde brengen. Het liefst in de complete duisternis van de nacht, wanneer zijn eeltige vingers de trillende ronding van haar buik zouden omvatten. Maar de twijfel liet haar maar niet los. Nu eens verwierp ze het idee, om het twee minuten later onvoorwaardelijk te omarmen. Dat moest ze koste wat het kost verborgen houden voor haar man. Siawash zou misschien hartkloppingen krijgen als hij zou horen wat zijn vrouw van plan was met zijn oogappel. Natuurlijk hield ze van haar dochter, was er een moeder die dat niet deed? Maar toch, ergens in de diepste spelonken van haar hart sluimerde een boosaardige djinn, de djinn van de jaloezie. Die kon voor weken slapen om ineens te ontwaken en haar hart met giftige pijlen te bestoken. Wanneer ze bijvoorbeeld Siawash' werkplaats binnenkwam om hem thee te brengen en Soraya daar weer bleek rond te hangen om verf te mengen. Als ze eerlijk was, moest ze toegeven dat Soraya veel meer schildertalent had dan haar vader. En die was al een zeer verdienstelijke schilder. Ze had er talloze discussies met haar man over gevoerd: dat hij dat schilderen van haar niet zo moest aanmoedigen. Dat hij haar niet moest vergiftigen met zijn frustratie dat hij zelf geen kunstenaar was geworden maar houtbewerker. Soraya mocht dan veel talent hebben, ze was een meisje. Een meisje dat binnenkort zou trouwen en kinderen krijgen. Haar leven zou zo vol worden met het bestieren van haar huishouden, dat ze helemaal geen tijd zou hebben voor zoiets zinloos als schilderen. Dus wat was het nut om er nu zoveel tijd in te stoppen? Het was bovendien volkomen ongepast. Kon ze soms niet beter haar moeder helpen in de keuken? Goed kunnen koken was belangrijk voor iedere jonge vrouw. Hoe zou ze anders een man aan de haak slaan? Door het vertonen van haar schilderijen? Dat zou iedere man op de vlucht jagen.

Siawash zuchtte altijd gelaten tijdens dit soort onenigheden. In zijn hart leefde geen djinn, daar was Melika zeker van en ze benijdde haar man erom. Het schilderen had tussen vader en dochter een band gesmeed die onbreekbaar scheen. Een band die ze zelf ook graag met haar kind had willen hebben. Onwillekeurig verscheen er een beeld voor haar ogen. Het beeld van een klein meisje dat opgesloten zit in een schuur. Het meisje huilt, want ze wil eruit, maar haar moeder laat dat niet toe. Ze is immers weer stout geweest, net als iedere dag. Vandaag heeft ze met haar buurmeisje gesproken terwijl ze het pad voor haar huis had moeten vegen. Het was echt haar schuld niet, want het buurmeisje was begonnen met praten en ze had alleen maar kort en beleefd geantwoord. De echo van haar moeders stem klinkt nog in Melika's hoofd, als het monotone getrommel van een *daf*. 'Je deugt ook nergens voor! Je deugt ook nergens voor!'

Afgezien van het geloei van de koeien die rond de huizen zwierven, was het stil. Stil en donker. Melika kon zelfs de ademhaling van haar man niet horen. Hij lag op zijn zij met zijn gezicht naar haar toe. Sliep hij al? Melika draaide haar forse lichaam zodat haar billen Siawash' onderlichaam raakten. Bijna automatisch kroop zijn hand over de ronding van haar buik. Dit was het moment. Nu moest ze het zeggen. 'Siawash!' fluisterde ze. De slapende man liet een zacht gemompel horen. 'Siawash! Weet je wie me vanochtend een bezoek heeft gebracht?'

Het bleef even stil. Toen klonk Siawash' slaperige stem: 'Nee, wie?'

'Mahmoed. Het was Mahmoed. Hij had gehoopt ons samen

aan te treffen. Hij had een verzoek. Een heel belangrijk verzoek.'

Van de zenuwen ging Melika steeds harder praten.

'Die oude Mahmoed? Wat moet hij ons nou te verzoeken hebben?' lachte Siawash verrast.

'Hij vroeg of...' Melika haperde even. Ze moest het brengen alsof het de normaalste zaak van de wereld was dat een vijftigjarige met een meisje van amper vijftien wilde trouwen. 'Hij vroeg om Soraya's hand,' bracht ze ten slotte uit.

'Hij vroeg wat?' klonk het vol ongeloof.

'Hij vroeg om Soraya's hand,' herhaalde Melika zacht.

'De schoft!' schreeuwde Siawash nu. Hij kwam overeind en stak de kleine olielamp aan zodat hij het gezicht van zijn vrouw kon zien. 'En wat heb je gezegd?'

Melika zweeg. Ze liet haar hoofd hangen en haar lange, grijze lokken schoven voor haar gezicht.

'Je hebt zeker gezegd dat het wel goed was, hè? Je zult wel denken: weer een mond minder te voeden! De toestemming van je man dacht je zeker niet nodig te hebben bij dit soort zaken?'

'Ik heb gezegd dat ik het met je zou bespreken,' fluisterde de vrouw.

'Dat alleen al is schandelijk. Bij imam Hossein, waar haalt zo'n oude man de moed vandaan om ons zo'n onbehoorlijk voorstel te doen? Wat denkt hij wel: dat hij met zo'n armlastige familie van doen heeft dat hij onze dochter kan kopen?'

'We zijn ook arm,' reageerde Melika afgemeten. 'Je wilt het alleen niet zien. En we zullen alleen maar armer worden. Wat heb je nou verdiend, de afgelopen maanden? Het is bovendien tijd voor Soraya om te trouwen. Morgen maakt ze haar vijftien jaar vol. En je zou het aan zijn uiterlijk misschien niet zeggen, maar Mahmoed heeft geld. Hoe lang heeft zo'n man nou nog te leven? Na zijn dood zal Soraya op rozen zitten en wij ook!'

'Mogen de engelen je vervloeken tot de dageraad! Houd nu verder je mond. We zullen doen alsof je deze woorden nooit gesproken hebt,' riep Siawash. Boos blies hij de olielamp uit. Het kleine vertrek hulde zich weer in duisternis.

De volgende ochtend zat het hele gezin bijeen op het grof geknoopte tapijt met de kleur van granaatappels. Hassan, de jongste zoon van zestien, zat naast zijn vader en at met smaak het nog warme, door zijn moeder gebakken brood met geitenkaas. Zijn twee oudere broers, Ali-Reza en Hossein, zaten aan zijn andere kant en volgden zijn voorbeeld. Hossein en Ali-Reza waren beiden al getrouwd en leefden met hun gezinnen op een steenworp afstand van hun ouders. Ze kwamen dan ook vrijwel dagelijks bij elkaar over de vloer. Tegenover hen zat Soraya, met haar oude, vertrouwde rode hoofddoek losjes om haar lange, slanke gezicht. Haar grote donkere ogen waren onophoudelijk op haar broers gericht. Al was het in het dorp volstrekt niet gebruikelijk om verjaardagen te vieren, de familie Bahrami gaf elk van de vier kinderen ieder jaar een cadeau, meestal iets van houtsnijwerk. Maar de verrassing die Soraya vandaag te wachten stond, was van een andere orde. Zo'n kist, die niet alleen door haar gewicht veel zilver waard was, maar ook door de ontelbare uren die zaten in het vervaardigen van de ornamenten en natuurlijk de schildering, was ongekend. Melika vond het om eerlijk te zijn wat te veel van het goede maar deed haar best er niets van te zeggen. En ze wilde zichzelf ook niet pijnigen met de gedachte dat haar man haar al jarenlang niets meer had gegeven. Het was nu eenmaal zo gegaan. Met de komst van ieder kind was de aandacht voor haar minder geworden, tot die met de komst van Soraya vrijwel tot nul was gereduceerd. Ze schonk de mokken nog wat bij met verse geitenmelk. Met haar grijze lokken die uit haar afgedragen hoofddoek piekten en haar bezwete gegroefde gezicht leek ze in niets meer op het ranke vijftienjarige meisje dat Siawash ooit trouwde. Het harde dorpsleven en de onbarmhartige wind hadden haar onverdiend een ouder voorkomen gegeven dan normaal was voor de veertig jaar die haar leeftijd telde.

'Nou, waar blijft het cadeau voor ons zusje?' vroeg Hassan grinnikend. Soraya keek verwachtingsvol naar haar vader, haar wenkbrauwen fronsend.

'Ben je er klaar voor, mijn kind?' vroeg hij haar. Zonder het antwoord af te wachten trok hij zijn versleten lichaam moeizaam overeind en verdween in het naastgelegen vertrek. Een ogenblik later kwam hij weer tevoorschijn, hijgend en steunend, met een groot pakket in zijn armen. De jongens, die niet wisten wat er verstopt zat in de doeken, sprongen met verbaasde blikken tegelijk overeind om de ballast van hun vader over te nemen.

'Bij Abol Fazl, wat mag dat nu wel niet wezen?' bracht Hossein puffend uit.

'Wacht maar, zoon, je zult het zien. Zet het maar voor je zusters voeten neer,' antwoordde Siawash, terwijl hij met een dankbare blik weer plaatsnam op het tapijt. De broers lieten de zware bundel op de grond zakken terwijl hun zusje sprakeloos toekeek. Haar vader knikte haar bemoedigend toe. 'Je mag de doeken verwijderen, hoor.'

Met trillende handen trok Soraya de ruwe doeken een voor een weg, tot er uiteindelijk een mooie houten kist voor haar stond en ze werd aangestaard door haar evenbeeld. Even was het doodstil.

'Maar papa, dit is het mooiste dat iemand me ooit gegeven heeft,' bracht Soraya ten slotte uit. Siawash boog nederig zijn hoofd. Zijn wangen hadden de kleur van moerbeien.

'Het is ook van je moeder.' Soraya's ogen keken even in die van haar moeder, die toch wat verdrietig stonden.

'Ja, natuurlijk,' mompelde ze. 'Jullie worden beiden bedankt!' Soraya stond op om haar vader en daarna haar moeder te omhelzen.

'Mooi werk,' fluisterde Ali-Reza zijn vader bewonderend toe.

Plotseling werd er op de deur gebonsd. Melika stond op. Het was vast een van haar schoondochters die zou willen delen in de feestvreugde. Toen ze de deur opendeed, bleek haar ongelijk.

Daar, in het volle schijnsel van de zon, stond Mahmoed. Zijn haren en baard staken wijd uit en zijn ogen glommen alsof hij zojuist een machtig avontuur had beleefd dat hij wilde delen. De man leefde al zolang Soraya zich kon herinneren, alleen. Haar moeder had haar weleens verteld dat hij vroeger als zeer knappe man getrouwd was met de dochter van de dorpsarts. Nog geen jaar na hun huwelijk was ze verdronken, toen een maand of zeven zwanger van hun eerste kind. Na deze rampzalige gebeurtenis was de man nooit meer hertrouwd.

'Vrede zij met u,' groette Mahmoed. 'Ik hoop dat ik u niet stoor op dit vroege uur, maar ik zou graag willen weten of u al hebt nagedacht over mijn verzoek.'

Vanuit Melika's boezem steeg naar haar hals en gezicht een hitte op, die een rozerood spoor achterliet. Wat moest ze zeggen? Wat kon ze zeggen, terwijl ze de ogen van haar hele gezin in haar rug voelde prikken? Maar ze hoefde niets te zeggen. Ze hoorde haar man al steunend en snuivend als een wild beest overeind komen.

'Jij schoft!' klonk het hees. 'Hoe durf je naar mijn huis te komen om mijn vrouw eerloze voorstellen te doen?' Met drie grote stappen was hij bij de deur, waar hij trillend tegenover de grijsaard bleef staan. Ali-Reza was ook opgestaan. Met wijd open mond drong hij zich in de deuropening naast zijn ouders en stamelde: 'Maar vader, heeft hij echt... heeft hij echt geprobeerd moeder te...?'

Geërgerd zuchtte Saiwash, terwijl Melika haar ogen neersloeg. 'Natuurlijk niet. Dat zou er ook nog eens bij moeten komen. Deze man heeft zijn zinnen gezet op een jonge vrouw, een kind nog, eigenlijk. Hij heeft gisteren in mijn afwezigheid je moeder om de hand van Soraya verzocht.'

Meteen klonk er een meisjeskreet vanuit de kamer. 'Dat meen je niet! *Baba*, zeg hem dat hij weg moet wezen!' Soraya's ogen stonden fel en haar huid was bleek geworden als schildpadeieren.

Hossein en Hassan keken verbaasd naar hun zusje, maar zeiden niets.

'Maak je geen zorgen, lieve kind,' bromde Siawash en hij keek Kiamarz dreigend aan. 'Zolang ik in dit huis woon, wil ik je hier nooit meer aantreffen. Ga uit mijn ogen en spoel je mond!' De oude man knikte onbewogen, maar zijn schouders hingen wat meer naar beneden dan anders terwijl hij zich omdraaide en wegliep. Siawash gooide de deur met een knal dicht. Niemand zei iets. In plaats daarvan ging het hele gezin weer op het kleed zitten eten, alsof er niets was gebeurd.

Pas na een paar minuten durfde Ali-Reza het te vragen. 'Waarom wordt u zo kwaad op die man? Hij probeert u juist een gunst te verlenen, ziet u dat niet?'

Geschrokken keek Siawash op. 'Moet ik soms blij zijn dat zo'n oude man, die al met een voet in het graf staat, mijn enige bloem wil komen stelen? Hoe dom kun je zijn?'

'Ja, Ali-Reza, hoe dom kun je zijn?' vroeg Soraya provocerend.

Ali-Reza haalde zijn schouders op. 'Ik weet het niet. Ik dacht alleen maar dat het financieel goed uit zou komen. Iedereen weet dat Mahmoed een rijk man is.'

'Goed uit zou komen, hè?' sprak Soraya luid. 'Voor wie eigenlijk, voor jou of voor mij?'

'Voor ons allemaal. Je moet niet altijd zo emotioneel doen. Het huwelijk is iets waar je je verstand bij moet gebruiken. Ik kende Fatimeh ook niet goed toen ik haar trouwde. Maar ze hadden geen betere vrouw voor me kunnen vinden. Ze heeft me al twee zonen geschonken en als God het wil zullen er nog meer volgen.'

Vol ongeloof schudde Soraya haar hoofd. 'Fatimeh is negentien, die vent vijftig. Dat is het verschil. Ik verdrink mezelf nog liever dan dat ik met zo'n oude vent trouw.'

'Pas toch op je woorden,' riep Melika afkeurend. 'Wat is dat voor een dwaze praat, en nog wel op je verjaardag!'

Maar Siawash gaf zijn dochter een knipoog. Koppig en fel, zo kende hij zijn meisje. 'En nu,' zei hij, 'nu wil ik deze hele kwestie vergeten. Er wordt niet meer over gepraat. Deze dag laat ik door niemand verpesten.'

De zomer verliep traag als een onwillige oude ezel. Soraya probeerde de dagen door te brengen met schilderen, maar dat lukte steeds minder vaak. Telkens als ze de werkplaats in sloop, leek het wel of haar moeder haar terugriep om te koken, te boenen of het dorp in te gaan voor een boodschap. Over het voorstel van Mahmoed werd met geen woord meer gesproken maar toch hing het als een zwaard van Damocles boven Soraya's hoofd. In het nachtelijke zwart, wanneer ze de slaap niet kon vatten, was het het ergst. Haar moeder zou ervoor zijn en Ali-Reza ook. Hassan en Hossein zouden wel weer geen mening hebben, en als ze die wel hadden, telde ze nauwelijks mee. Om zichzelf te troosten vluchtte ze in haar fantasie. Ze stelde zich voor dat ze een beroemde miniatuurschilderes was. Mensen kwamen van heinde en verre om haar werk te kopen. Onder hen edelmannen en prinsen, met stevige kaken en ogen zo groot als walnoten. Maar vroeg of laat veranderde zo'n knap prinsengezicht in dat van de oude Mahmoed en kreeg ze opnieuw een zeurend gevoel in haar buik.

Bijna dagelijks bracht ze een bezoek aan haar vriendin Somayeh. Ze waren even oud en als zussen opgegroeid. Sinds een halfjaar was Somayeh getrouwd met Rasoul. Rasoul had een enorme mond en buik en wanneer hij lachte, schitterde het wit van zijn tanden je tegemoet. Maar hij lachte bijna nooit. Wanneer hij sprak, was dat kortaf. Somayeh was dan ook weinig gelukkig met haar ongevraagde aanwinst, maar haar ouders waren het des te meer. Het huis waarin hun dochter woonde, was groter en beter onderhouden dan hun eigen kleine krot. Hun dochter was er flink op vooruitgegaan.

Op een dag zaten Soraya en Somayeh samen groenten te snijden. Rasoul was niet thuis. Somayeh leek nog stiller en verdrietiger dan anders.

'Mijn god, Somayeh,' zei Soraya bezorgd, 'je ziet eruit alsof je de ongelukkigste onder de vrouwen bent. Wat is er mis?'

Somayeh legde haar mes neer en zuchtte. 'Zie je niets aan mij?' vroeg ze.

Soraya inspecteerde haar vriendin zorgvuldig. Haar golvende haar was geen centimeter korter geworden en haar huid was even vettig als altijd. 'Nee, ik zie helemaal niets. Wat is er dan?'

Zwijgend ging Somayeh staan. Het ging een beetje moeizaam, alsof ze plotseling heel oud was geworden. Toen ze uiteindelijk stond, rolde ze langzaam de bovenkant van haar wijde rok naar beneden. Soraya slaakte een gil. 'Bij imam Hoessein, wat is er met je gebeurd?' vroeg ze, wijzend op de bal vlees die boven de rok van haar vriendin uitstak. 'Hoe kom je zo dik?'

'Ik verwacht een kind,' zei Somayeh vlak.

De woonkamer draaide een ogenblik voor Soraya's ogen. Voortaan zou niets meer hetzelfde zijn. Als haar vriendin een kind kon krijgen, was alles mogelijk in de wereld. 'God zij geprezen,' fluisterde ze aarzelend, haar blik op de grond gericht. Maar toen ze haar hoofd langzaam ophief zodat ze haar jeugdvriendin aan kon kijken, zag ze dat het gezicht van Somayeh nat was van tranen.

'Mijn leven is nu definitief voorbij. Zorg dat jou dit niet overkomt. Trouw nooit!'

Die dag aan het einde van de zomer, waarop de herfst al door de boomtakken fluisterde, begon als alle andere. Soraya deed de was, ging naar het dorp om inkopen te doen en kwam thuis om samen met haar moeder eten te koken. Haar vader was in het dorp de maten aan het opnemen voor een nieuwe deur in het huis van de pasgetrouwde Ramin en diens bruid. Melika sneed selderijstronken terwijl er op het vuur, gestookt met verse mest, een pan met bonen pruttelde. Ze was goedgemutst en kletste wat over de kookkunst van Hosseins vrouw Wafa. 'Haar moeder heeft haar prima opgevoed. De *ash resjté*, de sliertjessoep, die ze je vader en mij gisteren aanbood toen we bij hen waren, was werkelijk hemels!' Soraya deed haar best om dit compliment aan het adres van haar schoonzus niet op te vatten als kritiek op haarzelf. Ze wist dat haar moeder haar culinaire vermogens niet echt hoog aansloeg. Plotseling werd er op de deur gebonsd. Hard en dwingend.

'Melika *ganoem*! Melika *ganoem*! Doe de deur open!' Het was de zware stem van Ramin. Van schrik liet Melika het mes uit haar vingers glijden. Soraya rende naar de deur en deed open. Ramin stoof binnen met een verhit gezicht. 'Siawash!' bracht hij hijgend uit. 'Siawash...'

'Wat is er met hem?' krijste Melika. 'Zeg het me!'

In Ramins donkerbruine ogen stonden tranen. 'Het spijt me zo!' snikte hij.

'Is hij... is hij dood?' vroeg Melika. Ramin knikte zwijgend. 'O mijn God!' schreeuwde ze. 'Waar is hij nu? Ik moet naar hem toe. Hij leeft nog! Hij moet nog leven!'

'Kom mee naar mijn huis!' riep Ramin.

Soraya greep haar moeder bij de hand en samen liepen ze zo hard ze konden het huis uit, achter Ramin aan. Over de droge zandpaden vol keien, langs het stroompje, de brug over. Mensen keken nieuwsgierig op, sommigen kwamen hen achterna. Toen ze eindelijk bij het huisje van Ramin en zijn vrouw waren aangekomen, stond daar al een hele groep mensen voor de deur te weeklagen. Toen ze Melika en Soraya zagen, werd het stil. De blikken waren vol medelijden. Toen wist Soraya zeker dat ze te laat waren. Haar armen begonnen te trillen en haar lichaam bonsde hevig.

Binnen in het donkere vertrek lag haar vader op de grond. Hij droeg zijn bruine wijde broek met een wit hemd erboven. Zijn ogen waren gesloten; zijn mond, met de smalle lippen onder de grote witte snor, stond een heel klein beetje open. Hij leek te slapen. Naast hem zat mijnheer Karimi, de dokter. Hij stond bedroefd op toen hij moeder en dochter zag.

Met neergeslagen ogen zei hij: 'Het spijt me, mevrouw. Siawash is naar God teruggekeerd. Als God het wil, zal dit uw laatste verdriet zijn.' Melika viel flauw.

De begrafenis vond plaats op de kale, rotsachtige vlakte aan de rand van het dorp, niet ver van de plek waar Mina was gestenigd. Hoe vaak was Soraya hier niet geweest om eer te bewijzen aan haar voorouders door hun graven te spoelen met rozenwater, bloemen te strooien en uit de Koran te lezen? Maar haar grootouders had ze maar nauwelijks gekend. Twee waren al overleden toen ze werd geboren, de anderen stierven toen ze nog maar een klein meisje was. Dat ze hier nu, op zo'n jonge leeftijd, stond om haar vader te begraven, was letterlijk niet te bevatten. Ze kon het nauwelijks geloven, laat staan accepteren. De wind sneed als een koud mes in Soraya's gezicht, dat nat was van tranen. Samen met haar buurvouw Sakineh stond ze naast haar moeder, die ze zo goed en zo kwaad als het ging ondersteunde en troostte ondanks haar eigen verdriet. Die troost zat vooral in het vasthouden van elkaars handen, want woorden waren onvindbaar. De vrouwen uit het dorp sloegen zich schreeuwend op de borst toen de drie broers het lichaam van hun vader, onherkenbaar in witte doeken gewikkeld, naar het gat in de droge aarde droegen. Met bleke gezichten gingen ze door de knieën om de witte bundel in het graf te leggen. De *moellah* begon met een streng gezicht de soera Yassin te reciteren, terwijl Ali-Reza zoals het hoorde aan zijn vaders lichaam schudde om de menigte ervan te overtuigen dat de man echt dood was. Melika kneep hard in Soraya's hand, terwijl ze gilde: 'O God, laat mij met hem mee gaan in het graf. Ik wil niet meer!' Ook Soraya huilde nu luid en liet zich door enkele dorpsvrouwen in de armen sluiten.

Na de begrafenis gonsde het onder de aanwezigen van de theorieën die moesten verklaren waaraan Siawash nu precies was overleden. Hij had op een trapje gestaan om het gat van de deur op te meten. Plotseling was hij naar beneden gevallen. Door een moment van onvoorzichtigheid? Een hartstilstand? Daar zouden ze nooit achter komen. Maar wat Soraya zich het meest van alles herinnerde, was de stekende pijn in haar borst die niet meer weg wilde gaan. Die diep ademen onmogelijk maakte en haar tientallen malen per dag weer overviel, meestal op een moment waarop ze het het minst verwachtte. Wanneer ze het huis binnen wilde gaan en de vogels en rozenstruiken zag die haar vader in het hout had uitgesneden. Of als ze de werkplaats in liep waar zijn hout en zijn gereedschap op hem leken te wachten. Vanzelfsprekend werd Melika de eerste veertig dagen constant bedolven onder bezoek. Omdat ze geen moment alleen was, had ze nauwelijks tijd om na te denken. Maar nadat ze op de veertigste dag na het overlijden rond het graf hadden gezeten, etend en reciterend uit de Koran, werd het stil. De mensen waren vast moe geworden van het rouwen, want Melika was plotseling vaak alleen. Ze begon – altijd in het zwart gekleed – het grootste deel van haar dagen in bed door te brengen. Wanneer ze niet sliep waren haar ronde ogen steevast gericht op het plafond. Koken of schoonmaken deed ze niet meer, wat Soraya's werk verdubbelde. Nu was zij het die het hele huishouden moest bestieren en ervoor moest waken dat de uitgaven de inkomsten niet overtroffen. En daar zat nu net het probleem: er waren helemaal geen inkomsten meer. Er was nog slechts een enkel zakje met zilverstukken, dat leger en leger werd. Soraya wilde haar moeder niet met dit probleem belasten, maar op een dag sprak ze er met haar oudste broer Ali-Reza over. Hij beloofde te zullen nadenken over een oplossing. Een week later stond zijn vrouw Fatimeh aan de deur. Vanavond zou de gehele familie in hun huis bijeenkomen om te praten. Melika en Soraya moesten er zeker bij aanwezig zijn.

Fatimeh had beslist haar best gedaan. Al was er geen geld voor vlees, ze had haar gasten verwend met rijst met een met water aangelengde saus van aubergine en spliterwten. Na het eten had ze thee geserveerd. En nu was het tijd om te praten. Het leek Soraya duidelijk waar het gesprek op uit zou draaien. Ali-Reza zou plechtig aanbieden haar moeder en haar voortaan financieel bij te staan. Hossein zou dit genereuze voorbeeld volgen en wie weet Hassan ook wel. Soraya en haar moeder zouden veel dankbaarheid tonen en het leven zou gewoon door kunnen gaan. Maar toen Ali-Reza het woord nam, repte hij niet over financiële bijstand. Hij had hele andere plannen.

'Omdat de situatie na het heengaan van onze geliefde vader zo is verslechterd, is er geen andere mogelijkheid dan dat Soraya haar emoties opzijzet en het huwelijksaanzoek van de geëerde Mahmoed aanneemt.' Ali-Reza keek zijn zusje dreigend aan. Het was duidelijk dat hij geen tegenstand duldde.

'Maar dat kan niet!' riep Soraya uit.

'Het kan prima. Sterker nog: het zal heel veel problemen oplossen. Ik heb al met Mahmoed gesproken. Niet alleen is hij nog steeds bereid je als vrouw te nemen, hij is tevens bereid om de hele familie financieel bij te staan. En na zijn dood zal onze familie al zijn bezittingen erven!'

Wanhopig keek Soraya haar moeder aan. Die hield haar ogen strak op de vloer gericht. Hossein en Hassan deden ook hun best haar blik te mijden.

'Als jullie ook maar iets om me geven, doen jullie me dit niet aan. Hij is vijftig!' huilde Soraya.

'Je hebt geen keus. Alles is al geregeld. De bruiloft zal over zeven dagen plaatsvinden,' zei Ali-Reza.

2

Miyando'ab, november 1521

In het zwakke licht zag ik de schim van Amir aga in het brood-
loket. Eén verkeerde beweging en hij zou me in de gaten krijgen
en meteen alarm slaan. Want van een jong meisje dat 's nachts in
haar eentje buiten rondsloop, kon weinig goeds komen. Toen de
gestalte zich even omdraaide, zakte ik op mijn hurken om in deze
houding zo snel als ik kon langs de bakkerij te schuifelen. Stenen
en bladeren kraakten onder mijn trillende voeten. Eén stap, twee,
drie, vier, vijf... nu zou ik de bakkerij gepasseerd moeten zijn.
Voorzichtig draaide ik me om om over mijn schouder te kunnen
kijken. Geen Amir aga meer te zien. Dus zette ik het op een rennen, mijn borst pompend van de spanning en de beelden van die
ochtend flikkerend voor mijn ogen.

Ik had slechts een halfuur de tijd gehad voor de oproep tot het
ochtendgebed zou klinken. De bergen hingen als enorme zwarte
lappen onbewogen in de purperen lucht. Ik had slechts het hoog-
nodige in mijn handgeknoopte zadeltas gestopt; wat kleding en
zilverstukken, een homp brood, een kruik water en natuurlijk
mijn penselen van fijn eekhoornhaar. Wellicht kon ik onderweg
met schilderen de kost verdienen. Onderweg – alleen God wist
waar naartoe. De mij zo dierbare kist, door vader vervaardigd,

moest achterblijven. Maar hij zou het begrijpen en zelfs trots op me zijn, daar was ik van overtuigd. In stilte had ik God om vergiffenis gebeden voor het verdriet dat ik ongetwijfeld teweeg zou brengen bij mijn moeder, en voor de toorn bij mijn broers. Het was zaak niet te veel te denken en te dralen, nu, want als bij het eerste ochtendgloren de azaan klonk om alle gelovigen te wekken voor het ochtendgebed, zou mijn afwezigheid niet lang onopgemerkt blijven. Mijn broers zouden direct naar me op zoek gaan. Ik had getwijfeld of ik te paard of te voet zou vertrekken, maar ik kon mijn familie onmogelijk van een paard beroven. De twee paarden waarover onze familie beschikte, waren het kostbaarste dat we bezaten en een belangrijk middel om handel te kunnen drijven in de dorpen in de omgeving.

Nog één keer had ik me omgedraaid naar het huis waar ik was opgegroeid om de herinnering eraan in mijn geheugen vast te klinken. Al was het donker, ik ontwaarde ieder detail: de muren van leem en stro, de rijk versierde houten deur. Het stroompje naast het huis waarin ik als kind ging pootjebaden en waarvan ik het water tot mijn schrik en schaamte granaatappelrood had doen kleuren toen ik de leeftijd van dertien jaar had bereikt. De bomen waarvan de bladeren geen dag hetzelfde bleven. Ik moest het allemaal achterlaten, dat was de prijs die ik moest betalen om niet in de armen van een grijsaard te hoeven liggen. Om mezelf te troosten had ik zacht een Koranvers gemompeld: 'En aan God behoort het Oosten en het Westen, waarheen gij u ook wendt, dat zal het aangezicht van God zijn...' Met snelle passen was ik het met keien bezaaide pad afgelopen, langs een paar koeien die tot mijn schrik direct begonnen te loeien. Ik was een ogenblik stil blijven staan om te horen of er niet ergens een deur openging. Toen ik niets had gehoord, was ik verder geslopen. Langs de bakkerij van Amir aga, een man die ik nog nooit had zien lachen. Midden in de nacht stond hij op om met zijn knecht deeg te maken voor het steenbrood dat de dorpelingen direct na het ochtendgebed plachten te kopen. Ook nu had er een mannenstem geklonken. Mijn moeder hield niet van het brood van Amir aga. Zij had er altijd de voorkeur aan gegeven zelf brood te bakken. Maar na het overlijden van mijn vader was dit een te grote opgave gebleken.

Pas na een minuut of tien durfde ik mijn pas te minderen. Ik was het dorp uit en bevond me op een kronkelig pad in een dichtbegroeid bos. Alle dieren waren vast nog in slaap, want er was nauwelijks geluid. Alleen het gezang van een eenzame nachtegaal klonk op van ver achter de bomen. Een huivering trok door mijn lichaam. Wat als ik hier een vreemdeling zou tegenkomen? Maar ik had geen keus. Verder zou ik lopen, het bos uit. En dan? Ik had gehoord dat dit pad richting Tabriz liep, de hoofdstad van ons rijk waar sjah Ismaïl de scepter zwaaide. Twintig jaar geleden had hij Perzië onafhankelijk verklaard na zijn overwinning op de Timoeriden. Nog nooit van mijn leven was ik in Tabriz geweest, maar men zei dat het een prachtige stad was, hooggelegen aan een brede rivier. Er waren zelfs mensen die beweerden dat de poorten van het paradijs daar lagen. Ik liet de klank zachtjes over mijn tong glijden. Tabriz. Het smaakte naar avontuur, succes, het echte leven. Het smaakte naar alles wat het dorp niet was. Maar het was vast veel te ver om er te voet naartoe te kunnen, bedacht ik bitter. Ik had ook gehoord over een dichterbij gelegen stadje, Maraqeh. Ik hoopte dat ik dat te voet zou kunnen bereiken. Mijn maag begon zo onderhand te knorren en als vanzelf greep mijn hand in mijn zadeltas om er de harde homp brood uit te halen die ik daarin bewaarde. Maar daar zou ik waarschijnlijk lange tijd mee moeten doen. Het was beter te wachten tot ik echt honger had. Een honger zoals ik die zo vaak had gevoeld tijdens het vasten in de heilige maand ramadan. Een honger die je tegen de grond drukt en je doet smeken om slaap om hem even niet te hoeven voelen. Met tegenzin haalde ik mijn hand uit de tas. Het was al niet zo donker meer. Vanuit de verte klonk de azaan, de oproep tot het gebed. Moeder zou nu wakker worden en nog voor ze het reinigingsritueel zou kunnen verrichten dat nodig was voor het gebed, mijn lege slaapplek opmerken en bij haar zonen alarm slaan. Ze zouden misschien wel meteen te paard de omgeving gaan afzoeken, maar het leek me onwaarschijnlijk dat ze direct deze kant op zouden komen. Ze verwachtten immers nooit dat mijn angst voor Mahmoed groter was dan die voor het bos en om die reden zouden ze de andere kant op rijden, langs het lage struikgewas over het zandpad dat leidde naar een ander dorpje.

Pas vele uren later, toen de zon hoog aan de hemel stond en het zweet over mijn wangen deed glijden, kwam ik aan bij het volgende dorp, Bonab. Ik had het weleens bezocht tijdens een van de tochten die vader en ik te paard maakten om zijn houtsnijwerk te verkopen. Er bestond een redelijke kans dat de mensen me hier zouden herkennen. Het was echter beter om onopgemerkt te blijven en dit dorp zo snel mogelijk te passeren. Ik knoopte de zwarte hoofddoek die ik sinds het overlijden van mijn vader steevast droeg nog steviger vast en richtte mijn blik op het zandpad. Maar dat mocht niet lang baten. Algauw hoorde ik een vrouwenstem. 'Soraya-*djoen*, lieve Soraya, wat brengt jou hier? Ik heb het gehoord van je vader. Wat vreselijk. Moge hij rust hebben gevonden in het paradijs.'

Voorzichtig keek ik op. Boven een enorme boezemwelving zag ik de contouren van een met een sluier bedekt gezicht waarvan alleen de ogen zichtbaar waren achter een stukje fijn kant. Naast het rechteroog zat een grote, dadelkleurige wrat. Het was Mozjdeh, de vrouw van de muskushandelaar. 'Mozjdeh ganoem, vrede zij met u. Ik heb hier nog wat zaken te regelen met betrekking tot mijn vaders werk,' stamelde ik.

'Zonder paard?' vroeg ze wantrouwend.

'Zonder paard,' zei ik. 'De paarden zijn ziek. Het zal iets met de haver geweest zijn.'

Maar Mozjdeh ganoem liet zich niet zo gemakkelijk overtuigen. 'Konden je broers niet komen? Handeldrijven zo ver van huis, dat is toch niets voor een meisje?'

'Mijn broers zijn druk met het regelen van andere zaken. Het overlijden van mijn vader brengt behalve veel verdriet ook veel werk met zich mee. En ik probeer mijn familie hier zoveel mogelijk bij te helpen. Begrijpt u?' zei ik ferm.

Vanachter de sluier klonk een meelevende lach. 'Moge God je daarvoor belonen. Wil je bij mij komen eten? Je zult wel honger hebben.'

Hoezeer ik ook verlangde naar een bord met bonensoep of linzenrijst, ik besloot het aanbod af te slaan. Ik moest weg van hier voordat iemand mijn bedrog zou opmerken. 'Nee, dank u, ik moet echt verder. Moge God u beschermen.'

Maar nu pakte de vrouw mij bij mijn mouw. 'Je komt met me mee naar huis. Ik ben het aan je moeder verplicht je iets te eten aan te bieden.' Haar hand verplaatste zich van mijn mouw naar mijn schouder en haar greep werd sterker. Ze begon te lopen en sleurde me gewoon achter zich aan.

'Het spijt me! Ik kan echt niet meekomen,' riep ik wanhopig.

Mozjdeh bleef staan. Haar gezicht verscheen dreigend boven het mijne en haar ogen vernauwden zich terwijl ze zei: 'Ik bied je gastvrijheid aan, en jij gilt als een geslagen straatmeid. Wat zijn dat voor manieren? Ben je soms in een varkensstal grootgebracht?' Ik mompelde een spijtbetuiging en bedacht dat er niets anders op zat dan haar aanbod aan te nemen, hoezeer dat mijn vlucht ook zou vertragen. Als deze vrouw door mijn gedrag wantrouwen zou krijgen, achtte ik haar ertoe in staat mij in haar huis vast te houden tot ze mijn familie had ingelicht. Na mijn verontschuldigende woorden leek Mozjdeh weer wat gekalmeerd en begon ze weer te lopen. Onderweg hoorde ze me uit over het ongeluk van mijn vader en de begrafenis. Wie waren er allemaal bij geweest en had mijn moeder veel gehuild? Gelukkig woonde ze niet zo ver weg. Haar man deed goede zaken en het huis was een van de mooiste van de straat, gebouwd van steen en goed onderhouden. Binnen lagen dikke tapijten op de grond en op een kast stond zelfs porselein uit China. Mozjdeh gebaarde me te gaan zitten terwijl ze iemand riep die ik niet kon zien. Enkele ogenblikken later werd er een heerlijke maaltijd voor ons neergezet van rijst en een groentesaus met vlees door een meisje van mijn leeftijd. Ik wist niet of ze een dochter van Mozjdeh was of een dienstmeisje. In ieder geval zorgde ze ervoor dat Mozjdeh haar handen vrij had en alle gelegenheid kreeg om met mij te praten. Ook zelf at ze gretig. En met de brij van rijst en vlees zichtbaar in haar mond vroeg ze: 'Wat zijn het precies voor zaken die je hier moet regelen, vandaag?'

'Het is vrij ingewikkeld uit te leggen. Nog wat mensen die schulden hadden bij mijn vader en nog een paar andere dingen.'

Opeens kleurde het ronde gezicht van Mozjdeh rood en ze zond me een zenuwachtige glimlach. Snel praatte ze verder: 'Ik kan maar niet geloven dat je broers jou daarvoor op pad hebben gestuurd. Wacht maar, mijn zoon Javad is thuis, hij doet het wel voor je. Dan blijf jij lekker een paar uurtjes bij mij.'

'Nee!' riep ik, heftiger dan mijn bedoeling was. Verbaasd keek Mozjdeh me aan. Ik moest meteen denken aan haar opmerking dat het wel leek of ik in een varkensstal was opgegroeid. 'Het is heel vriendelijk aangeboden, maar dit is echt iets wat ik zelf moet afhandelen. Als iemand anders het doet zullen ze de zaak niet vertrouwen.' Even voelde ik me trots. Mijn uitleg klonk behoorlijk aannemelijk.

'Laat Javad dan in ieder geval met je meegaan. Het is gewoon gevaarlijk voor een meisje alleen. Straks willen ze niet betalen en komt er ruzie van. Nee, zulke zaken hebben echt de vuist van een man nodig. En ik zal je ook een *picheh* geven. Het is beter dat je je gezicht bedekt.' Ik zuchtte. Ik was door mijn voorraad tegenwerpingen heen en voelde me plotseling uitgeput.

Tevreden stond Mozjdeh op. 'Een momentje. Ik haal Javad even. Ik ben zo terug.'

Toen ze de deur van de kamer achter zich had gesloten, kon ik maar één ding bedenken. Ik pakte mijn tas, wachtte een seconde of twintig en opende toen heel zacht dezelfde deur, die uitkwam op de smalle gang waardoor ik ook naar binnen was gekomen. Ik stak mijn hoofd door de deuropening en keek naar links en naar rechts. De gang was verlaten. Op mijn tenen rende ik naar de voordeur, waar ik snel mijn schoenen aandeed. Ik stond nog half voorovergebogen toen ik plotseling de hese stem van Mozjdeh hoorde. 'Soraya! Waar ga je naartoe?' Als door een wesp gestoken gooide ik de deur open, sprong naar buiten en rende de straat in. Hoewel ik zo hard holde als ik kon, ontging het me niet dat de mensen me verbaasd aankeken. 'Houd de dief!' hoorde ik zelfs iemand achter me schreeuwen. Een paar straten verder kwam ik op een marktplein waar fruit en groente werd verkocht. Het was er redelijk druk. Ik kon beter stoppen met rennen en me in de menigte mengen. Met mijn hoofd gebogen liep ik over het plein naar de andere kant van het dorp, in de richting van Maraqeh. De verrassend warme novemberzon brandde op mijn chador en mijn voeten werden gekweld door een stekende pijn. Niemand sprak me aan. Ik was er God dankbaar voor.

Een onverdraaglijke dorst drong tot me door. Ik had bij Mozjdeh namelijk alleen maar gegeten; waarschijnlijk was ze van plan geweest me na de maaltijd wat te drinken aan te bieden. Ik durfde echter niet ook maar een seconde stil te blijven staan om mijn kruik uit de zadeltas te halen. Dus liep ik door over de zandwegen, waarlangs koopmannen hun waren aanprezen en mannen met handkarren me de pas afsneden. Op een gegeven moment hoorde ik hun stemmen echter niet meer en toen ik opkeek, zag ik dat ik het dorp uit was. Trillend pakte ik de kruik uit mijn tas en toen het water mijn mond vulde, leefde mijn lichaam op. In een volgend dorp of een volgende stad zal niemand me nog kennen, troostte ik mezelf. Op de vraag waar ik vanavond de nacht zou doorbrengen – en morgen en overmorgen – kon ik echter geen antwoord vinden.

Na vele kilometers hoorde ik de oproep tot het zonsonderganggebed. Blij spitste ik mijn oren: het betekende dat ik niet al te ver verwijderd kon zijn van een stad of dorp. Ook achter me klonk opeens een nieuw geluid. Ik draaide me om. Een jonge man in een gescheurde broek kwam aanrijden op een enorm, kastanjebruin paard. Hij minderde vaart en bracht het dier tot stilstand. 'Vrede zij met u. Bent u van hier?' De jongen bekeek me vanonder zijn tulband met een geïnteresseerde blik. Hij kon niet veel ouder zijn dan twintig. Ik keek nog eens om me heen. Er was in de wijde omtrek niemand te bekennen. Moeder waarschuwde me altijd voor dit soort jongens. Ze zouden tot ongeluk leiden, zei ze dan, al wist ik niet precies hoe. Maar het herinnerde me altijd aan het beeld van de bloedende Mina in het zand. De jongen glimlachte en zijn groene ogen keken me vriendelijk aan. Ik besloot hem het voordeel van de twijfel te gunnen.

'Ja, dat klopt. Ik ben komen lopen,' zei ik eenvoudig.

'Dan zult u erg moe zijn. Kan ik u een rit aanbieden?' Een moment aarzelde ik. Als ik eenmaal op zijn paard zou zitten, was ik helemaal aan hem overgeleverd. En was het wel geoorloofd voor een vrouw om bij een vreemde jongeman op een paard te klimmen? Ik wist het antwoord op die vraag heel goed, maar mijn voeten staken nu zo dat het vooruitzicht om door een paard gedragen te worden te aanlokkelijk was om af te slaan.

'Goed, als het niet veel moeite voor u is,' antwoordde ik zacht.

'Helemaal niet,' zei de onbekende ruiter. Hij was inmiddels afgestapt om mij te helpen zijn paard te bestijgen. Het was nog een hele klus om op een paard te klimmen zonder mijn chador van me af te laten glijden. Die droeg ik gewoonlijk niet wanneer ik paardreed. De jonge man ondersteunde mijn benen. Het was hem waarschijnlijk ook wel duidelijk dat ik het meest gebaat zou zijn bij een duwtje tegen mijn billen, maar natuurlijk was dat ondenkbaar. Toen ik uiteindelijk zat, klom hij achter me. Zijn onderlichaam duwde zo nu en dan zacht tegen mijn rug, wat me een heel vreemd gevoel gaf: schaamte vermengd met nieuwsgierigheid. Ik was blij dat de ruiter mijn gezicht niet kon zien, want uit de hitte die erin opsteeg kon ik afleiden dat het even rood moest zijn als de hoofddoek die ik had gedragen voor mijn vader overleed.

'Waar rijden we eigenlijk naartoe?' vroeg ik.

'Naar Maraqeh,' antwoordde hij. 'Het ligt daar voor u.' En inderdaad, uit de vlakte vol kale bomen doemde in de duisternis een kleine stad op. De minaretten van de moskee staken boven alles uit.

'Wat moet u in de stad doen?' vroeg mijn nieuwe reisgenoot. 'Hebt u er familie?'

'Nee, dat niet,' antwoordde ik onwillig. Ik wist niet hoeveel ik kon zeggen zonder mijn situatie te verraden.

'Waar zult u dan overnachten?' wilde de jongen weten.

'Dat weet ik nog niet precies. Er zal toch wel een herberg zijn, neem ik aan?'

Mijn metgezel schoot in de lach. 'Een herberg? U bent van plan om in een herberg te gaan slapen? Maar dat kan toch niet? Weet u wel aan hoeveel gevaren u zichzelf blootstelt als vrouw alleen? Sta me toe u mee te nemen naar mijn familie. Die zal u met open armen ontvangen.' Dit vooruitzicht stelde me enigszins gerust en ik nam het aanbod daarom maar aan, dan zou ik niet moederziel alleen hoeven rond te lopen in een stad die ik niet kende.

De jongeman liet het paard hard galopperen tot we bij de stad kwamen. Daar stopte hij en keek me verlegen aan. 'Misschien is het beter dat u nu afstapt en me op afstand volgt. De mensen kletsen hier zo gauw,' voegde hij er verontschuldigend aan toe. Even later liep ik achter mijn nieuwe kennis aan door donkere smalle stegen en bochtige straatjes. Tot mijn grote opluchting werd ik nauwelijks bekeken, dit was duidelijk geen dorp. In tegenstelling tot de plaatsen waar ik tot nu toe was geweest in mijn leven, droegen de meeste vrouwen hier een picheh, de gezichtsbedekking die Mozjdeh ook mij wilde opdringen. Voor een klein, krakkemikkig huisje, opgetrokken uit leem en stro, bleef de jongen staan. Behoedzaam sprong hij van het paard af.

'Maman,' riep hij. 'We hebben een gast.'

Direct kwam er een dikke vrouw uit het huisje. Ze droeg een vuil, bruin gewaad met daaroverheen een chador. Maar haar gezicht was onbedekt. Haar blik was niet hartelijk te noemen, eerder wantrouwend. Toch knikte ze me kort toe terwijl ze de vredesgroet mompelde. Meteen richtte ze haar aandacht weer op haar zoon. 'Wie is dat?' vroeg ze.

'Ik ontmoette haar buiten de stad. Ze is op reis en erg moe.' Met deze korte verklaring moest de vrouw genoegen nemen, want haar zoon liep al met grote stappen weg om zijn paard op stal te zetten.

'Het spijt me,' zei ik vlug. 'Ik wil u niet tot last zijn. Ik denk dat ik maar...'

'Nee, natuurlijk niet,' onderbrak de forse vrouw. 'Kom binnen. Ik heb juist wat bonensoep op het vuur staan. Je zult wel honger hebben.' Ik deed mijn schoenen uit en ging naar binnen. Daar was het nog kleiner dan ik had gedacht. Er lag een grof bruin-met-geel geknoopt tapijt op de grond en dat was eigenlijk alles. Deze mensen moesten nog armer zijn dan mijn eigen familie. De vrouw zei me te gaan zitten, wat ik uit beleefdheid eerst een paar keer weigerde. Toen ik me uiteindelijk toch op het vlekkerige tapijt had laten zakken, bracht ze thee, bitter als gal, in een klein glaasje. Toch liet ik het me smaken, net als de bonensoep die ze even later bracht. Tijdens het eten sprak de vrouw nauwelijks met me en ik was te hongerig en te vermoeid om het op te kunnen brengen met haar over koetjes en kalfjes te praten. Na het eten kon de vrouw haar nieuwsgierigheid echter niet meer bedwingen. 'Hoe heet je?' vroeg ze.

'Soraya,' antwoordde ik.

'En waar kom je vandaan?'

Koortsachtig zocht ik in mijn geheugen naar een plaatsnaam

die waarschijnlijk zou klinken want het was te gevaarlijk om de naam van mijn dorp prijs te geven. 'Hasanlu,' antwoordde ik zo zelfverzekerd als ik kon.

'Zo,' zei de vrouw, 'dan heb je een hele tocht gemaakt.'

Ik zweeg en in de stilte vormde zich als vanzelf de volgende vraag. Wat kwam ik hier in Maraqeh doen? Maar de vrouw vroeg niets. Misschien vond ze het onbeleefd om me nog verder uit te horen. In plaats daarvan maande ze me te gaan rusten. Het was immers al laat. Ik nam het aanbod dankbaar aan en viel al snel in slaap onder de dikke, ruwe deken die mijn gastvrouw me gegeven had. Met de slaap kwamen ook de beelden: van mijn vader die me de kist schonk, van mijn broers die op briesende paarden moesten zijn gesprongen zo gauw ze op de hoogte waren van mijn vlucht, van mijn huilende moeder die Mahmoeds fortuin aan haar neus voorbij zag gaan en van mijn nieuwe vriend, de ruiter, die zei dat ik me geen zorgen hoefde te maken. Toen ik de volgende ochtend wakker werd, bleef ik uitgeput liggen.

'Soraya, gaat het?' Ik opende mijn ogen en zag boven me een vriendelijk meisjesgezicht met opvallend grote ogen en lange, krullende lokken. Haar ogen hadden dezelfde groene kleur als die van de ruiter. Het meisje moest ongeveer van mijn leeftijd zijn.

'Ja, het gaat,' zei ik zacht. 'Maar wie ben jij?'

Het gezicht lachte. 'Ik ben Adileh, het zusje van Kouros.' Ik wilde vragen wie Kouros was, maar hield me op tijd in. Het moest de ruiter zijn die me had geholpen. Verder kende ik toch niemand in deze stad? Ik stond haastig op en schudde Adileh de hand terwijl ik mezelf voorstelde. Haar aanwezigheid stelde me gerust. Ze zorgde voor een gezellige, ongedwongen sfeer in het kleine vertrek. 'Kom je straks met me mee voor een wandeling? Dan laat ik je de stad zien!'

Het vooruitzicht om de muf ruikende hut te verruilen voor de onbekende buitenwereld, sprak me wel aan. Na een eenvoudig ontbijt van brood met geitenkaas gingen we op weg. De zon scheen flauw op de straatkeien. We liepen naar de bazaar, waar Adilehs vader een stoffenwinkeltje had. De man was gisterenavond laat thuisgekomen en vanochtend vroeg weer vertrokken, toen ik nog sliep. We hadden nog geen kennis met elkaar gemaakt.

'Mijn vader verkoopt niet veel, hoor,' vertelde Adileh met een betrokken gezicht. 'Er zijn dagen dat er helemaal geen klanten komen. Mijn vaders stoffen zijn te grof. Andere kooplieden bieden tegenwoordig meer luxe stoffen aan maar die zijn voor mijn vader te duur om in te kopen.' Ik wist niets te zeggen, dus ik zweeg. We passeerden de poort van de bazaar en liepen door een gedeelte waar schapenkoppen en koeienpoten werden verkocht. Ik probeerde niet naar de afgehakte lichaamsdelen te kijken en mijn blik op mijn schoenen te richten, maar de indringende geur was onvermijdelijk en gaf me een wee gevoel in mijn buik. We sloegen een hoek om en kwamen in het gedeelte waar textiel werd verkocht. Veel winkeltjes stelden stoffen tentoon die in de duisternis van de bazaar leken te schitteren en te glanzen als sterren tegen een zwarte hemel. De kleuren, van cyclaamgeel tot het volle rood van onversneden saffraan, lachten me tegemoet.

Adileh bleef staan bij een piepklein winkeltje waarin slechts stoffen in bruin- en grijstinten lagen opgestapeld. 'Baba!' riep ze blij naar een tandeloze, magere man die in gesprek was met een zichtbaar welgestelde heer. De man keek verrast op en knikte kort, maar vervolgde zijn gesprek. Zijn gezicht stond onmiskenbaar bezorgd. Ook Adileh keek niet langer blij. 'Wat moet die man van mijn vader?' fluisterde ze.

We bleven buiten staan wachten tot de man was vertrokken. Toen dat eindelijk gebeurde, bleef Adilehs vader achter met een bedroefde blik in zijn ogen. Maar niet voor lang. Toen wij het winkeltje binnengingen, verscheen er een brede glimlach op zijn benige gezicht. 'Adileh, mijn meisje. Het spijt me dat ik je even liet wachten. Wat brengt jou hier?'

'U weet toch dat we een gast hebben? Ik leid haar rond door de stad. Ik zou haar graag aan u voorstellen.'

Nu richtte de oude man zijn ogen op mij. Heel even maar. Toen drukte hij zijn kin op zijn borst en boog licht voorover bij wijze van groet. 'Vrede zij met u, mevrouw.' Ik voelde me ongemakkelijk omdat deze oude man mij met mevrouw aansprak. Het gebeurde steeds vaker de laatste tijd. Ik boog eveneens licht en gaf hem een vredesgroet terug. 'Ga zitten, dan drinken we thee,' zei Adilehs vader, die Mohsen heette, vriendelijk. Zo te zien had hij het niet druk. De enige klanten in dit deel van de bazaar waren een paar vrouwen die zich een paar meter verderop aan chique, kleurrrijke stoffen stonden te vergapen.

Terwijl we nader kennismaakten, slaagde Adilehs vader erin me een paar keer in de lach te doen schieten. Ondanks zijn slechte levensomstandigheden had hij een groot gevoel voor humor, dat maakte dat ik een uur lang mijn problemen vergat. Ik was al bijna de welgestelde man en het ernstige gesprek vergeten, toen Adileh het bij het afscheid toch nog te berde bracht. 'Wie was die man met wie u stond te praten toen we aankwamen?' vroeg ze. 'Wat wilde hij van u?'

Mohsen aga keek een ogenblik beschaamd naar de grond. 'Ik wil je niet lastigvallen met mijn problemen, mijn kind.'

'U moet het vertellen. Ik ben toch uw dochter?' hield Adileh op zoete toon aan.

Toen richtte haar vader zijn hoofd op. 'Goed dan. Die man was een schuldeiser. Ik had ooit geld van hem geleend om stoffen in te kopen. Maar die stoffen werden vrijwel niet verkocht. Bij de heilige Koran: hoe hard ik ook probeerde geld bij elkaar te krijgen om hem terug te kunnen betalen, het is me niet gelukt. Nu dreigt hij me in de gevangenis te laten gooien.'

3

Melika zuchtte terwijl ze zich opnieuw omdraaide in haar bed. De slaap had haar even weten te verlossen maar nu kwam alles weer terug: de herinneringen aan haar man en dochter en, nog kwellender: de schuldgevoelens. Het was al weken geleden dat Soraya was gevlucht en tijdens haar wakkere uren was er geen moment dat Melika niet aan haar dochter dacht. Waar was ze en met wie? Kon ze zichzelf wel in leven houden, had ze eten en onderdak? Leefde ze eigenlijk nog wel, of was ze haar vader gevolgd in de dood? De vragen leken iedere dag dwingender te worden. Ze sloegen als stokken onophoudelijk op haar hoofd en daarom was het maar beter niet te veel wakker te zijn. De slaap verjoeg voor even de vragen, en soms ook de beelden die Melika pijnigden. Vooral de beelden van de dag van haar dochters verdwijning speelden zich anders onophoudelijk voor haar geestesoog af.

Ze vervloekte die vrijdagochtend waarop ze na de oproep tot het gebed gewoon in bed was blijven liggen. Lang was blijven liggen. Tot ze de schrille stem had gehoord: 'Melika ganoem, ik heb lekkere moerbeien gebracht!' Het was buurvrouw Sakineh die haar tetterende woorden begeleidde met een luid gebons op de deur. Mopperend had Melika zich uit bed gehesen en was ze naar de

39

deur gestommeld. Die Sakineh was altijd zo vermoeiend enthousiast. Het lag er te dik bovenop dat ze Melika alleen maar bezocht om haar wat op te monteren na de dood van Siawash. De mensen beseften niet wat er in haar hart lag. Ze beseften het niet en dachten werkelijk dat ze haar blij konden maken met een mand moerbeien. Die moeite kon ze zich dan beter besparen. Zonder Siawash was Melika's leven voorbij. Zo simpel was dat en daar kon geen mand moerbeien verandering in brengen.

'Zo, sliep je nog?' Het was eerder een constatering dan een vraag. Het met fijne rimpels doorkerfde gezicht van de buurvrouw stond voor een moment beschuldigend, en even schaamde Melika zich voor de vreemde aanblik die ze ongetwijfeld moest bieden. Haar lange grijze haren waren ongekamd, haar halfopen nachthemd bood zicht op haar zware boezem en ze had ook vast opgezette ogen die verrieden dat ze zich de vorige avond opnieuw in slaap had gehuild. Zodra Sakineh binnen was gestapt, deed Melika snel de deur dicht. Niemand anders mocht haar in deze eerloze toestand zien.

'Kijk eens hoe vers en vlezig ze zijn,' riep Sakineh uit met een blik op het mandje. Nu was het de bedoeling dat Melika een greep deed en gretig een van de paarse vruchten zou proeven. Lusteloos pakte ze een moerbei en stopte die in haar mond. De smaak drong niet tot haar door.

'Waar is Soraya?' vroeg de buurvrouw terwijl ze het huis doorspiedde. Melika trok zwijgend haar schouders op. Was ze niet in de keuken, dan? Ze keek richting het kleine keukentje. Dat was leeg.

'Ze zal zeker buiten zijn.'

'Ik heb een verrassing voor haar. Het heeft te maken met de bruiloft. Stuur haar naar mij toe zodra je haar ziet, goed?'

Melika knikte en de buurvrouw vertrok. Wat kon dat nou voor een verrassing zijn? Als het maar gratis was, want aan verrassingen die geld bleken te kosten, had ze een hekel. Al zou geld vanaf nu geen probleem meer zijn. Even, heel even, gleed er een veertje van blijdschap langs haar hart. Ze was het bijna vergeten: haar familie stond op het punt om rijk te worden. Dankzij de oude Mahmoed. En het was toch wel hartverwarmend dat het hele dorp zo meeleefde met de aanstaande bruiloft van Soraya. Iedereen voelde zich erbij betrokken en deed zijn best een steentje bij te dragen. Waar was die Soraya nou toch? Besefte ze wel dat het haar als gehuwde vrouw in spe niet paste om als een meisje buiten te spelen? Of zat ze soms weer in Siawash' werkplaats te schilderen? Het was nuttiger geweest als ze was begonnen met de voorbereidingen voor het middagmaal. Wat moesten ze in hemelsnaam eten, vandaag? Met tegenzin kleedde Melika zich aan en toen liep ze naar buiten. Siawash' werkplaats was leeg. Ook in de omgeving van het huis was Soraya niet te zien. Die meid zorgde altijd voor problemen. Als ze thuiskwam, zou ze wel het een en ander te horen krijgen. Er zat niets anders op dan dat Melika, voor het eerst in weken, zelf maar ging koken.

Het eten was allang klaar en nog steeds was Soraya niet thuis. Gelukkig was Hassan er wel. Hij had zichzelf al twee keer opgeschept en spoorde zijn moeder aan ook iets te eten. Lusteloos nam Melika een hap van de overgare rijst met rozijnen. Vlees en groente ontbraken nu nog, maar na Soraya's bruiloft zouden ze daarvan elke dag in overvloed kunnen eten.

'Ze komt zo wel,' zei Hassan voor de derde keer. Maar in zijn stem klonk twijfel. Zwijgend at hij zijn bord leeg. Toen kon Melika het niet langer verdragen.

'Ga naar je broers en zeg dat zij in het dorp op zoek gaan naar Soraya.'

Haast opgelucht dat hij toestemming had gekregen om iets te doen, stond Hassan op en snelde naar het huis van Ali-Reza die ook aan de middagmaaltijd zat. Zijn vrouw Fatimeh was druk in de weer met het aandragen van schalen en potten.

'Kom erbij. Er is ook nog wel wat rijst voor jou.'

'Ik kom niet om te eten. Ik kom voor Soraya.'

'Die is hier niet'.

'Dat dacht ik wel. Ze is ook niet thuis. Moeder heeft haar de hele ochtend niet gezien en niemand weet waar ze is. Moeder wil dat jij en Hossein het dorp afzoeken.'

Ali-Reza's ogen begonnen boos te fonkelen.

'Wat is dat voor een gedrag voor een meisje, de hele ochtend van huis zijn en zelfs tijdens het eten wegblijven?'

'Ik weet het. Moeder heeft zelf moeten koken.'

Met een ruk kwam Ali-Reza overeind. 'Ik moet gaan,' zei hij tegen zijn vrouw.

Even later waren de twee broers bij het huis van Hossein, die juist begonnen was aan zijn middaggebed. Het kostte Ali-Reza en Hassan veel moeite om te wachten tot hij daarmee klaar was. Zonder het aan elkaar toe te willen geven, hadden ze beiden het gevoel dat de verdwijning van hun zusje weleens verband zou kunnen houden met haar gedwongen huwelijk met Mahmoed.

'Zou ze bij Mahmoed zitten?' vroeg Hassan.

'Onwaarschijnlijk. Ze moet niets van hem hebben. Was ze niet in de werkplaats?' Hassan schudde zijn brede hoofd. 'Nee, dat was de eerste plaats waar moeder heeft gezocht.'

Hossein kwam met een ietwat verbaasde uitdrukking op zijn gezicht de kamer in. Hij zag onmiddellijk dat de broers niet voor de gezelligheid waren gekomen.

'Soraya is al de hele dag weg,' zei Ali-Reza afgemeten.

'We moeten haar zoeken,' voegde Hassan eraan toe.

Zonder verder nog vragen te stellen, ging Hossein met zijn broers op pad. Al gauw werd duidelijk dat Soraya niet buiten was. Maar misschien had iemand haar uitgenodigd om te komen eten. Haar vriendin Somayeh misschien? De broers waren zich er terdege van bewust dat het niet geheel zonder schande was om aan te kloppen bij mensen en te vragen of hun zus misschien bij hen was. De eer van haar stond op het spel en daarmee die van hun hele familie. De mensen zouden kunnen denken dat Soraya als een wilde hond rondzwierf, dat ze een verboden minnaar had of was gevlucht voor een huwelijk dat ze niet wilde. Toch won de bezorgdheid het van de angst voor schande en ze lieten de mannenklopper vallen op de deur van het huis van Somayeh en haar man. Somayeh verscheen zwaar gesluierd aan de deur.

'Somayeh ganoem, weet u misschien waar Soraya is?' vroeg Ali-Reza. De jonge vrouw had donkere kringen om haar ogen en keek Ali-Reza niet-begrijpend aan.

'Hoezo? Is ze niet thuis, dan? Hier is ze niet. Ik heb haar de laatste dagen helemaal niet gezien.'

'Haar moeder heeft haar ook de hele dag niet gezien. Zelfs voor het eten is ze niet thuisgekomen.'

Somayeh keek peinzend voor zich uit, maar werd algauw opgeschrikt door een verveelde mannenstem die vanuit het donkere vertrek vroeg wat er aan de hand was.

'*Alan miayam*, ik kom nu,' riep Somayeh terug en met een verontschuldigend knikje liet ze weten niets voor de broers te kunnen betekenen.

Nadat ze nog eens het hele dorp hadden afgezocht, besloten de broers uiteindelijk bij het huis van Mahmoed aan te kloppen. Mahmoeds rijkdom straalde bepaald niet af van de eenvoudige stenen woning, die net genoeg plaats bood aan één persoon. Daar zou wel iets aan gedaan moeten worden, en helemaal als er kinderen kwamen, peinsde Ali-Reza. De mannenklopper ketste met een indringend geluid af op de deur. Daarop klonk gestommel en een krakende stem: 'Wie is daar?'

Even later verscheen Mahmoed. Hij droeg een groezelig beige hemd en in zijn grijze haar zaten klitten. Eigenlijk was de verbaasde blik in zijn ogen al voldoende om de broers ervan te overtuigen dat Soraya ook niet hier was. Toch moest de vraag gesteld worden.

'Is Soraya misschien hier?'

'Nee, vanzelfsprekend niet. Waarom vragen jullie dat?' De directheid van Mahmoeds antwoord en de bozige blik in zijn ogen deden de broers een ogenblik zwijgen. Het was ook niet niets dat ze de oude man er zojuist bijna van beschuldigd hadden de bloem van hun zusje voortijdig te hebben geplukt.

Toen stamelde Hossein: 'Soraya is vandaag niet thuisgekomen voor het middagmaal. Melika ganoem was daarover wat bezorgd en het had natuurlijk gekund dat ze bij u was om nog wat praktische zaken voor de bruiloft te regelen. Maar ik ben er zeker van dat ze ieder moment thuis kan komen. Het spijt me dat we u gestoord hebben.' Met een beleefde buiging draaide Hossein zich om en zijn broers wilden zijn voorbeeld volgen. Maar zo makkelijk liet Mahmoed zich niet afschepen.

'Het is erg onwaarschijnlijk dat Soraya hier op bezoek zou komen om dingen voor de bruiloft te regelen. Naast het feit dat dit nogal ongepast is, weten jullie beter dan ik dat Soraya me niet graag ziet. Ik maak me zorgen. Straks blijft ze na de bruiloft ook zo afstandelijk!'

'U hoeft zich geen zorgen te maken,' zei Ali-Reza direct. 'Dat trekt wel bij. Jonge vrouwen zijn dikwijls een beetje verlegen. Dat hoort erbij.' Dit leek Mahmoeds bezorgdheid echter nauwelijks weg te nemen.

'Maar waar is ze nu dan? Doet ze dat wel vaker, zo lang buiten rondhangen?'

'Nooit,' zei Hassan met grote stelligheid. 'Ze is altijd thuis om haar moeder te helpen. Maar als u ons nu wilt excuseren...'

'Ik kom mee,' verklaarde Mahmoed en zijn magere, dorre vingers, stille voorboden van de dood, hadden zijn schoenen al te pakken. Hassan keek zijn oudste broer hulpeloos aan. Het was bepaald niet handig de oude Mahmoed op sleeptouw te moeten nemen. Ali-Reza schraapte zijn keel.

'We zijn al twee keer het hele dorp rondgelopen. We kunnen nu beter naar het huis van moeder gaan en kijken of Soraya in de tussentijd thuis is gekomen.'

'Prima,' zei Mahmoed slechts. En onverstoorbaar liep hij, licht gebogen, achter de jonge mannen aan naar het huis van Melika.

Daar was geen Soraya te bekennen. De enige die de vier mannen aantroffen was een luid wenende moeder die zich in de armen van haar buurvrouw had gestort. Ze keek op toen ze de deur dicht hoorde slaan. De komst van Mahmoed leek haar nauwelijks te verrassen. Op hem richtte ze haar rooddoorlopen ogen toen ze gilde:

'Ze is weg! Ze komt niet meer terug! En het is allemaal jouw schuld!'

4

Maraqeh, december 1521

Al weken verbleef ik bij mijn nieuwe familie. Regelmatig had ik aangeboden te vertrekken, maar niemand had dat toegestaan. Mijn nieuwe leventje was ondanks de armoedige levensomstandigheden zeker niet onplezierig en in zekere zin zelfs makkelijk. Ik werd nog steeds als gast behandeld, en daarom viel niemand me lastig met verzoeken om inkopen te gaan doen of eten te koken, zoals mijn moeder dagelijks had gedaan. Toch deed ik beide regelmatig als kleine wederdienst voor de gastvrijheid die me werd geboden. Bovendien vulde het de tijd, iets waar ik opeens ruim over beschikte. Adileh en ik gingen vaak naar de bazaar, nu eens om er de grootste granaatappels en heerlijkste walnoten in te slaan zodat we *fesendjun* konden maken, dan weer voor de meest glimmende kersen om nog diezelfde dag *albalou polo* op tafel te kunnen zetten. Toch knaagde het gemis van mijn vader nog dagelijks aan me. Ik vroeg me af wat hij van mijn nieuwe manier van leven zou vinden. Al was ik ervan overtuigd dat hij mijn keuze om te vluchten voor een huwelijk met Mahmoed volledig zou ondersteunen, ik wist ook dat mijn vader zich grote zorgen om me zou maken als hij me had kunnen zien dwalen door deze stad. Want een paar woorden, gesproken in alle eerlijkheid – 'we hebben geen geld om een extra mond te voeden' – of een kleine ruzie zouden genoeg zijn om mij weer op het zwerverspad te brengen. En naast het gemis van mijn vader voelde ik natuurlijk ook dat van mijn moeder, mijn broers en mijn vriendin Somayeh. Zouden ze nog aan me denken? En was het dan uit liefde of uit haat?

Maar ik voelde nog een leegte: een die werd veroorzaakt door het feit dat ik al een hele tijd niet meer geschilderd had. Soms liet ik 's avonds, wanneer niemand keek, mijn vingers langs de eekhoornharen van mijn penselen gaan. De behoefte om te schilderen werd met de dag dwingender en ik was bang dat ik uiteindelijk gek zou worden als ik mijn penselen nog langer ongebruikt in mijn zadeltas moest laten. Ik durfde mijn verlangen wekenlang niet op te biechten, maar op een dag woog het geheim zo zwaar, dat ik het wel moest vertellen. Adileh en ik waren de stad uit gelopen en hadden net een vrij steile berg beklommen waarop we zaten uit te rusten. Het was heel koud. Het leek alsof er al sneeuw zat in de decemberlucht die zich ieder moment over het berglandschap zou kunnen uitstorten. In de landelijke stilte was alleen onze stotende adem te horen. We keken beiden voor ons uit, genietend van het fraaie uitzicht op de stad.

'O Adileh, het is hier echt prachtig,' verzuchtte ik. 'Als ik dit allemaal zie, beginnen mijn handen te jeuken.'

Adileh schoot in de lach. 'Je handen beginnen te jeuken van het landschap. Dat kun je niet serieus menen!'

'Toch wel,' zei ik. 'Mijn handen beginnen te jeuken. Ze verlangen naar verf en een penseel. Je hebt er geen idee van hoe graag ik dit zou willen schilderen.'

'Hoe kom je erop? Schilderen! Dat is toch meer iets voor jongens?' Adileh lachte nog steeds, maar haar stem had een licht aarzelende toon gekregen. Was haar vriendin grappen aan het maken of meende ze het echt?

'Schilderen is mijn leven,' zei ik. 'Ik doe het al van jongs af aan. Mijn vader heeft het me geleerd. En om je de waarheid te zeggen:

ik word gek als ik niet binnenkort de beschikking krijg over verf en papier. Kan je vader dat alsjeblieft voor me regelen?'

'Ik weet niet of dat lukt,' antwoordde Adileh verbaasd. 'Je weet dat mijn vader in de schulden zit. Eerlijk gezegd weet ik niet of ik hem dat durf te vragen. Het lijkt zoiets... overbodigs.' Het laatste woord kwam er bijna vragend uit, alsof Adileh zelf ook wel doorhad dat het me zou kwetsen. Ik besloot het te negeren.

'Goed, alleen papier, dan. Het liefst uit Samarkand. Verf kan ik zelf wel maken en penselen heb ik al.' Ik stopte Adileh een paar zilverstukken toe. Ze waren van het huishoudgeld van mijn moeder. Met een gevoel van misselijkheid had ik ze vlak voor mijn vlucht in mijn zadeltas gestopt; het was een zaak van overleven, had ik mijn geweten sussend toegefluisterd. En nu gebruikte ik een deel ervan om papier te bemachtigen. Papier om te schilderen. Viel schilderen dan ook in de categorie van dingen die noodzakelijk waren om te overleven?

'Alsjeblieft, vraag het hem!' smeekte ik.

Onwillig knikte Adileh.

'Ik zal het hem vragen, maar ik kan niets beloven.'

'Papier om te schilderen?' Mohsen aga lachte alsof hem zojuist een goede grap was verteld. Kouros en Maryam ganoem slaakten verbaasde kreten. Mohsen aga's lach had een honende ondertoon die ik niet vond passen bij zijn zachtaardigheid. We zaten in de woonkamer brood te eten en ik kon Adileh wel slaan dat ze mijn verzoek openbaar had overgebracht. Dit had ik juist willen voorkomen. Haar vader richtte zich tot mij.

'Waarom heb jij papier nodig?'

'Om te schilderen,' antwoordde ik afgemeten. Het was een banaal antwoord waar alle gezinsleden, behalve Adileh, steil van achteroversloegen.

'Schilderen, jij?' riep Maryam ganoem en Kouros giechelde als een meisje. Mohsen aga keek hulpeloos naar zijn vrouw, alsof hij haar nodig had om dit probleem op te lossen. Opnieuw vertelde ik dat ik vrijwel mijn hele leven al schilderde, dat ik het van mijn vader had geleerd en dat ik het erg miste.

'Maar je bent een meisje!' zei Maryam ganoem botweg.

Haar man gaf andere redenen waarom er geen papier voor mij kon komen.

'Het spijt me echt, maar ik heb zoveel schulden dat ik het ene gat met het andere vul. Ik leen geld van mensen om mijn schuldeiser even tevreden te houden en niet in de gevangenis te belanden. Maar ik moet die mensen toch ook weer terugbetalen? We eten al een tijdlang geen vlees en dan zou ik papier uit Samarkand moeten kopen?'

Ik voelde me alweer schuldig omdat ik wist dat hij gelijk had. Hij had geld van familie geleend om de welgestelde man die Adileh en ik in de winkel hadden gezien terug te kunnen betalen. Gedeeltelijk. Het andere gedeelte moest binnen drie weken voldaan worden, anders zou Mohsen aga echt in de gevangenis belanden.

Met een bons belandde er een zakje op het kleed. Adileh keek haar vader triomfantelijk aan.

'Ze betaalt zelf en ik denk dat er nog wel wat overblijft.' Mohsen aga opende het zakje. De zilverstukken glommen hem tegemoet.

'Als er iets overblijft, mag u dat natuurlijk houden,' zei ik ook nog maar eens.

Mohsen aga knikte.

Het duurde nog een volle week, maar toen had ik eindelijk mijn papier; mooi dik papier uit Samarkand. Ik was blij dat ik geen dure verf hoefde te kopen; mijn vader had me geleerd pigmenten te kiezen en te malen. Ik gebruikte er verschillende grondsoorten voor en secreties van insecten. Dat was verreweg het goedkoopst. Vader had me weleens verteld dat er miniatuurschilders bestonden aan het hof van sjah Ismaïl, die werkten met de pigmenten van verpoederde mineralen als malachiet, lapis lazuli en zelfs zilver en goud!

Nog diezelfde dag begon ik mijn pigmenten te maken. Bij gebrek aan beter zou ik ze met ei gaan binden. Mijn hart klopte van blijdschap; ik zou eindelijk weer kunnen gaan schilderen! De familie had mijn wens uiteindelijk geaccepteerd, maar Adilehs moeder had er wel op aangedrongen het verhaal stil te houden uit vrees voor geroddel.

Nu Adileh wist van mijn liefde voor het schilderen, was onze vriendschap sterker geworden. Tijdens een wandeling door de stad had ze me het Zoerganeh, het Huis der Krachten laten zien.

'Daar werken mannen aan hun lichaam. Ze verrichten er *varzesh-e-Pahlavani*, de lichaamstraining van helden. Ze doen er aan gewichtheffen om spieren te ontwikkelen en worstelen er als wilde beren, glimmend van de olie.' Adilehs stem klonk een beetje hees, het was duidelijk dat het Huis der Krachten voor haar een oord vol mysterie was, hoewel ze precies leek te weten wat er zich daarbinnen afspeelde. Het was het domein van de mannen. Op een oude, loensende schoonmaakster na was er nog nooit een vrouw binnen geweest. Hoe wist ze dat daar altijd een oude, loensende schoonmaakster kwam? Het klonk alsof ze het gebouw vrijwel dagelijks in de gaten hield. Haar fascinatie verbaasde me.

'Op een keer zag ik dat ze de deur op een kier hadden laten staan. Toen heb ik gekeken of niemand me kon zien en even naar binnen gegluurd,' vertelde ze op samenzweerderige toon. 'Op een achthoekige, laaggelegen vloer was een groep mannen bezig met het uitvoeren van vreemde bewegingen. Het leken wel een soort rituelen. Ze hielden enorme houten knuppels in hun handen. Volgens mij was het een soort wedstrijd, maar ik durfde niet zo lang te blijven kijken. Ik was bang dat iemand me zou betrappen.' Ik knikte. Adileh had blosjes op haar wangen gekregen.

'Weet je van wie het Zoerganeh is?' ging ze verder. Nu begonnen haar ogen te schitteren. Ik klakte met mijn tong en bracht mijn hoofd wat naar achteren. Hoe moest ik dat nou weten?

'Van Iman,' giechelde ze.

'Wie is dat?' vroeg ik.

'O Soraya, hij is de knapste vent die je je kunt voorstellen. Hij heeft schouders, breed als vrouwenheupen, de kracht van een beer en de souplesse van een luipaard. Iman was ook bij het groepje dat ik heb begluurd. Je had zijn spieren moeten zien.'

'Je bent verliefd!' riep ik uit.

'Ik vrees van wel, ja,' giechelde ze.

Ik probeerde mijn teleurstelling te verbergen over het feit dat ze me dat niet eerder had verteld. Dat ze blijkbaar heel wat keertjes zonder mij de stad in was getrokken om bij het Huis der Krachten een glimp van haar vlam op te vangen. Dat was haar al best vaak gelukt, vertelde ze opgewonden. Eerst had ze alleen staan kijken, daarna had ze geprobeerd om daadwerkelijk zijn blik te vangen. Dat was niet zo moeilijk. Adilehs gezicht had prachtige trekken en haar groene ogen hadden een magnetische werking op mannen. Op een dag was Iman naar haar toe gekomen en had een praatje met haar gemaakt. En dat was het begin geweest van een serie vluchtige ontmoetingen waarbij Iman en Adileh elkaar steeds beter hadden leren kennen. Ze wist onderhand bijna alles van hem. Dat hij eenentwintig was bijvoorbeeld, en redelijk bemiddeld. Dat zijn familie goede banden onderhield met de plaatselijke geestelijkheid en hierdoor een bepaalde macht had verworven. En het belangrijkste: hij had ook laten weten interesse in haar te hebben. Dat verbaasde me niets. Adileh was zo mooi dat iedere man interesse in haar zou hebben.

'Het volgende mag je echt nooit aan iemand vertellen: op een avond, toen het rustig was op straat, hebben we zelfs in het nauwe steegje achter het Huis der Krachten gezoend.'

Bewonderend keek ik naar mijn vriendin. Ik zag haar plotseling heel anders, als iemand die verliefd kon worden en in staat was om in een donker steegje met een *pahlavan* te zoenen ondanks de risico's die zoiets met zich meebracht.

'Weet je familie ervan?'

'Kouros weet dat we interesse in elkaar hebben, ik heb hem dat een maand of twee geleden zo voorzichtig mogelijk verteld. Kouros lijkt een rustige jongen, maar hoed je als hij kwaad wordt. Vanzelfsprekend heb ik hem niet verteld van dat zoenen. Dan zou de hel op aarde losbarsten. Ik heb Kouros alleen gezegd dat Imans familie overweegt om mijn ouders te verzoeken hen uit te nodigen voor een *gastekari*, het bezoek dat een huwelijkskandidaat bij het meisje van zijn voorkeur aflegt om met haar familie tot overeenstemming te komen. Dat is ook echt zo. Iman vraagt me telkens als ik hem zie – en dat is helaas niet zo vaak als we zouden willen, we zijn allebei zo bang om betrapt te worden – of hij zijn ouders kan vragen contact met de mijne op te nemen.'

'Wat zei Kouros?' vroeg ik vol ongeduld. Adilehs gezicht betrok en leek ineens vijf jaar ouder.

'Ik vertelde het hem in de hoop dat hij het bij mijn vader zou willen aankaarten. Zelf durf ik dat niet. Maar hij wil er niets van weten. Hij zegt dat Iman een vrouwenversierder is met slechte intenties. Dat ik uit zijn buurt moet blijven omdat hij gevaarlijk is. Dat ik van geluk mag spreken dat hij het mijn vader niet vertelt. Hij probeert me wijs te maken dat Iman onbetrouwbaar is en een slechte reputatie heeft. Daar is hij om de een of andere reden van overtuigd. Ik geloof er helemaal niets van. Pahlavans staan juist bekend om hun moedige, onzelfzuchtige karakter. Om hun geloof en hun loyaliteit aan de Profeet – vrede zij met hem – en de heilige imams. Ik vermoed dat Kouros jaloers is. Tja, naast Imans torso steekt het kippenborstje van mijn broer nogal schrilletjes af.' We lachten allebei flauw. Toch maakte ik me zorgen om Adileh.

Een tijdje geleden had Adileh me, terwijl we walnoten fijnhakten, in mijn oor gefluisterd wat mannen met vrouwen doen als ze zijn getrouwd. Naast een lichte schaamte had ik ook iets van teleurstelling gevoeld. Het leek zo banaal. Zou Mina dat met een van de dorpsjongens hebben gedaan? Het leek me niet slim, want ik kon me niet voorstellen dat ze daaraan enig plezier had kunnen beleven. Maar ze had er niet om hoeven sterven. En al helemaal niet op zo'n manier. Nooit had ik kunnen achterhalen wie van de dorpsjongens het was geweest. Ik wist alleen dat er nooit een jongen in ons dorp was gestenigd en dat deze zijn leventje dus blijkbaar makkelijk had kunnen voortzetten.

Nadat Adileh me in vertrouwen had genomen over haar geheime liefde, had onze vertrouwensband zich verder verdiept en misschien was het daarom dat ze op een dag haar nieuwsgierigheid niet meer kon bedwingen.

We waren juist bezig dille te snijden toen ze me plotseling aankeek en vroeg: 'Hoe komt het eigenlijk dat je in je eentje in een vreemde stad bent beland?' Direct voelde ik mijn oksels schrijnen van het zweet. Ik slikte moeizaam en probeerde af te wegen of ik haar in vertrouwen kon nemen. Had deze familie, die haar huis en maaltijden met me deelde zonder iets van me te vragen, er geen recht op om na vele weken te vragen naar de reden van mijn raadselachtige verblijf in hun stad? En hoe lang zouden deze mensen bereid zijn mij onderdak te verschaffen als ik deze belangrijke informatie voor hen achter bleef houden? Ik besloot het erop te wagen en antwoordde Adileh naar waarheid.

'Mijn moeder en broers wilden me uithuwelijken aan een oude man uit ons dorp. Mijn vader wist dat altijd tegen te houden, maar na zijn plotselinge overlijden stond niets of niemand een huwelijk tussen mij en die grijsaard nog in de weg. Ik was radeloos, en het enige wat ik nog kon doen om dat huwelijk te voorkomen was vluchten. Dus dat heb ik gedaan.' Adileh staarde me met open mond aan. In de stilte die volgde schudde ze haar hoofd, waarbij de franje van haar vaalbruine hoofddoek meebewoog.

'Maar wat ga je nu doen? Je kunt toch niet altijd op de vlucht blijven?' Haar woorden kwamen hard aan. Ze getuigden van het feit dat ik niet eeuwig van de gastvrijheid van haar familie gebruik kon blijven maken. Dat mijn verblijf bij hen een soort adempauze was, maar mijn vlucht was allesbehalve over. Adileh leek de directheid van haar woorden ook te beseffen, want haar wangen werden rood van schaamte.

'Ik bedoel: je kunt natuurlijk zolang als je wilt bij ons blijven. Maar als je zelf weg zou willen, wie zou er dan voor je moeten zorgen?'

'Ik zorg wel voor mezelf,' zei ik trots, terwijl ik een steek van wanhoop die ergens onder in mijn buik oprees, wegslikte.

Adileh schoot in de lach en legde haar hand op mijn schouder. Een gebaar van medelijden, wist ik.

'Je weet toch dat mannen geen vrouw willen die als een dolle hond op straat gezworven heeft? Als je een vrij zwerversbestaan wilt leiden, zal geen man meer om je hand komen vragen.' Nu had ze me in de verdediging gekregen.

'Maar ik heb toch niet op straat gezworven? Slechts een dag ben ik onderweg geweest om te vluchten voor mijn ellendige lot. Dat is alles.' Mijn stem klonk hoger dan normaal van pure verontwaardiging.

'Voor sommige mannen is dat al te veel. En je bent ook bij Kouros op het paard geklommen, dat is niet erg voorzichtig!' Adilehs mond had een welving die voor een glimlach door kon gaan. Kouros had het dus aan zijn zus verteld. Hopelijk niet aan zijn moeder. Maar waarom? Natuurlijk had ik geweten dat het ongepast was voor een meisje om op een paard te klimmen bij een vreemde man maar hij moest dat toch ook weten? En wie was Adileh om mij terecht te wijzen terwijl ze er zelf een geheime minnaar op na hield met wie ze kuste in een steeg?

'Het was misschien niet zo slim van me, maar ik was doodmoe en je hebt geen idee hoe erg mijn voeten brandden. Ik had eigenlijk geen keus. Jij had waarschijnlijk precies hetzelfde gedaan.'

'Vertel eens, ben je onderweg nog andere mannen dan Kouros tegengekomen?' ging Adileh verder, mijn verweer negerend.

Haar ogen fonkelden ondeugend, alsof ze ergens vreselijk veel plezier in had.

'Nee,' zei ik naar waarheid.

'Dus Kouros is de enige man met wie je zo intiem bent geweest?' vroeg Adileh me nog eens, alsof ze op dit punt absolute zekerheid wilde hebben.

'Als je samen op een paard zitten "intiem" wilt noemen, dan is mijn antwoord ja,' zei ik afgemeten. Adileh leek blij en zelfs opgelucht met dit antwoord. Wat voerde ze toch in haar schild? Haar nieuwsgierigheid leek ineens bevredigd. Ze stond op om de schaal met gesneden dille naar buiten te brengen en te wassen. Zonder een woord te zeggen liep ik naar de hoek van de kamer, pakte een paar eieren, mijn pigmenten, wat kleine schalen, het papier en mijn penselen, en liep naar buiten. Ik zou de stad uit lopen en in de bergen een fijn plekje uitzoeken om te schilderen. Ergens waar ik niet meer zou hoeven piekeren over Adileh en haar mysterieuze bedoelingen.

Mijn vader had altijd de heerlijke gewoonte gehad om mij verhalen te vertellen. Als klein meisje zat ik vaak in zijn werkplaats te luisteren naar zijn woorden. Die riepen vreemde landschappen op vol stoere strijders, koningen en mooie vrouwen. Maar mijn favoriete verhaal was wel dat van Laila en Majnoen, wier onmogelijke liefde me altijd weer tot tranen wist te brengen.

Toen Majnoen en Laila voor het eerst een blik op elkaar wierpen, was hun lot bezegeld: hun harten liepen over van een liefde die zo heftig was dat beiden wisten nooit iemand anders meer te kunnen liefhebben. Vanaf die dag zouden hun levens alleen nog maar draaien om elkaar. Maar helaas waren de families van Laila en Majnoen met elkaar in een onoplosbare vete verwikkeld. En hoezeer Laila ook weende en hoezeer Majnoen ook weeklaagde: de twee geliefden kregen geen toestemming om met elkaar te trouwen. In plaats daarvan gaf Laila's vader zijn dochter aan een andere man. Toen Majnoen hoorde over dit huwelijk, werd hij gek van verdriet. Jaren zwierf hij rond in de woestijn, slechts denkend aan zijn geliefde Laila. Hij reciteerde verzen over haar of schreef ze met een stok in het hete woestijnzand:

Ik loop langs deze muren, de muren van Laila.
En ik kus dan eens die muur dan weer deze
Het is niet de liefde voor het huis dat bezit van mijn hart heeft genomen
Maar voor degene die erbinnen schuilt

Zijn familie gaf de hoop op dat hij ooit nog bij zinnen zou komen en liet in de woestijn regelmatig eten voor hem achter. Uiteindelijk werd Majnoen dood gevonden bij het graf van een onbekende vrouw. Op een rotsblok er vlakbij had hij zijn laatste drie regels poëzie geschreven, ter ere van Laila.

Majnoene Laila, de dwaas die gek op Laila was, die zich terugtrok in de woestijn nadat hij zijn Laila niet had kunnen krijgen, zijn dagen vullend met poëzie vol hartensmart. Was dat het lot dat Adileh en Iman te wachten stond? Nu ik papier en verf tot mijn beschikking had, zou ik Majnoen kunnen schilderen. En Laila natuurlijk. Van elkaar gescheiden, maar toch samen in een schilderij. Ze zal hem zien door een raam, maar niet in staat zijn naar hem toe te gaan. Mijn handen tintelden van verlangen om het tafereel op papier te brengen.

Telkens weer verbaasde ik me over het feit dat ik zomaar door de stad kon lopen zonder dat er op me gelet werd. Toch bleef ik waakzaam. Ieder moment zou het gezicht van een van mijn broers kunnen opduiken of zelfs dat van mijn moeder. De gedachte aan wat ik hen had aangedaan, probeerde ik met alle macht te verdringen, maar soms kon ik het niet helpen me af te vragen hoe het met hen zou gaan. Zouden ze nog naar mij op zoek zijn of hadden ze zich erbij neergelegd dat ze me misschien nooit meer terug zouden zien? De oude Mahmoed was ongetwijfeld teleurgesteld geweest toen hij vernam dat zijn jonge blaadje plotseling verdwenen was, als door de wind meegenomen. Maar vandaag wilde ik niet aan hen denken. Vandaag was het een feestelijke dag.

Toen ik buiten de stad was gekomen en een geschikt plekje onder een oude beukenboom had gevonden, deed ik de gemalen pigmentpoeders in de schaaltjes en brak op ieder een ei. Met een houten stokje roerde ik mijn verf. De kleuren waren prachtig: van walnootbruin tot saffraangeel, van azuurblauw tot kersenrood – ik had alles wat een schilder zich wensen kon.

Ik hoefde het verhaal dat ik al zo lang in mijn hoofd met me mee had gedragen alleen nog maar op het papier te brengen. En terwijl ik bezig was mijn geliefde Laila en Majnoen te schilderen, bestond er geen tijd, bestond er geen plaats. Er was alleen maar een penseel dat zich dopen moest in kleuren, telkens weer. Pas toen ik moeite kreeg de voorstelling op het papier te ontwaren, begreep ik dat de zon bezig was onder te gaan en dat ik de hele middag schilderend had doorgebracht. Nu pas voelde ik de winterkou die zich vast had gezet in mijn botten, die mijn voeten als van ijs had gemaakt. Nu pas voelde ik de dorst die als een stekelige borstel mijn keel irriteerde en de vermoeidheid die klopte in mijn kuiten. Ik moest dringend naar huis.

'Mijn God, Soraya, waar was je?' Maryam ganoem, Adilehs moeder, stond in de duisternis van de straat, een meter of vijftig van haar huis.

'Iedereen is naar je op zoek. Hoe kon je zo lang wegblijven zonder ons te vertellen waar je heen zou gaan? En wat heb je daar onder je chador?'

'Vergeef me, alstublieft. Ik was gaan schilderen en ben de tijd vergeten,' zei ik. Haar tweede vraag liet ik onbeantwoord.

'Laten we maar gauw naar binnen gaan,' zei Maryam ganoem terwijl ze richting haar kleine huisje liep met een olielamp in haar uitgestrekte hand om het pad te verlichten. Binnen zei ze niet veel. Ik haalde direct mijn schilderij onder mijn chador vandaan. De hele weg had ik mijn best gedaan mijn kleding de afbeelding niet te laten beroeren, de verf was immers nog nat geweest. Ik legde het onopvallend in een hoek van de kamer naast mijn zadeltas. Maryam ganoems aandacht werd opgeëist door de potten en pannen op het vuur. Ik had de indruk dat ze kwader op me was dan ze liet blijken. Misschien was ze bang dat de buren zouden kletsen en dat de familiereputatie zou worden aangetast. Zwijgend schepte ze *hawiets polo* op een bord, rijst met wortel. Daarna bracht ze me bittere thee. Terwijl ik at, kwamen Mohsen aga, Kouros en Adileh binnen. Adileh keek me ijzig aan. Ze beantwoordde mijn groet nauwelijks en bleef de hele avond stil.

Pas toen we na het eten samen de vaat naar buiten droegen en een ogenblik alleen waren, siste ze in mijn oor: 'Hoe kon je zo dom zijn om 's avonds in je eentje rond te zwerven? Wat moet Kouros nu wel niet van je denken?'

Mohsen aga was een man van weinig woorden, maar zijn gezicht sprak er duizenden toen hij een paar dagen later mijn voltooide schilderij van Laila en Majnoen bekeek. Ik dacht zelfs zijn ogen, die als kleine bruine, schoongewassen stenen in zijn rimpelige huid fonkelden, vochtiger te zien worden, maar dat kon verbeelding zijn. Zijn vrijwel tandeloze mond stond in ieder geval wijd open van verbazing en het leek een eeuwigheid te duren voor hij sprak.

'Soraya, heb je dit echt zelf geschilderd?'

'Ja, Mohsen aga,' sprak ik zacht. Ik durfde hem niet aan te kijken. In plaats daarvan richtte ik mijn ogen op de gaten in mijn bruine wollen sokken die met de dag groter leken te worden.

'Het is... het is ongelooflijk,' stamelde de oude man. 'Ik heb nog nooit zoiets gezien.'

Op dat moment kreeg ik een ingeving.

'Het zou mij een eer zijn indien u dit als een bescheiden gift van mij zou willen aannemen,' zei ik plechtig. Vreemd dat ik niet eerder op dit idee was gekomen, was het niet mijn plicht om eindelijk iets, hoe klein dan ook, terug te schenken aan deze arme man op wiens zak ik al wekenlang teerde? Die mij, een wildvreemde, als een tweede vader onder zijn vleugels had genomen? Nu keek ik hem aan.

'Dat kan ik niet aannemen.' Zijn stem klonk resoluut.

'Maar het zou mijn grootste plezier zijn als u het wel aanneemt. Het is een blijk van waardering voor uw gastvrijheid. Bovendien, wat zou ik er zelf mee moeten aanvangen?'

Mohsen aga keek me verward aan: meende ik dit nu echt of was het slechts *ta'arof*, een vorm van beleefdheid die alle oprechtheid ontbeert? Toen ik hem geruststellend toeknikte, verdween zijn twijfel.

'Als je het echt meent Soraya, dan ben ik zeer vereerd met dit cadeau. Dank je. Ik zal het een mooi plekje in mijn winkel geven zodat ik er de hele dag naar kan kijken.'

De deur ging open en Maryam ganoem en Adileh kwamen binnen. Ze waren op bezoek geweest bij de buurvrouw; ik was thuisgebleven om de vaat te doen.

'Vrede zij met u,' klonk het uit twee kelen. Toen richtten moeder en dochter hun blik op het schilderij dat Mohsen aga trots in zijn handen hield, daarna keken ze beiden naar mij.

'Maar dat heb jij toch niet gedaan, Sorayadjoen?' vroeg Maryam ganoem.

'Jawel, moeder. Zij moet het wel hebben geschilderd! Wie anders is in staat zoiets prachtigs te maken?' was Adileh me voor.

'Soraya is een ware kunstenares,' sprak Mohsen aga. 'En ze heeft het schilderij aan mij geschonken. Ik ga het in de winkel hangen. Misschien brengt het geluk en zal het klanten aantrekken.' Maryam ganoem en Adileh kwamen vlak voor hem staan om de details van het schilderij goed in zich op te nemen. Daarna omhelsden en bedankten ze me. Voor het eerst sinds lange tijd voelde ik me even weer gelukkig en ik dankte God in stilte voor mijn schildertalent.

Nog geen twee dagen later leek God de wens van Mohsen aga verhoord te hebben. Er was een klant in de winkel gekomen – maar die had zich niet op de stoffen gestort, maar op mijn schilderij.

'Hoeveel zilverstukken moet dit schilderij opleveren?' had hij Mohsen aga gevraagd, die van pure schrik en verbazing niet had geweten wat hij moest antwoorden.

'En wie heeft het gemaakt?' vroeg de man zonder het antwoord op zijn eerste vraag af te wachten.

'Mijn zoon,' had Mohsen aga snel geantwoord. Hij was bang voor de schande als hij zou vertellen dat het maar een meisje was dat het tafereel van Laila en Majnoen op het papier had weten vast te leggen. Bovendien zou het de prijs verlagen.

Binnen tien minuten was het schilderij verkocht en Mohsen aga kwam voor het eerst sinds vele maanden met een zak vol zilverstukken naar huis. Zijn magere lichaam leek minder krom dan anders en zijn ogen glansden. Maar toen hij mij zag, gleed er iets van schaamte in.

'Soraya, ik hoop niet dat je het erg vindt, maar ik heb je schilderij verkocht...'

'Dat is fantastisch!' riep ik gemeend. Wie had ooit kunnen denken dat twee dagen nadat Mohsen aga het schilderij in zijn stoffenwinkeltje had gehangen, zich een koper zou melden?

'Dus je vindt het niet erg?' vroeg de oude man nog met een lichte aarzeling in zijn stem.

'Natuurlijk niet. Hoeveel hebt u ervoor gekregen?'

Mohsen aga haalde trots de zilverstukken uit zijn zak en toonde ze aan zijn familie.

Bewonderende zuchten vulden het kleine vertrek. Maryam ganoem sloeg zelfs heel even lichtjes een arm om haar man heen, iets wat ik haar nog nooit had zien doen. Mohsen aga stopte een paar zilverstukken in mijn hand en zei met zijn tandcloze, grijnzende mond: 'Adileh, Soraya, willen jullie naar buiten gaan en het beste lamsvlees kopen dat er in de stad te vinden is?'

5

Maraqeh, januari 1522

Na dit eerste onverwachte verkoopsucces stelde Mohsen aga voor om een vaste plek in de toch al kleine woning voor mij te reserveren als werkplek. Hoewel ik, ondanks de winterkou, eigenlijk het liefst in de vrije natuur schilderde, was ik erg blij met dit gebaar. Het betekende permanente toestemming om een groot deel van mijn dagen te vullen met schilderen in plaats van met het snijden van groente. Mohsen aga bracht me tot mijn grote verrukking nieuw papier en uiterst fijne penselen, gemaakt van het haar van jonge katjes. Toch leidde mijn nieuwe bezigheid weleens tot vreemde taferelen. Bijvoorbeeld die keer dat er op de deur werd geklopt door de buurvrouw die in al haar goedheid een schaaltje fijngehakte walnoten bracht om er fesendjun van te maken. Normaal gesproken zou Maryam ganoem met een vriendelijke glimlach de deur wijd opendoen en de buurvrouw uitnodigen voor thee en zoete lekkernijen. Maar deze keer bleef de deur op een kier. Zo aardig als ze op kon brengen bedankte Maryam ganoem de buurvrouw voor haar gift, maar de uitnodiging om binnen te komen bleef achterwege. In plaats daarvan ging de deur zo snel mogelijk weer dicht. Ik had allang door dat het niet de bedoeling was dat ik als schilderes gezien zou worden door wie dan ook. Er kleefde een smet aan mijn bezigheid, of liever gezegd op het feit dat ik er als meisje mee bezig was. Volgens Adileh werd er sowieso al volop geroddeld over mijn aanwezigheid bij de familie. 'Ze kunnen je niet plaatsen. Ze denken dat je misschien bij Kouros hoort, maar dat zou schandalig zijn als je bedenkt dat jullie niet zijn getrouwd.'

Voor mijn tweede schilderij maakte ik geen gebruik van oude verhalen. Ik schilderde heel fijntjes de dingen waar ik zoveel van hield in de bossen rondom het dorp waar ik was opgegroeid: populieren die sidderden in de wind, herten, konijnen en vossen die leken te dansen op de muziek van het aanzwellende orkest van krekels. Maar het viel me zwaar om deze natuurtaferelen te moeten schilderen in het donkere, kleine en nogal dompige vertrek dat doorgaans naar schimmel rook. Daarom besloot ik op een dag toch weer de stad uit te lopen. Mijn schilderspullen en het schilderij hield ik onder mijn chador stevig tegen mijn lichaam gedrukt. Ik had mijn gastgezin verteld dat ik in de stad wat dingen wilde kopen. Gelukkig hadden ze niet doorgevraagd en had Adileh niet aangeboden om mee te gaan.

Sinds het overlijden van mijn vader kleedde ik me nog altijd volkomen in het zwart als teken van rouw. De traditie schreef voor om dit in ieder geval een jaar te doen, maar ik kende veel vrouwen in het dorp die na het overlijden van hun man of kind tot het eind van hun leven in het zwart gekleed bleven. De rode hoofddoek die ik vroeger in mijn dorp droeg, had ik daar achtergelaten. Toch maakte mijn zwarte gewaad me allerminst somber. Genietend van de winterse zonnestralen op mijn gezicht en een welhaast vergeten gevoel van vrijheid, liep ik opgewekt door de stegen van de stad, langs de oude moskee met zijn blauwbetegelde koepel, de hamam en de lemen huizen, tot het geschreeuw van kooplui en het geratel van handkarren plaats hadden gemaakt voor een stilte die slechts onderbroken werd door vogelgefluit. Maar ik hoorde ook nog iets anders: een regelmatig, kort knerpend geluid achter me. Voetstappen. Als ze afkomstig waren van iemand met slechte bedoelingen, was ik verloren; er was niemand die mijn geschreeuw om hulp zou kunnen horen. Snel draaide ik me om. Kouros' gezicht werd dieprood als de bessen die Maryam ganoem altijd in de rijst deed. Hij liet zijn smalle schouders wat zakken en keek een ogenblik betrapt naar de grond.

'Wat doe jij hier nou?' stamelde ik.

'Ik ben je achternagegaan. Het spijt me als ik je heb laten schrikken, maar ik dacht al dat je stiekem ergens zou gaan schilderen in plaats van de stad in te gaan. Ik zag hoe je je spullen onder je chador verstopte.' Kouros durfde me nog steeds niet aan te kijken. In plaats daarvan hield hij zijn ogen gericht op de keien in het zandpad dat dezelfde dofbeige kleur had als de bergen die ons aan drie kanten omringden.

'Maar dat is toch geen reden om me te volgen?' zei ik. 'En dan zo zachtjes. Je had me kunnen vragen of je mee mocht. Ik ben echt geschrokken.'

Nu pas keek hij me aan. De formele beleefdheid die we jegens elkaar in acht hadden genomen tijdens onze eerste ontmoeting, was al snel vervaagd. Kouros was als een broer voor me geworden en we waren vrij direct en eerlijk tegen elkaar. Behalve over de kwestie Iman, die had ik natuurlijk onbesproken gelaten. Volgens Adileh dacht Kouros dat ik daar niets vanaf wist. Toch had ik nu het gevoel dat er iets oneerlijks in zijn gedrag was geslopen, iets wat ik niet plaatsen kon.

'Het spijt me. Maar het is hier gewoon gevaarlijk voor een vrouw alleen. Ik wil je beschermen...' Hier haperde Kouros even. Hij keek me onzeker aan.

'Tegen wie?'

'Je hebt een man nodig.' Bij deze woorden kwam Kouros naar me toe en hij probeerde zijn stevige armen om me heen te slaan, als een toneelspeler die gehoorzaam de instructies uitvoerde die hem waren ingefluisterd. Mijn lichaam trilde even uit stil protest.

'Nee, ik moet gaan.' Ik deed een paar stappen naar achteren en draaide me om. De eerste stappen liep ik nog, maar als vanzelf begon ik daarna te rennen. Terug naar de veilige drukte van de stad. Ik rende net zolang tot de stem van Kouros die mijn naam riep, totaal was opgelost en ik nog slechts de hijgende adem hoorde die onregelmatig uit mijn keel stootte. Pas toen ontdekte ik dat ik onderweg mijn papier, verf en kwasten was verloren. En het ergst van allemaal: mijn schilderij. Een brandende pijn kwam opzetten in mijn ogen en ik voelde me wanhopig. Mijn schilderij dat bijna af was, was verloren; Kouros bleek geen broer te zijn maar iemand die zichzelf zag als mijn toekomstige echtgenoot. Het was alsof de *sjeytan*, de duivel, bezit van hem had genomen. Niets zou nu meer hetzelfde zijn. Wat moest ik beginnen? Kon ik nog blijven bij dit gezin, dat me weliswaar behandelde als een dochter maar misschien toch andere bedoelingen had? Was deze onaangename ervaring met Kouros soms Gods manier om mij te laten zien dat de tijd rijp was voor vertrek? Maar waar naartoe? Het zou onmogelijk zijn om met iemand over dit incident te spreken. Zelfs Adileh was deze keer geen optie: Kouros was en bleef haar broer. Was Somayeh maar hier, mijn hartsvriendin aan wie ik alles kon vertellen. Haar kind zou nu geboren moeten zijn, maar nooit zou ik het kunnen bewonderen. Somayeh behoorde tot mijn oude leven dat afgesloten was. Als een ster aan het firmament die af en toe even troostrijk oplicht, maar onbereikbaar blijft.

Niet in staat mijn gedachten te ordenen of om Maryam ganoem, Adileh of Mohsen aga onder ogen te komen, dwaalde ik net zolang door de stad tot mijn tranen waren opgedroogd en het donker was geworden. Ik liep langs de wolververs, de waarzeggers, de saffraankooplieden en duizenden anderen wier gezichten ik alweer vergeten was zo gauw ik een paar stappen verder was. Niemand kende me of sprak me aan en daar was ik ze dankbaar voor want ik wilde niets liever dan met rust gelaten worden om orde te kunnen scheppen in de chaos van mijn gedachten. Om, zo wenste ik vurig, een idee te krijgen. Een idee over wat ik doen moest, vandaag, morgen, of als God het wilde, mijn hele leven.

Tot mijn grote opluchting was Kouros er niet toen ik thuiskwam. In het schijnsel van een kleine olielamp was Adileh bezig wol te spinnen. Haar mond ging open zodra ze me binnen zag komen. Maryam ganoem, die naast haar zat op het grove tapijt om Adileh te helpen, zond haar echter een waarschuwende blik. Vreemd genoeg vroegen ze niet waar ik zo laat vandaan kwam, en dat was maar goed ook omdat ik niet in staat was geweest een excuus te verzinnen.

'Vrede zij met je, Sorayadjoen,' zei Maryam ganoem rustig. 'Ik zal je een bord heerlijke rijst geven met selderijsaus en kip. Wil je ook saffraanpudding? Neem anders alvast een kikkererwtenkoekje. Ze zijn vers.' Zonder mijn antwoord af te wachten, duwde ze haar zware lichaam van de grond om eten voor mij te halen. En alsof het de normaalste zaak van de wereld was, voegde ze er nog aan toe: 'O, ja. Kouros bracht net wat schilderspullen van je langs. Die scheen je verloren te hebben. Ze staan in je werkhoek.' Het was alsof mijn hart in brand schoot. Een enorm vuur, dat danste van blijdschap en de hele aarde verlichtte, zo warm voelde het van binnen. Ik moest de aandrang onderdrukken om door de kamer te springen. Snel liep ik naar mijn werkplek en ja, alles lag er: de penselen, het papier en het schilderij. Het was zelfs niet licht gekreukeld!

'O, dat is mooi,' zei ik zo neutraal mogelijk. De twee vrouwen leken te verdiept in hun eigen werkzaamheden om hierop te reageren. Waarom vroegen Adileh en Maryam ganoem verder niets? Waarom waren ze deze keer niet boos of bezorgd om het feit dat ik zo laat thuis was gekomen? Een vermaning omdat ik zo slecht met mijn spullen was omgesprongen was toch wel het minste dat hier op zijn plaats was geweest.

'Kom lekker zitten op het kleed. Je zult wel honger hebben, kind!' sprak Maryam ganoem op vriendelijke toon. Ik ging bij hen zitten, maar de smaak van de selderijsaus met kip kon me deze keer niet bekoren. Zelfs de saffraanpudding, zoet als dadels, plezierde me niet. De hele avond bonkte er maar één vraag door mijn hoofd: Kouros, waarom kon je niet gewoon een broer voor me blijven?

De eerste twee dagen na het incident wist Kouros zich voor mij verborgen te houden. Hij zorgde ervoor 's avonds laat thuis te komen als ik al sliep. Maar dit kon hij natuurlijk niet eeuwig volhouden, al was het alleen maar om de argwaan die dit zou veroorzaken bij zijn familie. Op de derde dag at hij voor het eerst weer thuis. Hij deed zijn best om mij niet aan te kijken en zijn handen trilden licht toen hij het versgebakken steenbrood in stukken scheurde. Toch zag ik twee keer vanuit mijn ooghoeken dat hij me bespiedde als hij dacht dat ik niet keek.

Na de lunch wilden Adileh en ik voor onze wekelijkse wasbeurt naar de hamam gaan. Vlak voor ons vertrek fluisterde Maryam ganoem me snel toe: 'Kun je zorgen dat je vanavond bijtijds thuiskomt? Mohsen aga en ik willen graag even met je praten.'

'Ja, natuurlijk,' antwoordde ik automatisch, maar ik wenste dat mijn gastvrouw me deze vraag niet had gesteld. De hele middag kon ik namelijk vrijwel nergens anders aan denken. Zouden ze ontevreden over me zijn? Zou dan eindelijk het moment aanbreken waarop het gezin me zou vragen te vertrekken?

'Adileh?' vroeg ik ten slotte toen we beiden naakt in de dampende hamam zaten. 'Weet jij waarover je ouders mij vanavond willen spreken?'

'Nee, natuurlijk niet,' klonk het direct, maar Adilehs stem was onvast. 'Hoe zou ik dat nu moeten weten?' Een moment keek ze me schuin aan. Toen wendde ze haar groene ogen haastig weer af en begon zich in te zepen. Ze was een en al vrouw. Haar lichaam had gulle rondingen en haar lichtbruine haar golfde tot op haar heupen. De iets rijpere vrouwen in de hamam begluurden haar als altijd met afgunst, de echt oude met bewondering. Een van de vrouwen klakte deze keer zelfs met haar tong en ik ving haar woorden op toen ze tegen haar buurvrouw fluisterde: 'De man die haar krijgt zal God voor de rest van zijn leven dankbaar blijven.' Mijn lichaam daarentegen ontbeerde vrijwel iedere welving: ik had de heupen van een jongen en mijn borsten staken nauwelijks uit. Toen ik mijn lichaam ten slotte insmeerde met een zoetgeurende olie, hield ik de gezichten van de aanwezige vrouwen scherp in de gaten. Maar in mijn richting werden geen afgunstige of bewonderende blikken gezonden. In de ogen die zo nu en dan achteloos even op me bleven rusten, dacht ik eerder iets van medelijden te lezen. En dezelfde vrouw die Adileh had geprezen, fluisterde even later tegen haar buurvrouw: 'Kijk dat arme ding. Met zo'n lichaam komt ze nooit aan de man.' De pijnscheut in mijn buik kon ik niet plaatsen. Was het jaloezie of angst voor het gesprek van vanavond?

Sneeuwvlokken dwarrelden door de lucht toen we warm en rozig weer terugliepen naar huis. Maar hoe dichter we bij huis kwamen, hoe zwaarder mijn benen werden en uiteindelijk was er niets meer over van mijn rozigheid.

Aanvankelijk leek ik me voor niets zorgen te hebben gemaakt. Maryam ganoem en Mohsen aga deden er alles aan om mij op mijn gemak te stellen. Maryam ganoem liet me ook niet meehelpen met het serveren van de linzenrijst met dadels.

'Blijf nou maar eens lekker zitten, Soraya. Ik red het wel alleen,' zei ze met een glimlach. Mohsen aga vroeg of het schilderij al vorderde, waarop ik positief kon antwoorden. Ik had er de laatste drie dagen veel tijd aan besteed en het schilderij was zo goed als af. Natuurlijk zou ook dit weer opgehangen worden in de winkel en hopelijk snel worden verkocht.

Toen we gedrieën zaten te eten, werd er niet meer gesproken. Het zwijgen werkte op mijn zenuwen, want ik wist dat het een belangrijk gesprek in zich herbergde. Het was Maryam ganoem die de stilte ten slotte verbrak.

'Zeg, Sorayadjoen. Je bent nu al een paar maanden bij ons en ik moet je zeggen dat je voor ons echt als een dochter bent geworden.'

Schichtig keek ik op. Maryam ganoem keek me indringend aan. Het maakte me verlegen.

'Dank u. U hebt zoveel voor mij gedaan. Ik ben u zoveel dankbaarheid verschuldigd dat een mensenleven daarvoor te kort zou zijn.'

'Het is goed, Soraya. Maar hoe oud ben je ook alweer?' De vraag overviel me. Snel begon ik te rekenen. Het was nu zo'n zeven maanden geleden dat ik vijftien was geworden en vader me de kist had geschonken. De herinnering was zoet maar tegelijkertijd pijnlijk door de toenemende afstand die ik voelde tussen mezelf en deze gebeurtenis, een afstand in tijd die beelden, gezichten en zelfs de bijbehorende stemmen deed vervagen.

'Over vijf maanden word ik zestien,' sprak ik zacht, terwijl ik de achterliggende bedoeling van Maryam ganoems vraag al vreesde.

'Misschien is het goed voor je om binnenkort te trouwen,' zei mijn gastvrouw voorzichtig. Hierbij keek ze even met een hulpeloze uitdrukking op haar gezicht naar haar man. Die moest ook wat zeggen.

'Met een goede man natuurlijk,' voegde Mohsen aga eraan toe. 'Een die niet te oud is.'

Mijn benen begonnen te tintelen en mijn hoofd werd warm. Ik wilde weg van dit kleed, weg van deze conversatie. Waarom konden ze me niet met rust laten? Waarom regelden ze niet eerst een huwelijk voor Adileh? Met Iman. Zij was allang zestien en zij zou zo'n huwelijk toejuichen. Omdat mijn mond nog vol linzenrijst zat en ik ook niet zo gauw iets te zeggen wist, zweeg ik. Maryam ganoem beschouwde dat blijkbaar als instemming, want ze ging met meer zelfverzekerdheid verder.

'We hadden gedacht dat onze zoon Kouros een goede partij

voor je zou zijn. Hij is jong, gedreven en eerlijk. Een harde werker bovendien, bij wie je niets te kort zult komen.'

'Ja, maar...' protesteerde ik nu, nog steeds met de linzenrijst in mijn mond. Kouros was dan inderdaad geen oude man, maar sinds de dag waarop hij zich min of meer aan me had aangeboden, ontweek ik hem het liefst. En ook voor dat onaangename incident had ik hem nooit als een huwelijkskandidaat gezien. Hij was een broer geweest, een vriend. Een jongen die zonder twijfel een goed hart bezat, maar die niet bij me paste. Niet op die manier. Bovendien wilde ik helemaal niet trouwen nu, met niemand. Maar voor ik mijn zin kon afmaken, zei Mohsen aga:

'Natuurlijk kun je gewoon je schilderen voortzetten. Zelf als er kinderen mochten komen. Mijn vrouw kan je dan helpen.'

'Ja, op die manier zullen we echt, officieel een grote familie vormen,' zei Maryam ganoem enthousiast. Haar ogen glansden van ingehouden geluk. Toen werd ze ernstig. 'Bovendien kunnen we de situatie zoals die nu is, niet lang meer voortzetten. De mensen kletsen, ze vragen zich af wat jij in ons gezin doet. Ze zien je als mijn schoondochter maar ze weten ook dat er nooit een bruiloft heeft plaatsgevonden. Het is niet gezond wanneer twee jonge mensen van een verschillend geslacht die geen familie van elkaar zijn met elkaar onder één dak leven. Volgens ons geloof is dat *haram*. Dat moet je toch weten, Sorayadjoen?'

Mijn speeksel smaakte opeens naar ijzer en ik werd duizelig. Hoe kon ik dit aanbod op een beleefde manier afslaan? Zo dat niemand zijn gezicht zou verliezen? Een keiharde weigering zou als een belediging worden opgevat. Wie was ik, een zwerfster, een ronddolende jonge vrouw met wat papier en penselen als haar enige bezittingen, om hun zoon te weigeren? Op het eerste gezicht leek het ook de perfecte overeenkomst: ik zou door Kouros te trouwen mijn leven lang verzekerd zijn van een dak boven mijn hoofd, een liefdevolle familie om me heen, de respectvolle status van getrouwde vrouw en als God het zou willen zelfs die van moeder. Mijn gastgezin was daarbij nog zo goed geweest mijn schilderspassie niet uit het oog te verliezen en gaf me permissie hiermee door te gaan. Mijn eigen moeder kon hier nog veel van leren. Toch maakte alleen de gedachte al om Kouros' vrouw te worden me misselijk tot op het bot. Ik wilde het liefst uitroepen: nooit maar dan ook nooit van mijn leven zal ik met Kouros trouwen! Maar laf als ik op dat moment was, zei ik slechts dat ik erover na zou denken. Dat was voor Maryam ganoem en Mohsen aga op dat moment genoeg. Tevreden en opgewekt pratend over allerlei onnozele dingen, zetten ze de maaltijd voort.

De dagen erop vluchtte ik in mijn schilderij. Op een gegeven moment kon ik er niets meer aan verbeteren dus gaf ik het aan Mohsen aga om het in de winkel te hangen. Zijn ogen straalden van genoegen toen hij het kunstwerk zag. Vijf dagen later was het verkocht en was ik aan mijn derde werk begonnen.

In de weken die volgden werkte ik vol ijver. Kouros had inmiddels zijn ontwijkende houding opgegeven en zond me regelmatig overvriendelijke blikken, die ik negeerde. Mohsen aga en Maryam ganoem hadden na ons vertrouwelijke diner niet meer over hun voorstel gesproken. Ik wist dat ze mij de tijd wilden geven om erover na te denken. Ik wist ook dat hun geduld niet eeuwig op de proef kon worden gesteld. Ik had me vaak afgevraagd van wie het idee van een huwelijk tussen mij en Kouros afkomstig was. Niet van Kouros zelf, daarvan was ik overtuigd. Hij had me nooit eerder signalen in die richting gegeven en zijn optreden buiten de stad had iets geforceerds gehad. Had iemand hem aangespoord om mij te achtervolgen, die dag, en mij ervan te overtuigen dat ik beschermd moest worden door een man als hij? Waren het zijn ouders geweest of zijn zus? Had Adileh dit alles bedacht? Ik zag weer voor me hoe ze me had uitgehoord over eventuele andere mannen, hoe haar ogen ondeugend en vol ingehouden plezier hadden geschitterd, en haar opluchting toen ze hoorde dat

Kouros de enige man was geweest met wie ik op een paard had gezeten. Haar woede toen ik 's avonds zo laat was thuisgekomen zou er ook mee verklaard kunnen worden, net als haar opmerking wat Kouros daarvan wel moest denken. Adileh was in ieder geval door haar ouders op de hoogte gesteld van het huwelijksaanzoek, en op een dag begon ze erover terwijl we door de stad zwierven om inkopen te doen.

'Sorayadjoen, je bent gek als je dit huwelijksaanzoek niet accepteert.' Haar ogen stonden bozig en haar wangen waren lichtrood.

'Vertel me, beste Adileh, waarom zou ik gek zijn? Zo'n beslissing is geen makkelijke. Je moet daar niet te licht over denken,' antwoordde ik nukkig.

'Zie je het dan niet? Mijn broer Kouros is een weliswaar trotse, maar goudeerlijke jongen die je zeker gelukkig zou kunnen maken. Dan worden we schoonzusjes en heb je voor je hele leven een veilige plek. Wat is trouwens je alternatief? Je moet toch ooit trouwen en zolang je hier woont, heb je geen kans op een andere man. Mijn moeder zei het al: je kunt niet langer ongetrouwd met Kouros onder één dak wonen. Het is slecht voor de familie-eer. Ga je weg, dan ben je gedoemd een zwerversbestaan te leiden en zoals ik al zo vaak heb gezegd: geen man zit te wachten op een zwerfhond. Je zult een zwaar leven krijgen en op het laatst zal je niets anders resten dan met de een of andere kerel een *sigeh* aan te gaan, een tijdelijk huwelijk. En dan word je aan de kant geschoven zodra zo'n man genoeg van je heeft. Daarom zeg ik: je bent een dwaas als je deze kans laat lopen!'

Ik zweeg, wist niets te zeggen. Wat ze zei, klonk logisch. Maar het was vooral het woord 'sigeh' dat in mijn hoofd bleef echoën. Het tijdelijke huwelijk dat de soennieten verwierpen, maar dat wij, sjiieten, omarmden. Zo'n verbintenis kon variëren van een paar uur tot wel tachtig jaar. Misschien was dat voor mij de oplossing. Zo zou ik mijn gastgezin geruststellen en hun familie-eer niet aantasten zonder dat ik voor het leven gebonden was aan een man. Ik had zelfs weleens gehoord van oude mannen die met hun dienstmeid een sigeh aangingen louter om het samenzijn voor het geloof halal, toegestaan, te maken. Ze raakten elkaar dan met geen vinger aan. Als ik zoiets met Kouros kon aangaan, dan zou het allemaal wel meevallen. Adileh had geen flauw idee wat het woord 'sigeh' in mijn hoofd opriep en bleef volop proberen mij ervan te overtuigen een echt huwelijk met haar broer te sluiten.

'Wat is er mis met Kouros, dat je hem niet wilt? Is hij je te min?' Adilehs gezicht bevond zich nu recht voor het mijne.

'Nee, dat is het niet,' fluisterde ik.

'Daar lijkt het anders wel op. Vertel me dan: wat is de ware reden dat je niet met Kouros wilt trouwen?' Adilehs blik was zachter geworden, wat me overhaalde iets van mijn gedachten bloot te geven. Anders zou ze me nooit met rust laten, wist ik.

'Ik ben gewoon niet verliefd op Kouros. Ik zie hem meer als een broer. Hij bezorgt me geen hartkloppingen, geen trillingen in mijn buik, niets!'

Adileh keek teleurgesteld.

'Dat is toch geen reden? Wie zegt dat je al die dingen moet meemaken? Zekerheid is toch veel belangrijker?'

'Ik weet het niet,' zuchtte ik. 'Wat is zekerheid? Ik dacht dat ik zekerheid had toen ik in mijn eigen dorp woonde, maar in een paar maanden tijd was er van die zogenaamde zekerheid niets meer over en moest ik vluchten. Als ik nu met je broer trouw en hier voor altijd blijf wonen, is mijn leven voor mij voorbij. Je mag het dwaas vinden, maar ik heb altijd het vage gevoel gehad dat ik iets avontuurlijks met mijn leven zou doen. Als ik nu met Kouros trouw, is die droom voorgoed vervlogen.'

Adileh zuchtte. Haar mondhoeken hingen nog altijd naar beneden. 'Ik snap het een heel klein beetje. Maar ik blijf erbij dat dat soort gedachten kinderachtig zijn en dat je de kans van je leven laat lopen.'

'Het enige wat ik zou willen overwegen is om een sigeh met je broer aan te gaan,' zei ik ten slotte.

Adilehs ogen werden bol.

'Een sigeh? Je bent gek! Een vrouw vergooit haar leven met een sigeh!'

We waren ondertussen bij de groentekoopman aangekomen en deden onze bestelling. Tot mijn opluchting moesten we het huwelijksonderwerp laten rusten.

Mijn derde schilderij was misschien nog wel geslaagder dan mijn eerste en tweede. Ik hield het omhoog in het zonlicht om het nog eens goed te bekijken. Het lichtblauw van het meer dat ik geschilderd had, schitterde als zilver en was volledig in harmonie met het pistachegroen van de velden. Nog diezelfde dag gaf ik mijn werk aan Mohsen aga wiens ogen deze keer zonder twijfel vochtig werden. Hij zei niets maar knikte dankbaar, om er vervolgens mee te verdwijnen in het labyrint van stegen, dat naar zijn winkel leidde.

Het duurde deze keer langer dan anders voordat mijn schilderij verkocht werd. Iedere avond, als Mohsen aga thuiskwam, vroeg ik hem er direct naar, waarop hij zijn hoofd schudde, traag als een kat. Na vijf avonden kreeg ik de vraag niet meer over mijn lippen. Bovendien was ze overbodig. Ik kon in een oogwenk aan de kromme houding en de doffe ogen van mijn gastheer zien dat mijn schilderij wederom niet was verkocht. Voor het eerst van mijn leven sloeg de twijfel toe: had ik wel goed werk afgeleverd of was ik zo verblind geraakt door het makkelijke succes van de vorige twee schilderijen dat ik nonchalant was geworden? Maar nee, als ik heel eerlijk was, had ik echt wel mijn best gedaan.

Toen Mohsen aga na twee volle weken thuiskwam met een grote lach op zijn gezicht, wist ik direct dat mijn werk verkocht was. We zaten met het hele gezin bij elkaar voor het avondeten.

Adileh was tot dan toe nogal knorrig geweest omdat ze last had van haar maandstonden. Maar zodra Mohsen aga blij bij ons op het kleed ging zitten, hield ze op met haar geklaag. Nieuwsgierig keek ze naar haar vader. Die had nieuws te melden.

'De koper was niet minder dan een afgezant van sjah Ismaïl!' Mohsen aga wachtte even, zodat dit grote nieuws goed tot ons door kon dringen. Kouros floot bewonderend tussen zijn tanden. 'Hij schijnt vaak in de stad te komen om tapijten te bestellen en hoorde over een zeer verdienstelijk schilder, een zoon van Mohsen aga de stoffenhandelaar. Zodoende kwam hij na lang zoeken in mijn winkel en natuurlijk toonde ik hem direct jouw werk, Soraya. Hij stond helemaal versteld. Weet je wat hij zei?'

Mijn wangen gloeiden van trots en hongerig als ik was naar lovende woorden riep ik:

'Nee, vertel het ons gauw!'

'Hij zei: ik ben bereid uw zoon te introduceren bij sjah Ismaïl. Hij kan dan in het koninklijke atelier bij de grote meesters opgeleid worden tot een miniatuurschilder van formaat. Een kans die maar weinigen is gegund.' In me begon alles zwaar te kloppen. Opgeleid worden tot een miniatuurschilder van formaat aan het hof van de sjah! Opeens wist ik het: dit was precies wat ik met mijn leven zou willen doen.

'En wat zei u?' vroeg ik Mohsen aga ongeduldig.

'Tja, wat kon ik zeggen? Wij hebben iedereen wijsgemaakt dat Kouros die schilderijen heeft gemaakt. Stel je voor dat hij Kouros mee zou nemen naar het hof, die zou daar direct door de mand vallen. Onze Kouros kan nog geen rietpen vasthouden!' Mohsen aga schaterde het uit en ook Maryam ganoem, Adileh en Kouros begonnen te lachen. Het irriteerde me, al begreep ik niet precies waarom.

'Maar goed, ik moest het stuk meespelen, dus ik heb met een ernstig gezicht gezegd dat ik erover zou nadenken. Hij zei toen nog dat ik rustig mijn tijd kon nemen. Hij verblijft doorgaans iedere tweede week van de maand in herberg De Hemel.

'Wat was zijn naam, eigenlijk?' vroeg ik.

'Laat me even denken. Jafari geloof ik. Ja, Jafari, zo heette hij. Hij heeft overigens goed betaald, hoor. Twee volle zakken met zilverstukken!'

Terwijl mijn gezelschap niet ophield met lachen en aan een luidruchtige discussie begon over wat met al die zilverstukken te doen, nam bij mij de onrust toe. Waarom had Mohsen aga moeten zeggen dat Kouros mijn schilderijen had gemaakt? Nu was hij verstrikt geraakt in zijn eigen leugens, want natuurlijk kon Kouros niet meekomen naar het hof van de sjah. Wat zou ik graag meegaan met die heer Jafari! Een toekomst als hofschilder in Tabriz, kon het spannender? Maar het zou niet gaan. Een vrouw als leerling in het hofatelier: dat was nog nooit vertoond en ondenkbaar! Het was zelfs zo ondenkbaar dat het niet eens in het hoofd van Mohsen aga op zou komen om mij mee te sturen naar het hof – of in het hoofd van de heer Jafari om een meisje voor te stellen als schildersleerling. Ik zou deze kans uit duizenden aan mijn neus voorbij moeten laten gaan, alleen maar omdat ik als vrouw geboren was.

Die avond kon ik in bed mijn tranen niet meer bedwingen. Ik hield een oude katoenen lap voor mijn mond om al het verdriet dat ik in mijn leven had meegemaakt in te smoren. Ik voelde me de ongelukkigste onder de vrouwen. Vlak voor ik in slaap viel, doemde er een laatste beeld in mijn gedachten op: dat van het vriendelijke gezicht van mijn vader, de smalle mond onder zijn witte snor, de man die duizenden verhalen kende. Zijn levendige bruine ogen die me immer vol liefde hadden aangekeken, zijn warme stem die me een troostrijk gedicht van Hafez toefluisterde:

Joesoef is vermist, maar treur toch niet,
hij komt terug naar Kanaän,
deze verlaten kamer zal ooit

een rozentuin zijn; treur dus maar niet

Mijn treurend hart, je zult je snel weer beter voelen;

geef niet op

mijn verwarde hoofd, je zult snel weer helder zijn;

treur maar niet

Als de planeten eens een dag niet

om onze wensen draaien,

ze kunnen toch niet altijd

dezelfde kant uit gaan; dus treur maar niet

Wanneer de lente van het leven

in de weide zal terugkeren op de troon

zul je onder rozen wonen, o nachtegaal,

treur maar niet

O hart, wanneer de rivier van verlossing

je bestaan zal opeisen

is Noach kapitein; dus over zondvloed,

treur maar niet

Wanhoop niet, want

je kent de mysteries van het verborgene niet.

Achter de sluier is ook vreugde verborgen.

Treur maar niet

Als je op weg gaat,

verlangend de Kaäba te zien

en de doornen van Arabië je steken met sarcasme; treur maar niet

Hoewel dit oponthoud onzeker is

en het doel verborgen

is er geen pad waar nooit

een eind aan komt; treur maar niet

We bewegen ons tussen het verlangen van geliefden

en de listen van de vijand,

God veroorzaakt dit alles, Hij weet het;

dus treur maar niet

Hafez, in je ellende,

in de eenzaamheid van de nacht
zolang je nog bidt en de Koran wordt onderwezen;
treur maar niet.

6

De wintersneeuw was gesmolten en had plaatsgemaakt voor regelmatige buien van zoete regen die de lente aankondigden. Maryam ganoem, Adileh en Soraya waren al ruim een week bezig om
alles in orde te maken voor het nieuwe jaar. Ze hadden het huisje
van onder tot boven gesopt, het kleed en het beddengoed uitge-
klopt en gewassen, de koperen ketels gepoetst en noten en fruit
gekocht. Adileh was nu bezig met de laatste aankopen voor het
sofreh-haft-sin, het kleed met de zeven symbolische voorwerpen
erop die alle met de Perzische letter *sin* beginnen. Bovendien
werden er ook altijd andere voorwerpen zoals een spiegel en een
koran op het kleed geplaatst. Ze hadden naast kaarsen, een spiegel en de koran al knoflook, een hyacint, azijn, een schaaltje
munten en *samanoe*, een zoet dessert van ontkiemd graan, op het
kleed gezet. De overbuurvrouw, die zowel over kippen als kleine
kinderen beschikte, zou zorgen voor beschilderde eieren en Adileh was *somaq*, een soort droge bessen, aan het halen. Mohsen aga
en Kouros zaten er tevreden naast, terwijl ze om beurten vol ge-
not aan een waterpijp zogen. Meer en meer was Mohsen aga gesteld geraakt op Soraya, dat raadselachtige maar vrolijke meisje
dat zo prachtig schilderde. Ze was een engel, door God gestuurd
om hen te redden van de armoede. Nog steeds had ze geen ant-

woord gegeven op het voorstel met Kouros te trouwen. Hij begreep het niet. Het leek de meest voor de hand liggende oplossing. Ze zou de rest van haar leven beschermd worden terwijl ze er tegelijkertijd met haar schilderswerkzaamheden voor kon zorgen dat de familie in welvaart leefde. Het had wel even moeite gekost om Kouros ervan te overtuigen dat dit een kans uit duizenden was. Hij had eerst tegengestribbeld en gezegd dat hij veel mooiere meisjes kon huwen dan Soraya. Dat ze te mager was. Maar later had hij ingezien dat een huwelijk met Soraya een goede keuze was. Hij zou nooit hard hoeven werken met een talentvolle schilderes aan zijn zij. Kouros was nu eenmaal lui, al zouden Mohsen aga en Maryam ganoem dit nooit aan iemand toe willen geven.

Even later kwam Adileh thuis, in een opperbeste stemming.

'Hebben jullie het al gehoord? Fariborz, de zoon van de buurvrouw van drie huizen verder, gaat zich over twee weken verloven met de dochter van de ijzersmid! Wij zijn ook uitgenodigd voor het feest. Ik had gedacht dat we misschien morgen naar de bazaar kunnen gaan om mooie stoffen uit te zoeken?' Bij die laatste zin hield ze haar hoofd schuin en haar ogen vleierig op het gezicht van haar vader gericht. Die keek terug met een zachte blik in zijn ogen.

'Komen jullie maar bij mij stoffen uitzoeken. Tegenwoordig heb ik mooi zijde en prachtig fluweel,' zei hij trots. Van zijn woorden was niets gelogen. Met de opbrengst uit de verkoop van Soraya's schilderijen had Mohsen aga niet alleen zijn schulden kunnen aflossen maar ook zijn armoedig ogende winkeltje kunnen veranderen in een stoffenpaleisje waar alleen nog maar het beste van het beste werd verkocht. Zo had hij ook meer en rijkere klanten gekregen. Zijn vader zou trots op hem zijn geweest als hij nog had geleefd. De familie zat al generaties lang in de textiel, maar de kwaliteit die Mohsen aga nu aan kon bieden was oneindig veel hoger dan die zijn voorvaderen ooit hadden kunnen leveren. Liefkozend kon hij een rol zijdefluweel op tafel uitrollen om een klant te laten zien hoe verfijnd de rechtopstaande polen met de kettingdraden waren meegeweven. Daarna vertelde hij graag in geuren en kleuren het oude verhaal over de monniken die zijdecocons Perzië binnen hadden weten te smokkelen, met als resultaat dat Perzische zijde inmiddels vermaard was en veel goedkoper dan Chinese. Wierp hij een blik op een rol katoen, dan zag hij de hele geschiedenis ervan voor zich: hoe de planten hadden staan deinen in de lentewind, hoe talloze vrouwen ruwe vingers hadden gekregen van het spinnen van de draden uit de vezels. Hoe weer anderen zich in hadden gespannen om uit die draden zacht, luchtdoorlatend textiel te maken dat hij, Mohsen aga, uiteindelijk mocht verkopen. Wat een plezier zou het zijn om zijn dochter en Soraya in de duurste zijde gekleed te zien!

'Misschien moeten jullie er ook een mooie, gouden armband bij kopen!' Adileh slaakte een meisjesachtige kreet en viel haar vader zo enthousiast om de hals, dat de waterpijp bijna omviel.

'O, wat fijn! Een gouden armband! Zoiets heb ik nog nooit van mijn leven gekregen!' Maryam ganoem, druk bezig om het eten te serveren, deed even haar lippen van elkaar alsof ze iets wilde tegenwerpen. Maar blijkbaar bedacht ze zich snel weer.

'Tja kind, de dagen van armoede zijn voorbij,' zei ze stellig en met een glimlach op haar dikke lippen. Soraya wist niet waar te kijken noch wat te zeggen.

'Zo'n aanbod kan ik onmogelijk aannemen,' zei ze zacht. Maar nu mengde Kouros zich in het gesprek. Zijn grote ogen priemden in die van Soraya terwijl hij luid zei:

'Waarom niet? Als iemand het kan aannemen, ben jij het wel. Als jij ons die schilderijen niet had gegeven, zaten we nu droog brood te eten!' Het gezelschap lachte wat ongemakkelijk, alsof het een goede grap betrof.

'En als je mijn bruid wordt, zal ik je bedelven onder zoveel goud, dat je niet in staat zult zijn het allemaal tegelijk te dragen.' Het

81

was de eerste keer dat Kouros over een eventueel huwelijk met Soraya sprak waar iedereen bij was. Hij had haar niet onder druk willen zetten maar het duurde wel erg lang voordat Soraya op het huwelijksvoorstel reageerde. Hoewel hij er in het begin niet echt voor open had gestaan, was het idee om haar als vrouw te krijgen steeds aanlokkelijker geworden. Ze leek eerlijk, betrouwbaar en vlijtig. En Adileh had hem op het hart gedrukt dat het met haar lichaam wel meeviel. Het begon heel langzaam iets meer rondingen te vertonen, had ze gezegd. Maryam ganoem had dan ook flink haar best gedaan om Soraya met vette sauzen en verrukkelijke toetjes wat molliger te krijgen.

'We zullen zien wat het lot ons zal brengen,' zei Soraya diplomatiek. Hoe haalde Kouros het in zijn hoofd haar goud te beloven! Dat verdiende hij zeker door in het theehuis waterpijp te roken! Ze aten zwijgend hun maaltijd. Maryam ganoem keek Soraya af en toe onderzoekend aan.

'We wilden je niet onder druk zetten,' zei ze uiteindelijk voorzichtig, 'maar je hebt nu toch wel genoeg tijd gehad om erover na te denken?'

Soraya slikte. Het moment was daar om haar voorstel te doen.

'Ik dacht eigenlijk meer aan een sigeh,' mompelde ze. Van schrik verslikte Maryam ganoem zich in de rijst, waarna ze een hoestbui kreeg en vele goedbedoelde klappen op haar schouders van Adileh. Die had haar ouders blijkbaar niet ingelicht over Soraya's idee.

'Een sigeh? Bij imam Hoessein, waarom zou je dat willen? Dat is een tweederangs middel voor vrouwen die geen vast huwelijk kunnen krijgen. Slechte vrouwen met een waardeloze reputatie, weduwes... Maar een jonge, mooie vrouw als jij hoeft toch geen tijdelijk huwelijk af te sluiten?' Maryam ganoem kon het niet geloven. Wie dacht Soraya wel dat ze was om een vast huwelijk met haar zoon, een goudeerlijke jongen, te verwerpen? Na alles wat ze voor haar hadden gedaan? Het meisje mocht dan goed kunnen schilderen en hen financieel hebben geholpen, maar dat was nog geen reden om zich als een prinses te gedragen.

Soraya bloosde en keek naar beneden, waar enkele plakkerige rijstkorrels in haar schoot lagen. Toch ontging het haar niet dat de hele familie, inclusief Kouros, haar met witte gezichten aankeek. Hoe kon ze op een fatsoenlijke manier duidelijk maken dat ze een sigeh wilde, het liefst voor een paar maanden, zodat ze daarna weer vrij zou zijn en niet met Kouros zou hoeven ondergaan wat mannen met vrouwen doen als ze eenmaal getrouwd zijn? Maar de waarheid daalde op haar neer als een onbarmhartige herfstregen: er bestond geen fatsoenlijke manier om deze boodschap over te brengen.

'Ik wil een sigeh zodat het samenzijn van Kouros en mij onder één dak niet haram is en de eer van uw familie niet door mij bezoedeld wordt.' Soraya hoopte dat dit duidelijk genoeg was. Kouros slikte. Waarom wees ze hem af? Hoe kwam ze erbij een sigeh te willen? Om hem daarna weer te kunnen verlaten? Toen Soraya voorzichtig opkeek, stond er een enorme frons tussen de borstelige wenkbrauwen van Maryam ganoem die hulpeloos naar haar man keek.

'Dat is geen verstandig idee, Soraya,' zei Mohsen aga.

'Het spijt me echt. Misschien is het dan beter dat ik vertrek,' zei Soraya zacht.

'Nee,' riep Adileh haastig. 'We hebben het er nog wel over, hè maman, baba? Het is goed hè, dat we het er later nog wel over zullen hebben?'

'Ja, we hebben het er nog wel over. En nu eten,' zuchtte Maryam ganoem terwijl ze een tweede, enorme hoeveelheid rijst op Soraya's bord laadde. Maar het eten viel Soraya zwaar op de maag. Misschien at ze te veel of was het de spanning die nog voelbaar in de kamer hing. Toen ze laat in de avond de deken over haar lichaam sloeg om te gaan slapen, had ze in ieder geval het gevoel dat er een enorm rotsblok in haar buik zat.

De roep van de *muezzin* klonk met lange uithalen vanaf de minaret van de moskee. Soraya had zich verslapen! Het was twee dagen na het moeizame gesprek waarin haar voorstel om een tijdelijk huwelijk met Kouros aan te gaan in plaats van een vast, met weerzin werd ontvangen. Ze was tot de conclusie gekomen dat ze haar gastgezin tot last was geworden. Het laatste wat Soraya wilde was hun familie-eer aantasten. Daarom had ze zich voorgenomen in het donker, ruim voor het ochtendgebed, stilletjes te vertrekken. Maar nu leek het prille ochtendgloren haar uit te lachen. Uren had ze liggen woelen, niet in staat de slaap te vatten, tot ze uiteindelijk toch uitgeput was weggedommeld, met dit als resultaat. Soraya hoorde, nog half in slaap, de stemmen van Maryam ganoem en Adileh, en kort daarna het watergekletter achter het huis, wat betekende dat ze bezig waren met de rituele wassing voor het gebed. Het gebed... natuurlijk. Ze moest gewoon de deur uit lopen terwijl ze aan het bidden waren. Ze zouden denken dat ze brood ging kopen en later zou bidden, en het niet in hun hoofd halen om hun gebed hiervoor te onderbreken. Soraya moest wel opschieten: het ochtendgebed telde immers maar twee *rakaat*. Mohsen aga en Kouros lagen zeer tot haar tevredenheid nog onbeweeglijk te snurken; zij sloegen het ochtendgebed gewoonlijk over. Soraya sloeg haar chador alvast om en pakte haar zadeltas met de paar bezittingen die belangrijk voor haar waren. Toen ze de gedaantes van Adileh en Maryam ganoem in een gebogen houding zag, griste Soraya ook haar katoenen zak vanonder de paardendeken, en op het moment dat de vrouwen hun voorhoofden op de gebedskleden legden, maakte ze aanstalten om weg te glippen.

Maar nog voor ze een stap kon zetten, hoorde ze plotseling: 'Soraya, waar ga je naartoe?' Het was Maryam ganoem. Had ze Soraya's plan aangevoeld?

Met een trillende stem antwoordde ze: 'Even brood halen.'

'Wacht, ik loop met je mee.' Het was zeer ongebruikelijk dat Maryam ganoem samen met Soraya brood ging kopen. Maar hoe dan ook, het plan was mislukt. Soraya's vlucht zou tot een later tijdstip moeten wachten.

Toen ze buiten liepen, begon Maryam ganoem een serieus gesprek. 'Ik ben niet meegekomen om brood te halen, maar omdat ik even met je wil praten van vrouw tot vrouw. Mijn man, Kouros en ik hebben het over je voorstel gehad. Hoewel ik niet begrijp waarom je dit zou verkiezen boven een vast huwelijk, zullen we je wens respecteren.' Hierna nam ze Soraya even op, alsof ze haar reactie wilde peilen. Die wist niet of ze blij of teleurgesteld moest zijn, maar voelde in de warboel van haar emoties de opluchting toch de boventoon voeren. Opluchting over het feit dat de toekomst weer even zeker was, dat ze niet op straat zou hoeven rondzwerven. Aarzelend zei ze dan ook: 'Dank u. Dat is fijn om te horen.' Het gebrek aan enthousiasme in haar stem ontging Maryam ganoem niet, want er gleed een deken van misnoegen over haar gezicht en ze stak haar dikke wijsvinger belerend in de lucht. 'Maar er is wel een voorwaarde aan verbonden. De sigeh moet later worden omgezet in een vast huwelijk. Je kunt immers niet eeuwig blijven uitproberen. Op jullie leeftijd hebben mensen vastigheid nodig.'

Soraya's tijdelijke huwelijk met Kouros werd gesloten op een miezerige woensdagochtend. Ze had haar gastfamilie duidelijk gemaakt dat ze de sigeh voor een periode van zeven maanden wilde afsluiten, dat leek haar lang genoeg om een plan te bedenken voor haar verdere leven en kort genoeg om het uit te kunnen houden. Tot haar verbazing had niemand tegen de duur geprotesteerd, waarschijnlijk omdat men ervan uitging dat er na de sigeh een vast huwelijk zou volgen. Dat nooit, wist Soraya. Over zeven maanden moest ze deze familie verlaten.

Ondanks de lente was de hemel donkergrijs en een fijne regen liet zich op de onregelmatige straatkeien van de stad vallen. Soraya had Adilehs netste chador aan omdat die van haarzelf erg versleten was. Maryam ganoem had een nieuwe voor haar willen laten naaien maar Soraya had dat geweigerd. Het afsluiten van de sigeh was voor haar een verre van feestelijke gebeurtenis die geen nieuwe kleding behoefde. Ze droeg voor de gelegenheid voor het eerst in haar leven wel een picheh, die haar blik ernstig belemmerde. Kouros had gezegd dat dat beter was, omdat ze vandaag voor het afsluiten van de sigeh natuurlijk een geestelijke zou zien. Het fijnmazige gaas voor haar ogen irriteerde haar. Het leek wel alsof ze in een gevangenis zat en ze realiseerde zich met schrik dat dat in zekere zin ook waar was. Adilehs chador was voor haar net iets te lang, waardoor de uiteinden door de modder sleepten. De moellah die de sigeh zou sluiten in een smerig achterkamertje van de moskee, droeg een zwarte tulband ten teken van zijn afstamming van de profeet Mohammed. Hij had dikke lippen en bood amandelen aan uit een morsig zakje. Mohsen aga, Maryam ganoem en Adileh waren zwijgzaam en nog steeds ontstemd over het feit dat Soraya geen normaal, vast huwelijk wilde sluiten. Soraya had zich afgevraagd waarom ze überhaupt akkoord waren gegaan. Waren ze bang dat ze anders weg zou lopen en ze de inkomsten uit haar schilderijen mis zouden lopen? Het was de enige verklaring die ze kon vinden. Toch had Adileh haar vanochtend nog verzekerd dat de sigeh op bepaalde gebieden door haar familie wel als een volledig huwelijk werd beschouwd. 'Mijn familie gaat er zeker van uit dat jij en Kouros als man en vrouw zullen samenleven. Je wordt echt zijn vrouw. Mijn moeder vindt ook dat jullie een huisje voor jullie zelf moeten krijgen; een jong stel heeft tijd en ruimte voor zichzelf nodig, zei ze, maar mijn vader zegt dat dat pas volgend jaar hoeft, wanneer jullie een vast huwelijk hebben gesloten.' Adilehs woorden waren als een touw dat zich steeds strakker om Soraya's hals sloot.

De moellah begon aan zijn heilige formules en vroeg Mohsen aga of hij bezwaar had tegen de sigeh. Traag schudde deze zijn hoofd.

Het was beter dan niets. Wanneer ze niet met die sigeh zouden hebben ingestemd, was Soraya al vertrokken. Zoveel was zeker. En een vast huwelijk zou zeker volgen, wanneer het meisje eenmaal aan Kouros was gewend geraakt. Daarna vroeg de geestelijke waarom er niemand van Soraya's familie aanwezig was. Een vader was toch wel het minimum.

'Heb medelijden met haar, God heeft zich ontfermd over haar vaders ziel,' zei Maryam ganoem snel, waarop de geestelijke een onverstaanbare zegen aan het adres van Soraya's overleden vader mompelde. Daarna vroeg hij aan Kouros of deze verbintenis echt was wat hij wilde. Voor het eerst die dag bekeek Soraya zijn gezicht. Zijn groene ogen straalden toen hij 'ja' antwoordde en zijn lippen krulden omhoog. Toen richtte de moellah zich tot Soraya: 'Accepteer jij deze man, Kouros, als je wettige echtgenoot gedurende de looptijd van de sigeh, te weten zeven maanden?' Alle ogen waren op haar gericht. Ze las er vrees in, vrees dat ze zich zou bedenken, nee zou zeggen en op die manier de familie nog meer schande zou toebrengen dan ze al had gedaan door een vast huwelijk te verwerpen. Ze konden gerust zijn.

'Ja,' hoorde Soraya een vreemde stem zeggen. Een stem die toch echt de hare was. De moellah herhaalde de vraag nog twee keer, omdat de verbintenis pas geldigheid had als Soraya er drie keer mee had ingestemd.

'Dan bent u nu getrouwd,' zei de geestelijke en zijn dikke lippen kromden zich tot een glimlach. Kouros kwam naar Soraya toe, knielde voor haar en overhandigde haar een versleten koran die nog van zijn grootvader was geweest. Dit is mijn man, realiseerde ze zich en de gedachte zou lachwekkend zijn geweest als ze niet waar was. Als een man een sigeh sloot met een vrouw, moest hij haar wat geven. Soraya had verhalen gehoord van vrouwen die zich elke maand vele zilverstukken lieten betalen en ze had wel een vermoeden wat voor diensten zij daarvoor teruggaven. Ze was dus alleen maar blij met een eenmalige, kleine gift, omdat het dan makkelijker zou zijn weinig tot geen diensten aan Kouros te verlenen. Misschien zou ze wegkomen met zo nu en dan soep voor hem koken.

Na de uitgebreide avondmaaltijd, die ze als een feestmaal konden beschouwen, verlieten Mohsen aga, Maryam ganoem en Adileh met vage excuses het huis. Adileh gaf Soraya nog een veelbetekenende knipoog. Op de terugweg van de moskee, had ze in haar oor gefluisterd: 'Je weet het hè? In ons geloof mag een vrouw haar man niet weigeren, anders zullen de engelen haar tot in de ochtend vervloeken.' Het was overduidelijk met welke reden ze Kouros en Soraya alleen achterlieten. Soraya's hoop dat ze Kouros tevreden zou kunnen stellen met wat soep, was snel vervlogen.

'Soraya, kom eens naast me zitten.' Kouros' stem klonk zacht. Een moment overwoog ze nog om ruzie met hem uit te lokken, maar ze wist dat ze dat niet kon maken, het zou onredelijk zijn. Sinds vandaag had hij alle recht om dingen van haar te vragen en zo zou het nog zeven maanden zijn. Daarna was ze weer vrij. Soraya ging zwijgend naast hem zitten. De afstand tussen hen bedroeg een kleine meter. Kouros schoof direct dichterbij en haalde voorzichtig de sjaal van Soraya's haar. Nu zou het moment aanbreken waarover hij al zo lang had gefantaseerd. En dit was alleen nog maar het begin. Het begin van een lang en gelukkig leven samen. Soraya had niet willen instemmen met een vast huwelijk, maar dat was slechts een kwestie van tijd. Als ze tijdens de sigeh zou zien hoe fantastisch het leven met hem was, zou ze na zeven maanden geen twijfel meer hebben.

'Je hebt prachtige haren,' fluisterde Kouros en hij liet zijn vingers erdoorheen gaan. Soraya wist niets te zeggen en bleef stijf zitten, in afwachting van wat er zou komen. Zijn vingers gleden van het haar naar de nek, en toen langs haar schouder naar haar borsten. Kouros' ademhaling werd zwaar, en voor ze er erg in had, duwde hij zijn tong tussen haar lippen. Hij smaakte naar gemberwortel en rook naar knoflook, een combinatie die haar misselijk maakte. Ze duwde hem van zich af. Hij keek haar een ogenblik gekwetst aan, toen boos.

'Ik ben je man, verdomme! Dit is niet onwettig. God keurt dit goed!' Die meid moest haar plaats wel weten. Ze moest blij zijn dat hij haar tot vrouw had genomen. Het was maar goed dat zijn vrienden dit niet zagen. Die zouden hem uitlachen om het feit dat hij zijn vrouw niet onder de duim had. Opnieuw drong Kouros zijn tong in haar mond, ruwer deze keer. Tegelijk duwde hij haar op de grond en begon aan de knoopjes van haar tuniek te friemelen.

'Alles uit,' beval hij hees. Soraya wilde tegensputteren, maar het had geen zin. Hij zou bij iedere rechtsgeleerde zijn gelijk kunnen halen als hij zou klagen dat zijn vrouw hem dat ene essentiële ding ontzegde. Met trillende handen en een warm gezicht ontdeed Soraya zich van haar tuniek en broek.

'Prachtig ben je,' zei Kouros en Soraya was blij dat zijn ruwheid was verdwenen. Ook hij begon zich nu uit te kleden. Soraya richtte haar blik op de potten die nog steeds op de vloer stonden, maar toen voelde ze dat Kouros haar handen pakte en die op zijn mannelijkheid legde; vreemd, groot en hard. 'Ga liggen,' beval hij, en Soraya liet zich zakken op het grof geknoopte bruin-met-gele kleed waarop ze met haar gastgezin altijd at. Kouros boog zich over haar heen en begon haar opnieuw te zoenen. Soraya deed wat er van haar werd verwacht, ze had geen keus.

'Vind je het niet fijn? Verlang je dan niet naar mij?' fluisterde Kouros in haar oor. Ze zweeg en voelde hoe Kouros probeerde met zijn mannelijkheid in haar te dringen. Ze zette zich schrap. Nu zou het komen, de daad waarvoor mensen bereid waren te stelen en te moorden. Waarschijnlijk was dit ook de daad die Mina met haar leven had moeten bekopen.

'Help me dan,' snauwde Kouros en hij bracht Soraya's hand naar zijn kruis. Tot haar verbazing voelde de mannelijkheid daar niet meer hard als zo-even, maar slap, vochtig en een stuk kleiner. Soraya moest denken aan die keer dat Mina en zij een slak hadden beroofd van haar huis en Soraya, op aandringen van Mina, het naakte beest in haar hand had gehouden. Hoe moest ze Kouros helpen? Willoos nam ze het slappe vlees in de zwetende palm van haar hand en wachtte tot Kouros iets zou doen. Die ging opnieuw op haar liggen en probeerde weer bij haar naar binnen te komen, en nog een keer, maar tevergeefs. Kwam dat door haar?

Met een ruk keerde Kouros zich van Soraya af, stond op en begon zich weer aan te kleden. Zijn gezicht stond strak en in zijn kin hadden zich allemaal kuiltjes gevormd. Soraya zocht naar woorden en kon niets beters verzinnen dan een zacht 'het spijt me', al was dat niet gemeend. Kouros zweeg nog steeds, zijn ogen waren vochtig. Uiteindelijk zei hij slechts: 'Geen woord hierover tegen Adileh.' Soraya knikte.

7

Maraqeh, juni 1522

Wekenlang had Adileh aan mijn hoofd gezeurd, me gesmeekt het
haar te vertellen: hoe het was om door een man van meisje tot
vrouw te worden gemaakt. Als ze eerlijk was, kon ze niet wachten
om door Iman te worden ingewijd in dat geheim. Natuurlijk kon
ik haar niet wijzer maken. Na de mislukte poging op de eerste
avond na de sigeh had Kouros nog een tweede gewaagd, maar ook
die was op niets uitgelopen. Het had een vreemde mengeling van
opluchting en medelijden bij mij teweeggebracht. 'Jij weet niet
hoe je een man moet bevredigen,' had hij gesist. Natuurlijk zou ik
Adileh hierover niets kunnen vertellen; het zou de eer van haar
broer voor altijd naar beneden halen. In haar verhouding met
Iman zat ook al geen schot. Kouros weigerde mee te werken aan
een verzoek tot gastekari. Er moest meer achter zitten, meende ik,
dan alleen een oppervlakkige afkeer van Iman of jaloezie op diens
brede torso. Op een dag was Kouros zijn zusje zelfs gevolgd toen
ze op weg was naar het Huis der Krachten. Door de genade van
God kreeg ze haar broer halverwege haar tocht in het vizier. 'Ga jij
naar waar ik denk dat je naartoe gaat?' had hij haar toegebeten.
Adileh had als excuus gestameld dat ze op weg was naar de winkel
van de oude Zeinab om een koperen ketel te kopen, maar Kouros
was haar in de rede gevallen. 'Je blijft uit zijn buurt, anders gaan er

ongelukken gebeuren. Grote ongelukken. Ik houd je scherp in de gaten.' Daarna had Adileh het niet meer aangedurfd om naar het Huis der Krachten te gaan. Het ergste was dat ze Iman niet op de hoogte had kunnen brengen van de reden waarom ze hem niet meer op kwam zoeken. Adileh vreesde dat hij hieruit verkeerde conclusies zou trekken en uiteindelijk met een ander zou trouwen.

'Alsjeblieft Soraya, ga voor mij naar het Huis der Krachten en zorg dat je Iman te spreken krijgt,' vroeg ze me een week nadat ze door Kouros was betrapt. 'Leg hem uit wat er gebeurd is en waarom ik niet meer durf te komen. Kijk of hij een oplossing weet. Zeg hem op mij te wachten. Maar druk hem op het hart dat hij niet zijn ouders naar de mijne stuurt voor een verzoek tot gastekari. Zonder Kouros' instemming zullen ze toch niet akkoord gaan. Mijn vader heeft immers een zwakke wil en Kouros is hem de baas. Als mijn broer akkoord gaat, zullen mijn ouders dat ook doen. Zeg Iman dus dat hij het probleem tussen hem en Kouros moet oplossen, wat het ook is.'

Ik twijfelde. 'Het is niet gepast voor een vrouw om het Huis der Krachten te betreden. Wat als iemand me ziet?'

'Je moet 's avonds gaan, als het donker is. Om een uur of elf, dan is hij alleen. Niemand zal het opmerken. En Kouros zal niet kunnen bedenken dat jij daar voor mij naartoe zult gaan. Ik heb hem namelijk bezworen dat jij over Iman niets weet. Als iemand argwaan koestert over je late vertrek, zal ik zeggen dat je naar het huis van de oude Khadijeh bent omdat zij zich onwel voelde en je hulp heeft gevraagd. Alsjeblieft Soraya, ik smeek je. Je bent mijn laatste hoop.'

'Goed dan,' zei ik onwillig. 'Als ik de kans krijg, zal ik vanavond nog gaan.'

Het Huis der Krachten oogde verlaten. Door een venster schemerde slechts het zwakke licht van een olielamp. De straatjes eromheen waren stil en leeg waardoor het kloppen van mijn hart het enige geluid in mijn oren vormde. Ik voelde even de aandrang om me om te draaien en huiswaarts te keren, maar ik had Adileh een belofte gedaan en voor haar hing hier veel van af. Om mijn kuise bedoelingen te onderstrepen droeg ik een picheh. Tot mijn afgrijzen had Kouros me, sinds we onze sigeh hadden afgesloten, er zelfs toe verplicht om die te dragen. 'Ik wil niet dat andere mannen je gezicht zien,' had hij nors geantwoord toen ik hem wanhopig had gevraagd waarom hij dit nodig vond. Met loodzware benen en om me heen spiedend liep ik naar de voordeur van het Huis der Krachten en liet de enige klopper – natuurlijk voor mannen – op het hout vallen. Het duurde niet lang voor ik binnen geschuifel hoorde. Toen de deur openging, stond er een enorme man voor me. Al was het donker, ik kon zijn brede schouders ontwaren, zijn mannelijke kaaklijn en zijn vriendelijke ogen. Dit was duidelijk een pahlavan, een held.

'Kan ik u ergens mee helpen, zuster?' vroeg hij beleefd. Beschaamd keek ik naar de grond.

'Het spijt me u lastig te vallen op dit late uur, maar ik ben een vriendin van Adileh. Zij heeft me naar u toe gestuurd met een boodschap. U bent toch Iman aga?'

'Dat klopt. Misschien is het beter dat u even binnenkomt,' zei Iman snel. Hoe ongepast het misschien ook was om als getrouwde vrouw 's avonds laat binnen te stappen in het huis van een ongetrouwde, jonge man, het was erger geweest als iemand ons bij de voordeur had zien praten. Dus stapte ik snel naar binnen. Iman ging me voor, een trapje op naar zijn woonvertrek boven, terwijl hij allerlei excuses mompelde voor de rommel. In de kamer was het schemerig en er lag inderdaad veel troep: een grote, beslapen matras, kledingstukken op de vloer, een waterpijp en borden. Iman verzocht mij plaats te nemen op de zitkussens terwijl hij thee ging zetten. Ik trok mijn chador nog wat vaster om me heen en vertelde mezelf dat ik hier zat voor de goede zaak, voor Adileh. Met een verlegen glimlach zette Iman me even later een glaasje thee voor.

'Vertel me alstublieft hoe het met Adileh is. Ik maak me zorgen om haar.'

Ik vertelde hem hoe ze een week geleden op weg was geweest naar hem, maar onderweg in de gaten kreeg dat ze gevolgd werd door haar broer Kouros. En hoe deze haar had gewaarschuwd geen contact meer met Iman te zoeken.

'En nu is ze doodsbang.' Iman sloeg zijn vuist machteloos tegen de grond terwijl hij zijn gezicht in een boze grimas trok.

'Die Kouros ook altijd,' siste hij. Het was een onbeleefde reactie, maar net op tijd realiseerde ik me dat Iman helemaal niet wist dat ik Kouros' vrouw was. Ik had me immers slechts voorgesteld als een vriendin van Adileh.

'Kennen jullie elkaar?' vroeg ik. Iman keek me een ogenblik zwijgend aan, alsof hij bij zichzelf te rade ging of hij mij in vertrouwen zou kunnen nemen.

'Ja, we kennen elkaar. We hebben een conflict gehad. Het ligt allemaal nogal gevoelig.' Iman nam een slok van de bittere thee en ging toen verder.

'Vertel het maar niet aan Adileh, want ze zal het niet leuk vinden om te horen, maar Kouros en ik zijn twee jaar geleden verliefd geweest op hetzelfde meisje.' Iman hield zijn blik gericht op iets achter mij, alsof hij zich schaamde om mij aan te kijken. Het had ontegenzeglijk ook iets ongepasts om in deze schaars verlichte kamer het liefdesleven van een voor mij volstrekt vreemde man met hemzelf te bespreken.

'Ik zal niet in details treden, maar hij kende dat meisje eerst en had serieuze plannen met haar. Toen ontmoette ze mij en ze vond mij leuker. Ik kon daar echt niets aan doen. Ik heb haar nog gezegd dat ik geen type was om haar van iemand anders af te pakken maar ze bleef erbij dat ze Kouros echt niet meer wilde. U kunt zich voorstellen, zuster, dat Kouros daar niet blij mee was.'

Ik knikte en was verbaasd dat Kouros een verleden bleek te hebben waarin een meisje een rol had gespeeld. Onwillekeurig vroeg ik me af hoe zij eruit had gezien, en of Kouros met haar dat ene had gedaan. Of zij wel in staat was gebleken hem te bevredigen. Een steek schoot door mijn hartstreek. Hoe was het mogelijk dat ik jaloers was op gevoelens die een onbekende vrouw misschien ooit had opgeroepen bij een man voor wie ik geen liefde koesterde?

'Kouros heeft geprobeerd me te vernederen door me in het Huis der Krachten op te zoeken en me uit te dagen tot een gevecht voor de ogen van mijn leerling-pahlavani. Natuurlijk was hij het die de nederlaag leed. Hij verliet het Huis met een bebloed gezicht, schreeuwend dat hij ooit wraak zou nemen.'

'En wat is er met het meisje gebeurd?'

Iman glimlachte en haalde zijn schouders op. 'Nog geen maand later hebben haar ouders haar aan een paardenfokker gegeven, ergens uit de buurt van Isfahan.' Ik nam kleine slokjes van de hete thee en liet mijn gedachten gaan over alles wat ik had gehoord. De kans op een verzoening tussen Kouros en Iman leek me erg klein.

'Is er iets wat u zou kunnen doen om het bij te leggen met Kouros?' vroeg ik ten slotte aarzelend. 'Volgens Adileh maakt een huwelijk geen schijn van kans als Kouros ertegen is. Maar ze is bereid om op u te wachten zolang het nodig is.' Imans gezicht klaarde op.

'Zei ze dat?' Ik knikte.

'Ik ben ook bereid om op haar te wachten. En meer. Ik wil alles doen wat in mijn vermogen ligt om Adileh als mijn vrouw te krijgen. Zelfs mijn trots inslikken en het goedmaken met Kouros. Ik ben alleen bang dat hij daar helemaal niet voor openstaat.' Ik knikte instemmend. Adileh had me al vaak gezegd dat Kouros een heel aardige jongeman was zolang je geen ruzie met hem kreeg. Maar als dat wel het geval was, werd hij bikkelhard en onverzoenlijk. Zwijgend dronken we onze thee en het viel me op dat het ongemakkelijke gevoel dat ik even daarvoor nog had gehad over het feit dat ik met een vreemde man in een schaars verlichte kamer thee zat te drinken, helemaal verdwenen was. Ik voelde me op mijn gemak. Iman was een fatsoenlijke man en ik kon alleen maar bidden dat Adileh hem ooit de hare mocht noemen.

Plotseling klonk er een luid gebons op de deur beneden. Iman keek me verschrikt aan.

'Weet iemand dat u hier bent?'

'Nee, alleen Adileh,' antwoordde ik ongerust. Met een ruk stond Iman op en rende het trappetje af. Er klonk een zacht, piepend geluid. Iman had de deur opengedaan.

'Laat me erin, ik weet dat ze hier zit, het vuile kreng!' De stem van Kouros sloeg zwaar naar binnen, knalde als een knuppel tegen mijn slapen. Bij de heilige Maryam, hoe wist hij dat ik hier was? Mijn armen begonnen te trillen. Ik moest me verstoppen. De deken op het matrasje was mijn enige kans. Ik kroop er snel op mijn knieën naartoe en drapeerde de dikke deken over me heen. Hierbij gleed de picheh van mijn hoofd. Ik sloot mijn ogen en bad intens dat Kouros me hier niet zou vinden.

'Over wie heb je het? Er is hier niemand,' hoorde ik Iman beneden zeggen. Maar algauw klonken er zware voetstappen op de trap.

'Soraya, ik weet dat je hier bent! Kom maar tevoorschijn!' brulde Kouros. Een paar seconden bleef het stil. Wat deed Kouros nu? Liep hij rond om het donkere vertrek te inspecteren? Zou hij afdruipen als hij mij niet aantrof en vol schaamte naar beneden gaan om Iman zijn excuses aan te bieden voor zijn onbeschofte gedrag? Maar de voetstappen kwamen terug, in mijn richting, steeds dichterbij. Toen werd plotseling de deken van me af getrokken. Ik kroop in elkaar.

'Jij vieze...' klonk het sissend. En het volgende moment voelde ik Kouros' vuist tegen mijn linkerslaap. Duizelig van de pijn draaide ik me om en kreunde: 'Het is niet wat je denkt. Ik kwam hier voor Adileh.' Ik voelde iets warms van mijn slaap naar beneden druipen, langs mijn wang en mijn kin, waar het in mijn chador verdween.

'Houd je mond!' klonk het dreigend. 'Je leugens hoef ik niet te horen.' Kouros sleepte me aan mijn haren van de matras af. Ik voelde hoe plukken haar loslieten uit mijn schedel, hoe mijn ogen zich vulden met stille tranen van pijn. Kouros schopte met de punt van zijn schoen in mijn onderrug. Het was alsof die werd versplinterd. Zwarte vlekken verschenen voor mijn ogen en ik hapte naar adem.

'Laat haar met rust!' schreeuwde Iman, die inmiddels ook boven was gekomen. Direct liet Kouros me los en in de schemer van de kamer zag ik hoe twee mannenlijven in elkaar vervlochten raakten en over de grond rolden. Zware kreten en vervloekingen vlogen door de lucht. Iman, die Kouros al snel overmeesterd had, schreeuwde dat er gepraat moest worden en verslapte zijn greep op Kouros als teken van goede wil. Kouros greep dit moment echter aan om onder Iman weg te komen. Direct erna zat hij op Iman en gaf hem een vuistslag vol in het gezicht.

'Hou op! Het is niet zijn schuld!' gilde ik, maar het was alsof ik tegen een dove riep. Met de blik van een bezetene ramde Kouros op Iman in.

'Eerst mijn meid afpakken. Dan probeer je het bij mijn zus en als dat je niet lukt, pak je mijn vrouw maar, hè? Weet je wat jij bent; een vijand van God! En die verdienen het niet om te leven!'

Met een gebaar van overgave hief Iman zijn armen omhoog. Hij wilde Kouros niet verder tegen zich in het harnas jagen. Het leek nu onmogelijk hem ooit nog voor een huwelijk tussen hem en Adileh te winnen.

'Het was niet wat je denkt. En ik wist niet eens dat zij je vrouw was...'

Alsof Kouros er plotseling genoeg van had Iman verder toe te takelen, ging hij van hem af.

'Dit verhaal is nog niet afgelopen. Ik zie je bij de rechter,' blafte hij. Toen greep hij mij bij de arm en sleurde me de trap af. Hulpeloos keek ik Iman aan. Wat zou ons boven het hoofd hangen? Ik besefte dat ik een grote vergissing had begaan door me juist onder de deken op Imans matrasje te verschuilen. Zelfs ik moest toegeven dat we alle schijn tegen hadden. En ik had alleen Adileh maar willen helpen. Buiten versterkte Kouros zijn greep om mijn arm.

'Dacht je dat ik gek was? Toen Adileh vertelde dat je bij de oude Khadijeh zat, wist ik direct dat jullie iets in jullie schild voerden. Khadijeh ganoem is namelijk op pelgrimage naar Mashad om het graf van imam Reza te bezoeken. Dus waar kon je anders zitten dan op deze verguisde plek?'

'Ik wilde Adileh alleen maar helpen. Ik moest Iman van haar een boodschap overbrengen,' piepte ik.

'En toen ben je meteen maar zijn bed in gedoken. Terwijl je je eigen man niet weet te bevredigen. Een ware zonde, waarvoor je met je leven zult boeten!' Ik zweeg en rilde, veegde met mijn vrije hand langs mijn slaap. Zelfs in de duisternis kon ik zien hoe mijn hand volledig rood kleurde. Tot mijn schrik merkte ik dat we niet in de richting van ons huis liepen maar naar links afbogen, een smalle steeg in waar zich voornamelijk paardenstallen bevonden. Waar wilde hij me naartoe brengen? Na een paar honderd meter bleef Kouros plotseling staan voor een smalle staldeur. Zijn onrustige, snelle ademhaling verried dat zijn woede allesbehalve bekoeld was.

'Ga naar binnen,' blafte hij toen hij de deur had opengemaakt. Trillend van angst deed ik wat me werd opgedragen. Het was binnen volkomen donker en het stonk er naar paardenmest. Ik hoorde hoe Kouros iets van de muur haalde en het volgende moment klonk er een zoevend geluid. Toen de zweep mijn bovenrug raakte, viel ik op de grond. Naast me begon een paard te hinniken. Weer klonk het suizen van de zweep in de lucht, voorbode van een nieuwe helse pijn. Deze keer werden mijn billen getroffen. Ik smeekte Kouros om op te houden, maar de zweepslagen stopten niet. Hij ging net zolang door tot ik wegzakte in iets waarvan ik hoopte dat het de dood was.

Het viel niet mee om mijn ogen open te krijgen. Ze waren zwaar en opgezet. Mijn hoofd bonsde hevig en mijn keel was ruw van de dorst. Mijn rug, benen, billen en armen: alles deed pijn en ik kon me nauwelijks bewegen. De stal was klein. Naast me stond een paard. Een dunne laag stro bedekte de vloer. Het stro was bezaaid met paardenpoep en er zoemden talloze vliegen. In de hoek ritselde een rat. Het stro was rood bevlekt van mijn bloed. Ik voelde de korsten op mijn gezicht. Algauw kwamen de gebeurtenissen van de avond ervoor weer bovendrijven in mijn geest. 'Een ware zonde waarvoor je met je leven zult gaan boeten!' had Kouros gezegd. Ik huiverde. Wat was hij van plan? Ik begon te huilen en verlangde plotseling hevig naar mijn vader en moeder. Ik wilde dat het weer als vroeger was, dat ik terug was in mijn dorp waar zij mij troostend in hun armen zouden nemen. Wat zou Kouros tegen Mohsen aga, Maryam ganoem en Adileh zeggen? Mijn afwezigheid zou toch op de een of andere manier verklaard moeten worden? Moeizaam kroop ik snikkend op mijn knieën naar de staldeur en begon eraan te morrelen, maar het was duidelijk dat Kouros haar stevig op slot had gedaan. Pas ergens in de vooravond, schatte ik, werd er een sleutel in het slot gestoken. Ik was al vele malen weggezakt in een slaap die me tijdelijk redde van dorst, honger, pijn en de knagende onzekerheid over mijn lot. Mijn hoofd bonkte en mijn ogen voelden opgezwollen van het vele huilen. Ik lag op de grond, mijn door paardenpoep bevuilde chador als een laken over me heen geslagen, toen ik het gezicht van Kouros voor me zag. Hij schrok van de aanblik die ik hem bood, mijn wonden waren blijkbaar erger dan hij had gedacht. Maar hij zei er niets over.

'Meekomen,' snauwde hij slechts. Ik probeerde overeind te komen, maar mijn lichaam deed zo'n pijn dat het niet lukte. Kouros trok me ruw aan mijn schouder omhoog. Ik schreeuwde het uit.

Zo goed en zo kwaad als het ging, liep ik met hem mee. Ik was duizelig en misselijk. Kouros had me opgedragen mijn gezicht volledig met mijn chador te bedekken, zodat niemand mijn verwondingen kon zien. Ik moest in de ogen van omstanders een oud, kreupel vrouwtje zijn dat door haar zoon begeleid werd naar de bazaar of de dokter. De bittere waarheid bleef voor iedereen verborgen. Tot mijn opluchting liepen we deze keer wel in de richting van het huis. Ik snakte ernaar om Adileh en de rest van de familie te zien, maar maakte me wel zorgen over hun reactie. Wat had Kouros hun verteld? Zou Adileh ook nog een straf wachten? Vanzelfsprekend durfde ik Kouros niets te vragen en zelf zweeg hij de hele weg. Maar toen we bij het huis waren aangekomen, zei hij, terwijl hij de greep om mijn arm verstevigde: 'Denk maar niet dat ze nog langer aan jouw kant staan. Ze weten alles. Als ze je iets vragen, geef je alles toe. Je gaat je niet verdedigen. Afgesproken?' Gedwee knikte ik. Het leek me niet verstandig Kouros nu tegen te spreken.

Toen we het kleine vertrek binnenkwamen, kwamen Maryam ganoem en Adileh meteen naar me toe. Mohsen aga was er niet. Kouros zond hun een waarschuwende blik; ze mochten duidelijk niet te aardig tegen me zijn. Misschien was het daarom dat ze vrijwel niet met me spraken. Maar toen ze mijn chador afnamen, slaakten ze kreten van afschuw bij het zien van mijn gezicht. Liefdevol verzorgden ze mijn wonden. Het ontging me echter niet dat de ogen van de twee vrouwen zeer triest stonden, alsof er een nog groter drama in het verschiet lag. Zo gauw Kouros weer naar buiten was gegaan, kon ik het niet laten.

'Het is allemaal één groot misverstand. Ik heb echt niets gedaan.'

'Hoe dan ook, het was zeer onverstandig van je het huis binnen te gaan van een ongetrouwde man. En helemaal iemand met de reputatie van Iman,' zei Maryam ganoem kortaf. Ik zocht Adilehs ogen. Wat wist haar moeder inmiddels van de liefde tussen haar en Iman? Snel schudde Adileh haar hoofd. Als ik mezelf te veel zou verdedigen, zou ik Adileh dus in de problemen brengen. Het had geen zin.

Terwijl Maryam ganoem met haar potten en pannen rommelde, tikte Adileh me op de schouder. Verbaasd keek ik haar aan.

Ze boog zich voorover en fluisterde in mijn oor: 'Het spijt me zo, maar Kouros heeft mijn vader ervan overtuigd dat je overspel hebt gepleegd. Hij heeft de zaak aan een rechtsgeleerde voorgelegd. Er wordt gesproken over steniging.'

Een paar dagen later verscheen er een geestelijke in huis. Zijn gezicht was dor en grauw en hij praatte op een onnatuurlijke toon, alsof hij constant uit een boek voorlas. Hij wilde een moment met mij alleen spreken. Kouros, Adileh en Maryam ganoem gingen naar buiten. Ik had nog steeds veel pijn en ik was misselijk van angst.

'Zuster, wat u hebt gedaan is een enorme zonde in de ogen van God. Daar bestaat geen enkel misverstand over. Ik neem aan dat u wel weet wat voor straf er op overspel staat.'

'Ik smeek u mij te geloven. Ik ging slechts naar het huis om een boodschap over te brengen. Iman aga heeft mij met geen vinger aangeraakt!' De geestelijke zuchtte alsof ik hem irriteerde. Daarna keek hij me streng aan.

'U kunt zeggen wat u wilt, maar het blijft een zonde. Kouros aga heeft me tevens op de hoogte gesteld van uw onwil om uw huwelijkse plichten na te komen. Ik kan me goed voorstellen dat u zijn hart hebt gebroken door een andere man te schenken wat uw echtgenoot toebehoort.' Ik dacht koortsachtig na, wat niet meeviel omdat mijn hoofd nog steeds bonkte. Toch kreeg ik een idee.

'Kunt u misschien een vroedvrouw regelen?' De geestelijke haalde zijn wenkbrauwen op.

'Een vroedvrouw? Bent u zwanger?'

'Nee, ik wil bewijzen dat ik maagd ben. Laat een vroedvrouw dat vaststellen en duidelijk maken dat er niets tussen mij en Iman aga is gebeurd.'

Nu lachte de geestelijke vals.

'Geen sprake van. We zouden onze tijd verspillen. Er valt niets te bewijzen. Er zijn immers vier getuigen.'

Het was alsof mijn buik ruw met een zwaard werd opengesne-
den.

'Vier getuigen!?' riep ik uit. 'Dat bestaat niet! Kouros was alleen
toen hij bij het Huis der Krachten aanklopte.'

Koppig schudde de rechtsgeleerde zijn hoofd.

'Er zijn vier getuigen en ik heb ze de afgelopen dagen alle vier
gehoord. Ze zeiden allemaal hetzelfde: dat ze u bij Iman aga in
bed aantroffen, bezig met een gruwelijke daad. Weet u welke straf
hierop staat?' De geestelijke wachtte mijn antwoord niet af.

'Steniging. Ik zal er opdracht toe geven dat u overmorgen in de
middag gestenigd zult worden. Het spijt me zuster,' zei hij met
een valse blik, 'maar dat is mijn plicht.'

Adileh kon niet stoppen met huilen toen ze hoorde welk vonnis
de geestelijke had uitgesproken en ik huilde met haar mee. Ze
schreeuwde het huis bij elkaar, riep dat het allemaal een vergissing was, dat het haar schuld was. Dat zij met Iman wilde trouwen
en mij daarom naar het Huis der Krachten had gestuurd, maar het
mocht niet baten. De beslissing was gevallen en niemand wenste
in overweging te nemen dat ik misschien toch onschuldig was.
Maar er verstreken nog vele dagen voor er iets gebeurde. Soms
ving ik een blik op van Maryam ganoem, een blik die ik nu eens
voor medelijdend hield, dan weer voor argwanend. Waarschijnlijk wist de vrouw niet wat ze van me moest denken. Ik had natuurlijk ook weinig krediet opgebouwd met mijn weigering een
vast huwelijk aan te gaan met haar zoon. Mohsen aga was al die
tijd nog steeds niet thuisgekomen. Ik vermoedde dat hij mij niet
onder ogen durfde te komen. Als Kouros iets in zijn hoofd had,
kon zijn vader daar toch niets tegen beginnen, had Adileh gezegd.
Kouros was er echter wel en hield me goed in de gaten. Vanzelfsprekend mocht ik het huis niet meer verlaten. In de laatste dagen
van mijn leven waren mijn tranen opgedroogd en bad ik veel. Zittend op mijn gebedskleed met de tasbi tussen mijn vingers bad ik

tot God dat hij mij zou vergeven voor al mijn zonden en domme daden. Ik bad dat hij me naar een plaats zou brengen waar ik mijn vader opnieuw in de armen zou kunnen sluiten. Waar ik met mijn buurmeisje Mina opnieuw in het gras zou kunnen liggen, luisterend naar de krekels en bloemenkransen vlechtend. Ik bad dat hij iedereen die ik liefhad zou beschermen. Mijn moeder, mijn broers, Somayeh, Adileh... Ik was niet bang meer om te sterven, maar wel voor de manier waarop. Toen ik die avond voor de laatste maal ging slapen, zweefden de beelden van het dorstige zand onder Mina's bloederige hoofd constant voor mijn ogen. Maman, kermde haar stem onophoudelijk in mijn oor.

De naaister had even haar zwarte aan elkaar gegroeide wenkbrauwen gefronst toen de jonge vrouw haar had gevraagd twee wijde zwarte broeken en twee eenvoudige witte jongenstunieken te maken. Ze wilde ook twee tulbanden van blauwe stof.

'Voor mijn broertje,' voegde ze er haastig aan toe.

'Waarom heb je hem niet meegenomen? Zo weet ik de maat niet,' bromde de vrouw.

'Hij heeft hetzelfde postuur als ik. Als u mij de maat neemt, zal het hem ook passen. Maar er is wel haast bij. Ik moet het vanavond hebben.' De vrouw grinnikte luid door haar neus, als een wild varken.

'Je maakt een grap, zeker! Vanavond zal niet gaan. Je mag blij zijn als ik het morgen af krijg.'

'Het moet vanavond af zijn. Het móét. Morgen is het te laat,' sprak het meisje met zo'n vaste stem, dat die haarzelf verbaasde.

'Natuurlijk. Kom het vanavond om negen uur dan maar ophalen.' De toon van de naaister was mierzoet nu ze de twee extra zilverstukken bekeek die de jonge vrouw haar had toegestopt.

8

Maraqeh, juli 1522

Het was moeilijk de tijd door te komen zonder constant in huilen uit te barsten. Soraya zou de volgende dag sterven en het lot van haar geliefde Iman was onzeker. Kouros wilde er niets over kwijt. Had haar plan enige kans van slagen? Ze kon zich nauwelijks concentreren op de woorden van haar moeder, die verbolgen liep te mopperen over het gedrag van een van de buurvrouwen. Die zou hebben rondgebazuind dat Maryam de laatste tijd zo afstandelijk was geworden, minder gastvrij. Adileh kon zich best iets voorstellen bij haar moeders verontwaardiging, maar waren er nu geen belangrijker zaken? Ze knikte maar wat om te laten merken dat ze luisterde en probeerde tegelijk in stilte van haar moeder afscheid te nemen. Zou ze huilen als haar dochter met de noorderzon zou zijn vertrokken?

Toen het tijd werd om de kleding bij de naaister op te halen, was haar twijfel echter verdwenen. Ze moest deze mogelijkheid met beide handen aangrijpen, ze was het aan Soraya verplicht. Toen niemand het opmerkte, schoot ze het huis uit met een katoenen zak onder haar chador gefrommeld. Het was niet gewoon voor een jonge vrouw om in het donker naar buiten te gaan en ze moest opschieten voordat iemand haar afwezigheid opmerkte. De maan stond aan de hemel, rond als een hoogzwangere vrouw.

De zoete geur van rijstpudding met saffraan hing in de steeg die verder zo donker was, dat ze moeite had haar eigen voeten van de keien te onderscheiden.

In het dompige naaiateliertje was de naaister net bezig met de laatste steken. Om alles op tijd af te kunnen krijgen, had ze de hulp van haar zuster ingeroepen, vertelde ze. De broeken hingen al aan een haak. Achter de lap die in de hoek van het kleine vertrek was gehangen, kon Adileh de kleding passen. De broek was een tikje lang, maar dat gaf niet omdat ze nog in de groei was. De tuniek paste perfect. Ze was vooral bezorgd geweest over de vraag of haar borsten, die zich schaamteloos uit haar torso verhieven, niet zichtbaar zouden zijn in het hemd. Dat waren ze inderdaad. Ze zou haar borsten echt moeten afbinden.

'Kunt u de tulband misschien even omwikkelen?' sprak ze met een lichte trilling in haar stem. De naaister fronste haar wenkbrauwen zoals ze dat die ochtend ook had gedaan, maar zweeg terwijl ze de tulband over Adilehs hoofddoek heen om haar hoofd wikkelde. Ze durfde in het bijzijn van de naaister haar hoofddoek niet af te doen om te kijken of ze haar lange haren goed onder de tulband zou kunnen verstoppen. Ze moest er maar op vertrouwen dat dit haar zou lukken. Opgelucht betaalde ze de vrouw, stopte de kleding in de katoenen zak en begaf zich misschien wel voor de laatste keer op weg naar huis. Onderweg vergat ze niet om een paar glanzende aubergines te kopen, voor het geval dat haar thuis lastige vragen gesteld zouden worden, al zou ze de donkerpaarse groenten zelf met geen mogelijkheid door haar keel kunnen krijgen. Daarna haastte ze zich naar het kruidenvrouwtje, dat al met een samenzweerderige glimlach op haar rimpelige, magere gezicht op haar leek te wachten.

Thuis stopte ze de katoenen zak met kleding zo onopvallend mogelijk onder een oude, morsige paardendeken die ze nog nooit iemand had zien gebruiken. Ze streelde Soraya, die in een hoekje zat te bidden, over haar hoofd en fluisterde op een geforceerd zelf-verzekerde toon in haar oor: 'Ik heb een plan!'

De stad was in het groen van de zomer gehuld, en in de stegen rond het huis van Mohsen aga en Maryam ganoem gonsde het van de geruchten. 'De vrouw van Kouros heeft overspel gepleegd en zal vanmiddag stenigd worden!' Jongetjes liepen met hun va-ders fluitend over straat op zoek naar stenen ter grootte van een vuist. De geestelijke had het stadsvolk opgeroepen dergelijke ste-nen te brengen naar de zandvlakte net iets buiten de stad, waar enkele mannen al ijverig een gat voor Soraya hadden gegraven.

De sfeer in het huis van de familie was om te snijden. Maryam ganoem huilde nu openlijk en vroeg Soraya om vergiffenis.

'Ik vind het allemaal vreselijk, maar er is niets wat ik kan doen,' snikte ze terwijl ze het meisje tegen zich aan drukte. Ze mocht dan getwijfeld hebben aan Soraya's eerlijkheid en verbolgen zijn geweest over haar weigering een vast huwelijk met haar zoon aan te gaan, nu telden deze dingen niet meer. Nu zou Soraya spoedig sterven en het enige wat in Maryams hart lag was medelijden. Hoe graag had ze Soraya niet willen redden uit deze ellende, maar dat kon ze niet. Het mocht niet. Het was niet aan haar om voor rech-ter te spelen en te beslissen over Soraya's lot. Kouros was vertrok-ken om de graafwerkzaamheden te inspecteren, maar had haar op het hart gedrukt Soraya geen moment alleen te laten.

'Wat gaat er met Iman aga gebeuren? Wordt hij ook gestenigd?' vroeg Soraya fluisterend aan Adileh, die met een betraand gezicht achter haar zat op het bruin-met-gele kleed en haar schouders masseerde.

'Ik geloof het niet. Niet vandaag, in ieder geval. Kouros heeft te-gen mijn moeder geklaagd over het feit dat Iman veel te goede con-necties met de geestelijkheid heeft om zelf gestenigd te kunnen worden. Iman schijnt ook geprobeerd te hebben jouw steniging te voorkomen, door erop te wijzen dat steniging in de Koran niet wordt genoemd als straf voor overspel. Hij heeft gevraagd of ze je zweepslagen konden geven wat al een veel te zware straf is voor iemand die onschuldig is. Maar het mocht allemaal niet baten.'

In een hoek van de kleine woning bukte Maryam ganoem zich om de groenten te pakken die ze moest snijden; ook vandaag zou er gewoon gegeten moeten worden. Om twaalf uur zouden de vrouwen uit de buurt zich bij haar huis verzamelen, waarna ze weeklagend naar de zandvlakte buiten de stad zouden lopen om te zien hoe de stenen, door hun eigen mannen en zonen geworpen, Soraya zouden treffen tot uiteindelijk al het leven uit haar was gesijpeld. Zachtjes snikkend liep Maryam ganoem met een schaaltje groenten naar buiten om die te wassen. Adileh greep haar kans.

'We moeten vluchten!' siste ze tegen Soraya. 'Er ligt een zak met jongenskleding onder de paardendeken in de hoek. Die moeten we aantrekken!'

Soraya draaide zich om en keek Adileh verbouwereerd aan.

'Maar... jij...' Adileh begreep Soraya's verbazing maar ze had er echt goed over nagedacht. Wat had het leven haar nog te bieden als Soraya mede door haar schuld zou sterven? Misschien zou Kouros dan wel al zijn boosheid op haar gaan botvieren. En een toekomst met Iman kon ze hier ook wel vergeten. Ze zou hem nooit meer kunnen ontmoeten, daar zou Kouros wel op toezien. Bovendien had Soraya's drang naar vrijheid een aanstekende werking gehad op haar, al had het lang geduurd voor ze dat aan haarzelf toe kon geven. De wereld was groot. Wie weet was er ergens anders wel een plek voor haar en Iman.

'Ik wil hier ook niet meer blijven. Het moet. Het is onze enige kans.' Maryam ganoem stapte het huis weer binnen en keek argwanend naar de twee meisjes. Wat zaten die toch te fluisteren? Als ze maar niet iets in hun schild voerden. Hoe erg het allemaal ook was, er mocht niets misgaan. Zij had nu de verantwoordelijkheid over hen en die nam ze heel serieus.

'Moeder,' vroeg Adileh poeslief, 'wilt u thee?'

'Nee, bedankt. Ik ben bezig.'

'Ga nu maar even lekker zitten, dan maak ik thee. En ik snijd de groente wel.' Verbaasd keek Maryam ganoem haar dochter aan. Begreep haar dochter hoe moeilijk zij het met alles had en wilde ze extra aardig zijn? Wat was er ook op tegen om even te rusten en thee te drinken terwijl haar dochter de groente sneed?

'Goed dan, graag,' zei ze en ze liep met haar grote, zware lichaam naar het kleed waar ze zich met een zucht liet vallen. Een paar minuten later bracht Adileh haar moeder een grote beker thee. Maryam ganoem dronk het donkere vocht gulzig op. Haar dochter kwam naast haar zitten terwijl ze met lusteloze gebaren de selderijstronken die in haar schoot lagen, begon te snijden. Ondertussen hield ze haar moeder nauwlettend in de gaten. Die begon steeds meer met haar ogen te knipperen en te gapen. Ze zei niets. Soraya keek Adileh bevreemd aan. Die beantwoordde haar blik met een snelle knipoog. Misschien duurde het tien minuten, misschien ook twintig, maar op een gegeven moment was Maryam ganoem in slaap gevallen. Ze was op haar rechterzij gegleden en snurkte licht. Adileh keek Soraya opgewonden aan.

'Het is gelukt,' siste ze. 'Nu moeten we ons snel omkleden en weggaan. Kouros kan ieder moment weer thuiskomen.' Adileh opende met bevende handen de zak die onder de paardendeken had gelegen en verruilde haar eigen vaalblauwe, versleten meisjestuniek voor een nieuwe witte. Ze trok een zwarte, wijde broek aan en moffelde met Soraya's hulp haar lange haren zo goed als ze kon onder een tulband. Haar oude kleding stopte ze in de zak. Die zouden ze meenemen opdat niemand zou vermoeden dat ze vermomd gingen. Haar plan mocht niet mislukken. Dat zou Soraya's dood betekenen en wellicht ook die van haarzelf. Gejaagd kleedde ook Soraya zich om. Nu kwam het moeilijkste gedeelte: ze moesten het huis verlaten zonder dat iemand hen zal zien. Als eenmaal duidelijk zou zijn dat ze gevlucht waren en iemand zou zich herinneren dat er twee vreemde jonge mannen uit het huis waren gekomen, zou iedereen makkelijk begrijpen dat zij het waren geweest, Soraya en Adileh, en dan konden ze alsnog opgepakt worden. Ze pakten wat spullen in, namen met trillende handen enkele zilverstukken mee en wat eten en water.

Even knielde Adileh naast haar slapende moeder. Zachtjes drukte ze een kus op de oude wang terwijl ze haar ogen stevig dichtkneep om de tranen tegen te houden.

'Sorry, maman,' fluisterde ze. 'Sorry, maar ik kan niet blijven.'

Op hun tenen slopen Adileh en Soraya naar de deur. Adileh zette die op een kiertje om naar buiten te kunnen gluren, maar ze moest de deur weer haastig dichtdoen.

'Het is druk. Hier, doe vast je schoenen aan,' beval ze terwijl ze Soraya's schoenen van buiten pakte en zachtjes voor haar neergooide. Ook zij deed haar schoenen aan. Achter hen klonk uit Maryam ganoems mond opeens onverstaanbaar gemompel. Verschrikt draaiden Adileh en Soraya zich om. Als de vrouw nu wakker zou worden, was alles over. Dan zou Soraya vanmiddag met stenen worden doodgegooid. Maryam ganoem verroerde zich even en toen was haar lichte, regelmatige gesnurk weer hoorbaar. Adileh opende opnieuw de deur.

'Nu!' fluisterde ze. Haastig stapten ze de deur uit, starend naar de grond en met zo groot mogelijke stappen liepen ze de straat uit. De ochtendhitte was al onverdraaglijk, alsof de zon wraak op hen wilde nemen, alsof ze hen levend wilde verbranden. Voor zover Soraya en Adileh konden beoordelen, had niemand hen gezien. De vraag was alleen wat ze nu moesten doen. Waar moesten ze naartoe? Opeens kreeg Soraya een ingeving die zo briljant was, dat die haar door een engel moest zijn ingefluisterd. Waar had ze van gedroomd? Van Tabriz, van het hof van sjah Ismaïl, van een leven als hofschilder...

'Weet je welke dag het is?' vroeg ze aan Adileh.

Deze schudde het hoofd.

'Dat weet ik niet precies. Ik weet alleen dat het de tweede week van de maand is.'

'God is groot,' mompelde Soraya. 'Precies wat ik had gehoopt!'
Het leek een teken te zijn dat God haar niet was vergeten. Dat Hij
haar nog een kans gunde.

'Hoezo?'

'De heer Jafari, de afgezant van de sjah. Hij verblijft iedere
tweede week van de maand in herberg De Hemel. Weet je nog dat
je vader vertelde dat ik in Tabriz tot hofschilder opgeleid zou
kunnen worden?'

Zenuwachtig knipperde Adileh met haar ogen.

'Maar dat kan toch niet? Dat was toch bedoeld voor Kouros?'
zei ze schuchter.

'Wie had dat schilderij gemaakt, Kouros of ik?'

Adileh glimlachte en zweeg.

'Nou dan. En nu ben ik toch een jongen? Als we geluk hebben,
vinden we de heer Jafari in de herberg en kunnen we met hem
naar Tabriz reizen. Weet jij een betere schuilplaats?'

'Maar kan ik dan ook wel mee?' zei Adileh vertwijfeld. 'Ik heb
nog nooit van mijn leven een penseel in mijn handen gehad.'

'Zonder jou ga ik niet. We verzinnen wel wat. Maar we moeten
vlug zijn.'

Onwennig liepen ze door de stad, die van alle opwinding wel in
brand leek te staan. Zouden ze in deze drukte wegkomen met
hun vermomming of zouden ze genadeloos door de mand vallen?
Ze moesten zo gauw mogelijk naar de herberg. Wie weet was de
gezant van de koning, als hij er al was, wel van plan om snel te vertrekken.

Overal waren kooplui bezig met het aanvoeren en aanprijzen
van nieuwe waar. Sommige kenden Soraya inmiddels, en Adileh
kenden ze helemaal goed, dus ze hielden hun hoofden schuin
naar beneden zodat de kooplui hun gezichten niet konden zien.
Maar er werd niet vreemd op hun verschijning gereageerd. Helemaal niet eigenlijk. Soraya's adem gleed iets vrijer door haar borst.
Ze kon nog nauwelijks geloven dat ze waren gevlucht. Maar ze

moesten voorzichtig blijven, er kon nog veel misgaan. In de verte ontdekte Soraya het blauwe uithangbord van herberg De Hemel.

'Bij imam Reza, laat die Jafari aga hier alstublieft zijn,' mompelde ze in zichzelf.

Toen Soraya en Adileh voor de brede ingang van de herberg stonden, vroeg een fors gebouwde bewaker wat ze kwamen doen. Soraya schraapte haar keel terwijl haar nagels in haar handpalmen sneden.

'We komen voor de heer Jafari,' zei ze met een zo laag mogelijke stem. De wachter keek haar een ogenblik recht in haar ogen. Soraya voelde haar gezicht warm worden en onderdrukte de neiging om haar blik kuis af te wenden, zoals haar dat als meisje geleerd was. Voor de wereld was ze nu geen vrouw meer. Ze was een man die door duizend landen kon reizen zonder bang te hoeven zijn om uitgemaakt te worden voor zwerfhond. Of erger. Wel maakte ze zich zorgen over de verwondingen in haar gezicht. Wat zou de heer Jafari daarvan denken?

'Kom binnen. Ik zal hem laten weten dat u er bent. Uw naam?' De vraag trof haar als een scherpe pijl. Natuurlijk, een naam! Waarom had ze daar niet over nagedacht? Wat had Mohsen aga gezegd? Had hij de naam Kouros laten vallen?

'Kouros,' fluisterde Soraya. 'Kouros.'

Naar de naam van Adileh vroeg de man niet.

De bewaker liep naar binnen. Aarzelend kwamen Soraya en Adileh achter hem aan. Herberg De Hemel was een van de chicste plaatsen van Maraqeh. De wanden waren bedekt met donkerrood fluweel, en onder hun voeten lagen de fijnst geknoopte tapijten die ze ooit hadden gezien. Onder aan een brede trap gaf de bewaker met een handgebaar te kennen dat ze moesten wachten. Zelf verdween hij achter een gordijn. Rustig blijven, probeerde Soraya zichzelf in te prenten; ze moest in haar rol blijven. Adileh zei geen woord en keek met grote ogen om zich heen.

Soraya begon zich al op het ergste voor te bereiden – de gezant van de koning bleek toch al te zijn vertrokken – toen gestommel op de trap de komst van de heer Jafari aankondigde. Ze schraapte haar keel en rechtte haar rug. Adileh keek haar angstig aan. Een paar tellen later stond de afgezant voor hen. Zijn zwarte snor glansde in zijn lange, slanke gezicht, en zijn baard was zo perfect kortgeknipt dat geen enkel haartje ook maar een millimeter langer was dan de rest. Hij droeg een indigoblauwe lange mantel, afgezet met bont, en zijn tulband was van een paars dat Soraya alleen maar kende van de bloemen die in het voorjaar uit haar geboortegrond kropen. Zijn ogen namen de twee jongemannen verbaasd op. Soraya besefte opeens dat ze zich niet op dit gesprek had voorbereid. Toch moest ze als eerste het woord voeren, misschien wist hij helemaal niet meer wie ze was.

'Goedemorgen, Jafari aga. Het spijt me dat ik u stoor, maar ik hoorde van mijn vader dat u belangstelling had voor mijn werk. Hij zei dat u me mee zou willen nemen naar het hof van sjah Ismaïl om me verder op te laten leiden in de kunst van het miniaturen schilderen.'

Terwijl Soraya sprak, vermeed ze het de welgestelde heer aan te kijken, ze richtte zich op zijn snor. Pas toen hij begon te spreken, durfde ze een ogenblik in zijn smalle lichtbruine ogen te kijken.

'Wel, wat een verrassing. Om eerlijk te zijn had ik u niet meer verwacht. Het is alweer enige tijd geleden dat ik uw vader sprak. En als u een paar uur later was gearriveerd, had u me hier niet meer aangetroffen. Maar het doet me een groot genoegen dat u toch nog gekomen bent. En het zal sjah Ismaïl ook behagen.'

'Dank u zeer. Ik zal mijn uiterste best doen. U, noch de weledele sjah zal spijt krijgen van de beslissing mij naar het hof te halen.' Soraya stond versteld van haar eigen stelligheid. De heer Jafari knikte glimlachend.

'Dat is mooi. Maar mag ik u vragen waarom u uw vader niet hebt meegenomen? Ik had hem graag nog even gesproken over de zakelijke aspecten.' In de stilte die volgde zocht Soraya koortsachtig naar een afdoende verklaring voor Mohsen aga's afwezigheid. Naast haar voelde ze Adileh trillen van de spanning. Ze kon niets origineels verzinnen, daarom zei ze simpelweg dat hij die ochtend al vroeg naar zijn stoffenwinkel had gemoeten.

'Maar in plaats van mijn vader heb ik mijn broer meegenomen. Hij wil ook graag naar Tabriz.' De heer Jafari liet zijn blik even op Adileh rusten. Haar wangen kleurden rozerood.

'Maar hij is geen schilder?' vroeg de man.

'Nee.'

'Dan kan hij niet mee.' De mededeling klonk resoluut.

'Zonder hem ga ik niet,' zei Soraya even beslist. Ze speelde nu hoog spel. Wie dacht ze dat ze was om zo'n toon tegen een gezant van de koning aan te slaan?

'Hij wil werk zoeken in Tabriz,' voegde Soraya eraan toe. 'Laat hem alstublieft meekomen.'

'Goed dan, maar uw vader moet ik zeker spreken. Ik zoek hem voor ons vertrek nog even op in zijn winkel,' zei de nieuwe kennis op een toon die geen tegenstand duldde.

'Mij kunt u overigens Bozorgmehr noemen. Als u me nu een moment wilt excuseren, dan maak ik me verder klaar voor onze tocht. Ik neem aan dat u de kunst van het paardrijden verstaat?'

Soraya knikte haastig, terwijl Adileh piepte van niet. Soraya gaf haar een por in haar zij; ze moest de dingen nu niet moeilijk maken.

'Maar ik heb geen paard,' zei Soraya erachteraan.

'Geen probleem.' Bozorgmehr liep in de richting van een enorme tafel waarachter de oude, grijze herbergier voor zich uit zat te staren. Tot haar schrik bedacht Soraya zich dat het gezicht van de herbergier haar uiterst bekend voorkwam. Ze moest deze man eerder hebben gezien. Bozorgmehr Jafari mompelde wat in het grote oor van de man, dat onder zijn tulband uit stak, en gaf hem tegelijkertijd iets.

'Het wordt geregeld,' bromde de man. Bozorgmehr liep zonder verder nog iets te zeggen de trap op. De herbergier nam Soraya en Adileh voor het eerst met interesse op. In zijn ogen lazen ze een venijnig mengsel van bewondering en afgunst.

'Ik ken u ergens van,' zei hij. 'Mijn geheugen laat me even in de steek, maar ik heb u eerder gezien.' Het klonk onheilspellend, maar de twee jongemannen haalden zo achteloos als ze konden hun schouders op.

Het leek eeuwen te duren voor hun reisgezel weer naar beneden kwam. Ondertussen bleef de dikke herbergier Soraya en Adileh bespieden alsof ze zeldzame reptielen waren. In ieder geval hadden ze nu tijd om na te denken over een reden waarom Bozorgmehr niet naar de stoffenwinkel van Mohsen aga zou kunnen gaan. Straaltjes zout zweet prikten over Soraya's rug. Wie weet zou haar gastgezin op het idee komen hen in deze herberg te gaan zoeken. Adileh was even naar buiten gelopen om te kijken, maar er was niets ongebruikelijks te zien, zei ze. Pas lang nadat ze een beker granaatappelsap hadden gedronken en een jonge knaap met een paard zich bij de herberg had gemeld, kwam de heer Jafari de trap weer af. Een bediende liep achter hem aan met een grote, mooi bewerkte zadeltas waarin zijn spullen zaten.

'Zo, ik heb u toch niet te lang laten wachten?'

Soraya klakte met haar tong terwijl ze haar hoofd met een kort rukje naar achteren bewoog. Adileh antwoordde eveneens ontkennend. Ze hadden voor haar intussen de naam Homayoen bedacht.

'Gelukkig maar.' Bozorgmehr bekeek de twee mannen opgetogen. Hij leek nog energieker te zijn geworden.

'Als de paarden inmiddels zijn gebracht, kunnen we nog even de winkel van uw vader aandoen.'

'Dat zal niet gaan,' sprak Soraya zo zelfverzekerd als ze kon. Bozorgmehr fronste zijn voorhoofd.

'Maar waarom niet?' zei hij geïrriteerd.

'Het is te laat. Hij moest stoffen inkopen buiten de stad. Hij ging zo vroeg naar de winkel om wat monsters te halen van stoffen waarvan hij meer wilde bestellen. Ik ben er absoluut zeker van dat hij de stad allang heeft verlaten.' Bozorgmehr leek hoogst verbaasd.

'Goed dan. Maar ik begrijp het niet. De meeste vaders zouden in een situatie als deze met me willen spreken over een vergoeding voor uw werk en financiële ondersteuning van uw familie.'

'Maakt u zich over mijn vader maar geen zorgen, die redt zich wel,' zei Soraya ferm, terwijl ze God in stilte om vergiffenis bad.

'Ik vind het goed, als het maar niet tot problemen leidt. U zult overigens voor uw diensten een vaste maandelijkse vergoeding krijgen. Als de sjah u accepteert natuurlijk.' Dat laatste hoopte ze maar. Soraya had geen idee wat ze moest doen als de sjah haar niet zou accepteren. Naar Maraqeh terugkeren kon ze in geen geval. Dan zou ze alsnog ter dood gebracht worden.

'Kom, we gaan,' zei Bozorgmehr.

Nadat ze uitgebreid afscheid hadden genomen van de oude herbergier, liepen ze naar buiten, waar een bediende hun tassen aan de zadels bevestigde. Soraya keek spiedend om zich heen of er nergens een woedende Kouros opdook, maar ze zag alleen een paar vrouwen die boodschappen deden. Ze stegen op hun paarden. Adileh ging bij Soraya achterop zitten, die wist dat Adileh niet veel ophad met de beesten maar ze had geen keus. Hun paard was een groot, lichtbruin exemplaar met enorm lange manen. Wat was het heerlijk om op een paard te zitten zonder sluier! Het voelde zo licht! Stapvoets reden ze de stad uit, op weg naar Tabriz.

Het grootste deel van de eindeloze tocht reden ze in galop. Het was immers de bedoeling dat ze Tabriz nog voor het vallen van de avond zouden bereiken. Maar af en toe deden ze het rustig aan en reden ze stapvoets naast elkaar, waarbij Bozorgmehr Jafari de gelegenheid te baat nam om Soraya en Adileh in te wijden in het wel en wee van het hof. Hij vertelde hun onder meer over sjah Ismaïl. Hoewel de meeste feiten voor Soraya niet nieuw waren, vond ze het interessant om ze uit de mond te horen van iemand die in de kringen van de sjah verkeerde. In kleuren en geuren vertelde Bozorgmehr hoe sjah Ismaïl succesvol in opstand was gekomen tegen Ak Koyonlu, de leider van de Timoeriden, en vervolgens op vijftienjarige leeftijd Perzië onafhankelijk had verklaard. Hij had het Safawidische Rijk gesticht en Tabriz tot hoofdstad uitgeroepen. 'In 1503 veroverde hij Shiraz en in 1509 versloeg hij zijn oostelijke rivalen, de Oezbeken, in de slag bij Merv. Een jaar later doodde hij hun vorst Shaybani en nam Herat in, de voormalige hoofdstad van de Timoeriden.' Bozorgmehr keek trots, alsof hij persoonlijk verantwoordelijk was geweest voor al deze militaire successen. Een moment later veranderde de uitdrukking op zijn gelaat echter in een van spijt.

'Maar tot het verdriet van velen voerde hij toen het sjiisme in als staatsgodsdienst,' zuchtte hij.

Voor Soraya was dat niet iets om over te zuchten. Integendeel: haar vader had haar vaak verteld hoe verheugd hij en haar moeder waren toen ze hoorden dat het sjiisme de officiële godsdienst van het Safawidische Rijk zou zijn.

'Bij imam Reza, eindelijk kregen we de erkenning waar we zo lang op hadden gewacht,' zei haar vader dan. Waaraan hij steevast toevoegde hoe zijn vrouw, toch echt geen uitbundig type, van vreugde haar mand met versgeplukte vijgen boven haar hoofd had leeggegooid! Een zoete vijgenregen was op haar neergekletterd en die hele middag hadden haar ouders ervan gesmuld. Ze hadden tot dan toe behoord tot de sjiitische minderheid. Niet dat dat in een oogwenk veranderde: ook toen Soraya opgroeide, was bijna iedereen in het dorp en daarbuiten soennitisch. Soms had ze het gevoel dat mensen het vreemd vonden als ze tijdens het gebed hun voorhoofden te ruste legden op kleitabletten uit Kerbela, de voor hen zo heilige stad waar hun geliefde imam Hoessein zo dapper had gestreden maar uiteindelijk op brute wijze was vermoord door de schurk Jazid. Men vond het ook raar dat ze het middag- en namiddaggebed samenvoegden, net als het zonsondergang- en avondgebed.

'Mijn moeder zegt dat jullie sjiieten lui zijn omdat jullie maar drie keer per dag bidden in plaats van vijf,' had Rahimeh, Soraya's buurmeisje, haar een keer toegesnauwd, ze zal toen een jaar of zes zijn geweest. Huilend was Soraya naar haar vader gesneld. Die had haar in zijn sterke armen genomen en gesust:

'Binnenkort zullen alle Perzen echt wel begrijpen hoe belangrijk de imams zijn. Ons geloof is nog niet zolang geleden het geloof van alle Perzen geworden, het kost de mensen wat tijd om eraan te wennen.'

De stem van de heer Jafari bracht Soraya weer terug naar het gesprek. Hij vertelde dat ook de soennitische buurlanden moeilijk konden wennen aan het nieuwe sjiitische Perzische rijk. Met fonkelende ogen verhaalde hij hoe met name de wrede Ottomaanse sultan Yavuz Selim het niet kon verkroppen, en sjah Ismaïl de oorlog verklaarde. 'Hij wilde Perzië terugbrengen op het pad van het soennisme. Met een groot en uiterst goed uitgerust leger trof hij in 1514 in Chaldiran, dicht bij Tabriz, sjah Ismaïl en zijn manschappen. Selims leger was vele malen groter dan dat van Ismaïl en beschikte bovendien over betere wapens. Het was voor Ismaïl een onbegonnen strijd die hij dan ook verloor,' zuchtte de heer Jafari. 'Het ergste was voor de koning nog wel dat Selims leger bij deze slag zijn lievelingsvrouw schaakte. En er werden veel geleerden en kunstenaars meegenomen naar Istanbul. Sindsdien heeft onze sjah niet meer gevochten.'

'Wat triest,' mompelde Soraya.

'Maar hetzelfde jaar 1514 had ook iets goeds in petto: het was het jaar waarin Ismaïls zoon Tahmasp werd geboren. Zijn vader benoemde hem al op tweejarige leeftijd tot gouverneur van Herat en stuurde hem ook naar die stad, waar hij zijn opleiding tot kalligraaf genoot.'

'Wel moeilijk, lijkt me, om op zo'n jonge leeftijd afstand te doen van je kind,' zei Adileh spontaan, waarop Bozorgmehr haar met een niet-begrijpende blik aankeek. Het was natuurlijk ook een typisch vrouwelijke opmerking. Ze zou haar tong voortaan beter onder controle moeten houden.

'Tahmasp is niets te kort gekomen in Herat. En het leuke is dat u hem waarschijnlijk gauw zult ontmoeten, als u tenminste mag blijven. Over enkele weken zal de jonge prins voorgoed terugkeren uit Herat om zich weer bij zijn vader aan het hof te voegen.'

'Ik zie ernaar uit hem te ontmoeten,' zei Soraya oprecht.

Af en toe stopten Bozorgmehr, Soraya en Adileh even om wat te eten of om hun behoeften te doen. Dit laatste viel de meisjes erg zwaar. Hun deftig ogende metgezel voelde zich blijkbaar niet te goed om zijn blaas te legen op een afstand van slechts enkele meters van hen vandaan. Toen dit voor het eerst gebeurde, duizelde het zo erg in Soraya's hoofd, dat ze vreesde ter plekke flauw te vallen. Adileh kreeg rode konen en deed haar best de andere kant op te kijken. Deze argeloze intimiteit van de kant van hun reisgezel maakte het voor hen lastig om zich af te zonderen. Soraya nam haar kans waar toen Bozorgmehr opging in een dialoog met zijn paard. Hij stond vlak voor het dier, met de ene hand op het hoofd en de andere op de hals. Met grote passen liep Soraya naar een struikgewas naast een iel boompje. Zo snel ze kon, hurkte ze, trok moeizaam haar broek naar beneden en bevrijdde zichzelf van het gele vocht dat al veel te lang in haar blaas had gezeten. Ze kon net op tijd weer opstaan, want Bozorgmehr nam haar met de spiedende blik van een jager op. Hij zei niets.

In de late zomerwarmte reden ze in stilte snel verder. Ze volgden de rivier Talkheroed die naar Tabriz leidde. Ze galoppeerden door de bergen waar geitenhoeders hen groetten vanaf enorme rotsblokken. Adileh begon te klagen dat haar onderrug zo'n pijn deed waarna Soraya haar toesiste dat ze het nog maar even vol moest houden. Aan de blauwe hemel hingen wolken als pasgewassen witte hemden aan een onzichtbare lijn. In Soraya's gedachten doken boven die hemden allerlei gezichten op: die van haar vader, moeder en broers, zelfs het oude, lelijke gezicht van Mahmoed, en gelukkig ook die van haar vriendin Somayeh en haar buurmeisje Mina. De gezichten van Mohsen aga, Maryam ganoem en Kouros probeerde ze te negeren, maar ook die drongen zich onophoudelijk aan haar op alsof ze haar wilden aanzetten tot een nog dieper gevoel van schaamte dan ze al voelde. Tijdens deze uren had ze gestenigd moeten worden. In plaats daarvan draafde ze op een paard door de bergen naar Tabriz, een toekomst als hofschilder tegemoet.

'Ziet u die huizen in de verte? Dat is Tabriz!' hoorden Adileh en Soraya de stem van Bozorgmehr na vele uren zeggen. Ver voor hen lag een enorme vlek van huizen. Zo'n grote stad had Soraya nog nooit gezien! Toen ze dichterbij kwamen, werd een blauwe moskee in al haar schoonheid zichtbaar.

'Wat een prachtige moskee!' riep Adileh spontaan uit, waarbij haar stem tot Soraya's schrik even meisjesachtig omhoogschoot.

'Het is de Blauwe Moskee. Ze is niet zo oud, gebouwd tijdens de regeerperiode van Ak Koyonlu's sultan Yaqub ibn Uzon Hassan,' zei Bozorgmehr, die er zichtbaar plezier in had Soraya en Adileh te onderwijzen. Toen ze bij de stadsmuren kwamen, maanden ze hun paarden stapvoets verder te gaan. De zon ging onder en van de minaret van de Blauwe Moskee klonk de oproep tot het gebed.

'Ik hoop dat u zich hier thuis zult voelen,' glimlachte Bozorgmehr toen ze de stad binnenreden. Van opwinding wisten Adileh en Soraya niet waar ze moesten kijken. De mensen waren heel anders gekleed dan ze gewend waren in de dorpen, en zelfs in Maraqeh. Eleganter, verfijnder, dat zat hem soms in kleine details als goedgepoetste schoenen. Veel straten waren ook breder.

Langzaam reed Soraya achter de gezant van sjah Ismaïl aan.

Niet slecht voor een simpel dorpsmeisje, dacht ze. Al zou hun hele plan mislukken, niemand kon haar deze dag meer afnemen. Ze was in Tabriz. Mensen die beweerden dat hier de poorten naar het paradijs lagen, konden best eens gelijk hebben.

Even later hielden ze halt voor het paleis van sjah Ismaïl: een groot, wit gebouw met marmeren zuilen, midden in een grote, boomrijke tuin waarin ontelbare fonteinen stralen water spoten. Soraya's adem stokte.

'Prachtig...' bracht ze met moeite uit.

'Het atelier is verderop.' Zwijgend volgde Soraya Bozorgmehr, terwijl die naar een ander wit gebouw reed, eenvoudiger en zonder marmeren zuilen. Tegen de wachter die voor de donkerbruine houten deur stond, zei hij: 'Dit is een veelbelovende kunstenaar uit Maraqeh. Geef hem een slaapplaats en zijn broer ook.' De schriele wachter knikte gedwee. Soraya hielp Adileh afstijgen en sprong toen zelf van haar paard. Meteen kwam er een knecht om het dier mee te nemen.

Bozorgmehr keek Soraya vanaf zijn paard vriendelijk aan en zei: 'Ik kom u morgenochtend halen.' Toen keerde hij om en reed in draf de prille duisternis van Tabriz in.

Zijn woorden riepen bij Soraya veel vragen op. Wanneer kwam hij haar precies halen en wat zou er op het programma staan? Zou hij haar voor willen stellen aan sjah Ismaïl?

'Komt u mee?' klonk de bescheiden stem van de wachter. Soraya knikte en liep met trillende benen achter hem aan, Adileh bij haar hand meetrekkend. Hij leidde hen door een serie slecht verlichte gangen naar een even duistere slaapzaal, waar ze schimmen meenden te ontwaren op dekens op de grond.

'*Salaam aleikom*,' mompelden Adileh en Soraya met een zo laag mogelijke stem.

'*Aleikom wa salaam*,' klonk het uit verschillende onzichtbare kelen. Dit moesten de hofkunstenaars zijn, van wie Soraya er misschien ook een zou worden. Als dat tenminste Gods bedoeling was.

9

Ondanks de vele vragen die in mijn hoofd rondtolden als door de wind opgejaagd zand, was het me toch gelukt in slaap te vallen. Toen ik de volgende ochtend wakker werd, zag ik tot mijn schaamte dat de slaapzaal leeg was. Ik was door de oproep tot het ochtendgebed heen geslapen, en de hofkunstenaars waren al vertrokken. Adileh lag op een matras naast me, nog diep in slaap. Haar fijne gezicht leek als dat van een pop, en het verbaasde me dat niemand tot nu toe in de gaten had gehad dat ze een meisje was. Ik stond op en nam de kamer met het hoge plafond in me op. Grauwwitte afgebladderde muren, een houten vloer bezaaid met dekens en in een hoek een eenvoudige tafel, meer was het niet. Maar de zonnestralen die door het kleine venster naar binnen schenen, gaven me een gelukkig gevoel. Ik maakte Adileh wakker.

'Mijn God, waar zijn we?' waren de eerste woorden die ze sprak terwijl ze angstig om zich heen keek.

'In de kunstenaarsvertrekken aan het hof van sjah Ismaïl,' zei ik zacht. Met tegenzin kwam Adileh uit bed. Samen liepen we de kamer uit naar een lange gang waar verschillende kamers op uitkwamen. Nieuwsgierig wierpen we een blik in elk vertrek waarvan de deur openstond. Algauw zagen we een ruimte waarin een paar kannen vol water op de grond stonden.

'Zullen we?' vroeg ik. Adileh knikte. Zachtjes lieten we het lauw geworden water over onze handen en polsen glijden. Over onze gezichten, armen en nek en ten slotte over onze voeten en enkels. Mijn blauwe tulband, die ik sinds mijn vlucht uit Maraq-eh niet meer af had gedaan, lag aan mijn voeten en ik bedacht me hoeveel makkelijker het zou zijn om mijn lange lokken af te snijden. De gedachte was niet nieuw, maar had me tot dan toe een misselijkmakend wee gevoel in mijn buik gegeven; nooit in mijn leven had ik kort haar gehad. Toch nam ik me voor, me zo gauw ik de kans kreeg te ontdoen van deze uiterlijke schoonheid, die nergens meer voor diende en me alleen maar tot last zou zijn. Na verschillende pogingen en met hulp van Adileh lukte het me uit-eindelijk om mijn tulband om te winden op een manier die er-mee door kon. Ik deed hetzelfde voor Adileh. Ook hielp ik haar borsten af te binden. Daarna spoedden we ons terug naar de slaapzaal, waar we het ochtendgebed verrichtten en een eenvou-dig ontbijt tot ons namen: een paar hompen droog brood die ie-mand anders had achtergelaten. We waren juist klaar met eten toen we een zacht klopje op de deur hoorden.

'Ja, wie is het?' riep ik aarzelend. De deur ging een klein stukje open, juist genoeg om ons een blik te gunnen op een rood, vlezig gezicht dat meldde dat de heer Jafari buiten op ons stond te wach-ten.

'We komen eraan,' antwoordde ik. We pakten onze zadeltassen en liepen weer de lange gang door die uitkwam op een grote, kale hal. Een wachter opende de deur naar buiten en daar zat Bozorg-mehr Jafari op een enorm zwart paard. Naast hem stond een bruin paard voor ons klaar. Een knecht nam meteen onze zadeltas over.

'Zo, hoe was de nacht? Hebt u lekker kunnen slapen?' vroeg Bozorgmehr vriendelijk.

'Ik heb heerlijk geslapen, dank u,' antwoordde ik naar waar-heid. Adileh antwoordde niet; ze stond er een beetje verloren bij, alsof ze twijfelde of zij wel welkom was op dit ritje met onbekende bestemming. Ik had met haar te doen, de vraag was hoe zij moest gaan leven in Tabriz. Ze was gewend om haar moeder te helpen en beschikte bij mijn weten niet over vaardigheden waarmee ze makkelijk de kost zou kunnen verdienen. Waar had ik haar in meegesleept?

'Al kennisgemaakt met de andere kunstenaars?' vroeg Bozorgmehr opgewekt.

'Nauwelijks,' zei ik. Ik had geen zin om verslag te doen van ons late ontwaken, dat er voor een groot deel debet aan was. Adileh en ik bestegen ons paard en reden zwijgend achter Bozorgmehr aan. Tot mijn opwinding bleek onze bestemming het paleis van sjah Ismaïl. De contouren van het enorme witte gebouw tekenden zich af tegen de lichtblauwe ochtendlucht. Voor het grote ijzeren hek dat de gehele paleistuin omringde, stegen we af. Woordeloos namen knechten de paarden van ons over zodat we vrij waren om over het met kiezelstenen bezaaide pad tussen enkele cederbomen door te wandelen naar de ingang van het paleis.

'Wat gaan we hier precies doen?' durfde ik uiteindelijk te vragen. Bozorgmehr keek me een moment verbaasd aan en schaterde het vervolgens uit.

'U begrijpt het nog steeds niet? Voordat we u een plaats kunnen aanbieden in het hofatelier, moet sjah Ismaïl dat persoonlijk goedkeuren. Hij zal daartoe ten minste één van uw werken onder ogen moeten krijgen. Het schilderij dat ik van uw vader heb gekocht, zit in deze tas.' Glimlachend trommelde Bozorgmehr met zijn slanke, sierlijke vingers op de zijkant van zijn zadeltas. Ik slikte en voelde een ondraaglijke spanning. Over enkele momenten zou de sjah mijn schilderij keuren en beslissen over mijn levenslot. Een afkeurende blik zou voldoende zijn om mij op straat te doen belanden. Een simpel dorpsmeisje met arrogante artistieke ambities maar zonder familie, vrienden of zelfs maar een dak boven haar hoofd. Had ik wel voldoende mijn best gedaan op het schilderij? Klopten de kleuren? In gedachten verzonken merkte

ik niet op dat we het paleis binnengingen en gangen en binnen-
plaatsen passeerden waar fonteinen kletterden. Bij een rijk versierde houten deur stopten we. Hierachter moest zich de zaal bevinden waar sjah Ismaïl audiëntie hield. Adileh was zwijgzaam,
maar keek voortdurend om zich heen om alle schoonheid in zich
op te nemen. Op de kussens tegenover de deur gingen we zitten
wachten tot de sjah ons zou kunnen ontvangen. Dat leek einde-
loos lang te duren en mijn keel was al heel droog van dorst en toenemende zenuwen toen een jonge hofbediende ons kwam vertellen dat de sjah ons kon ontvangen. Ik dreigde flauw te vallen van
de spanning, maar stond zo goed en zo kwaad als het ging op uit
de kussens om achter Bozorgmehr de koningskamer binnen te
gaan. Adileh kneep in mijn bovenarm.

'Wat moet ik doen?' fluisterde ze.

'Ga maar mee,' zei ik. Onzeker liep ze achter me aan.

Eerst had ik alleen maar oog voor de ruimte: een enorme zaal
met rechthoekige ruiten vol afbeeldingen van pauwen en ganzen.
Lavendelblauwe tapijten, strakker geknoopt dan die in herberg
De Hemel. Rozen en arabesken van gips aan de muren en het plafond, fluwelen kussens langs de muren... Toen pas ontwaarde ik
sjah Ismaïl zelf. Hij zat op een troon die op een verhoging stond
en keek ons streng aan. Bozorgmehr Jafari haastte zich naar voren,
knielde voor de troon en kuste de hand van de sjah. Werd er van
ons verwacht dat we hetzelfde deden? Dat kon ik niet. Een simpel
dorpsmeisje, verkleed als jongen, kon niet de hand van de koning
kussen. Maar tot mijn opluchting besteedde de koning voorals-
nog helemaal geen aandacht aan Adileh en mij.

'Is het gelukt met de tapijten?' vroeg hij Bozorgmehr.

'Ja, ik heb er zes besteld met de door u voorgestelde patronen.
Het zal nog een aantal maanden duren voor ze af zijn, dan zullen
ze bij het hof worden afgeleverd.'

De sjah knikte goedkeurend. 'Prima. Ik ben benieuwd wat
Tahmasp er straks van zal vinden.' Beide mannen zwegen een

ogenblik, als in gedachten verzonken. Ik begon me af te vragen wanneer ik als gespreksonderwerp naar voren zou worden gebracht. Dat moment kwam gelukkig gauw.

'Ik heb een jonge kunstenaar uit Maraqeh meegenomen. Zeer veelbelovend,' sprak mijn vriend op een wat plechtige toon. Nu nam sjah Ismaïl me nieuwsgierig op. Hij was een man van gemiddelde lengte met een stoere uitstraling. Felle bruine ogen boven een zwarte snor. Hij droeg een goudkleurige zijden tuniek met een bloedrode mantel en tulband. De mantel had een kraag van luipaardenbont en op zijn tulband prijkten twee pauwenveren. Ik legde mijn rechterhand boven mijn linkerborst en maakte een beleefde buiging terwijl ik de sjah groette. Deze beantwoordde mijn groet niet maar maande ons te gaan zitten. Adileh keek me kort aan, haar ogen vol angst. Angst dat we ontmaskerd zouden worden. Direct daarop verscheen er een dienaar die in zijn handen een zilveren blad droeg met daarop glazen verrukkelijke *kersensharbat*. Dankbaar nam ik een glas aan en zoog dorstig de rode vloeistof naar binnen, terwijl ik probeerde niet al te gretig over te komen.

'Op welk gebied is deze kunstenaar werkzaam?' vroeg sjah Ismaïl aan Bozorgmehr.

'De schilderkunst,' antwoordde deze. 'Met een beetje training kan dit een voortreffelijke miniatuurschilder worden. Een aanwinst voor het hof. We kunnen er nog wel een gebruiken nu er zoveel werk is aan de *Sjahnameh*-miniaturen.'

De sjah knikte.

'Heb je werk van hem?' Bozorgmehr begon de sluiting van zijn zadeltas los te trekken.

'Jazeker, ik heb in Maraqeh van zijn vader een schilderij gekocht. Ik ben benieuwd wat u ervan vindt.' Ik kromde mijn tenen. Nu kwam het moment dat ik evenveel beminde als vervloekte. Bozorgmehr nam mijn schilderij uit zijn zadeltas en hield het de sjah voor. Deze trok het zachtjes naar zich toe en zweeg. Hij liet zijn ogen glijden over het zilverblauwe meer waaraan twee herten zich laafden, de groene velden, de gouden zon...

'Het is mooi. Bijzonder mooi,' zei de sjah uiteindelijk zacht. Ik had de neiging om te gaan springen, om als een dolle hond rond te rennen en het uit te schreeuwen van pure vreugde, maar ik hield me in. In plaats daarvan zocht ik de ogen van Bozorgmehr, die me bemoedigend aankeken.

'Een ware kunstenaar, maar wel een die nog oefening behoeft,' voegde koning Ismaïl aan zijn lofprijzing toe.

'Ja, die mening ben ik ook toegedaan. Maar als u hem onder de beste schildermeester van het hof plaatst, kan er binnen korte tijd een schilder van ongekend formaat uit hem groeien.'

'Je hebt gelijk. Hij moet onder leiding van sultan Mohammed werken.' Sjah Ismaïl keek me even aan en het schaamrood rees naar mijn kaken. Hij moest eens weten dat de veelbelovende kunstenaar voor hem een vrouw was. Waar haalde ik het lef vandaan om de koning voor te liegen? Als uit het niets kwam er echter een tegenvraag bij me op: waar haalden mannen het lef vandaan om veelbelovende kunstenaars te weigeren, alleen omdat ze vrouw waren?

'Heb je met zijn vader gesproken? Is hij akkoord met de vergoedingsregeling?' vroeg koning Ismaïl. Ik slikte. Zou het nu allemaal niet doorgaan omdat ik geen vader had meegenomen naar de herberg?

'Nee, zijn vader... had werkzaamheden te doen,' stamelde Bozorgmehr ongemakkelijk.

De koning keek me verbaasd en enigszins beledigd aan. Mijn hoofd werd warm.

'Wat kan er nou belangrijker zijn dan dit?' vroeg hij mij simpelweg.

'U hebt absoluut gelijk, maar vergeef het hem. Het was hem niet bekend dat hij een regeling moest treffen met de heer Jafari. Anders was hij zonder twijfel meegekomen,' antwoordde ik zacht.

'En wie is dat, ook een kunstenaar?' vroeg de koning terwijl hij op Adileh wees. Ik hoorde hoe haar adem stokte.

'Nee, dit is de broer van de kunstenaar. Hoe was uw naam ook alweer?' Bozorgmehr keek Adileh strak aan.

'Homayoen,' zei Adileh met een veel te hoge stem.

'En wat doet hij hier?' vroeg de koning bars.

'Hij zoekt een betrekking in Tabriz. Als het Gods wil is, zal hij die spoedig vinden.'

De koning wenkte Bozorgmehr naar de troon te komen en fluisterde hem iets in het oor.

'Ga maar even naar buiten, we hebben iets te bespreken,' maande Bozorgmehr ons. Ik knikte gehoorzaam en liep met de hevig trillende Adileh naar buiten waar we weer plaatsnamen op de zitkussens.

'Hij was niet blij met mijn komst. Ik had beter op de gang kunnen blijven wachten,' fluisterde Adileh op schuldbewuste toon.

'Het maakt niet uit,' antwoordde ik. 'Als het niet doorgaat was het niet mijn lotsbestemming.' Maar vanbinnen ging alles tekeer. Mijn hart bonsde in mijn keel, mijn ademhaling ging onregelmatig. Het was niet mijn bedoeling om het gesprek af te luisteren, maar ik kon er niets aan doen dat de stemmen af en toe door de deur hoorbaar waren. Nu eens woorden als 'problemen' en 'onmogelijk' uit de mond van de koning, dan weer 'talent' en 'buitenkans' uit die van Bozorgmehr. Ik was bang dat ik moest overgeven, zo misselijk had de spanning me gemaakt. Na een tijd die me veel te lang duurde, opende Bozorgmehr de deur en vroeg me binnen te komen. Van zijn gezicht viel niets af te lezen. Ditmaal bleef Adileh op de gang wachten. Binnen richtte sjah Ismaïl zich direct tot mij.

'Ik accepteer u in principe als schildersleerling. Wel verbind ik er de voorwaarde aan dat uw vader of oom zich binnen een maand aan het hof meldt om de zakelijke aspecten af te handelen. En uw broer kan niet aan het hof verblijven; hij moet zo gauw mogelijk ergens anders een onderkomen zoeken.' Ik zuchtte opgelucht. Ik mocht blijven!

Opnieuw bracht ik mijn hand boven mijn borst, maakte een lichte buiging en zei: 'Dank dat u bereid bent mij op te nemen als leerling-schilder in het hofatelier. Ik zal mijn uiterste best doen en uw vertrouwen in mij niet beschamen.'

'Het is goed,' zei de koning en hij richtte zijn blik weer op Bozorgmehr.

'Breng deze jongeman vandaag nog naar sultan Mohammed. Laat het werk ook aan hem zien. Daarna wil ik het terug,' zei de sjah terwijl hij mijn schilderij weer aan Bozorgmehr overhandigde. Toen knielde deze opnieuw voor de koning neer en kuste diens hand. Ik boog diep en verliet in het gezelschap van Bozorgmehr de zaal. Pas buiten merkte ik hoezeer ik zweette en hoe vreemd het tintelde in mijn buik. Ik was geaccepteerd door de koning zelf!

'En?' vroeg Adileh gespannen. Ook voor haar hing er veel van af.

'Ik ben geaccepteerd,' zei ik. Adilehs ogen begonnen te stralen en ze omhelsde me.

'Dat is fantastisch!' riep ze. Ik knikte. Het was ook fantastisch. Vanaf nu was ik een hofschilder! Pas minuten later realiseerde ik me dat ik nooit aan de door de koning gestelde voorwaarde zou kunnen voldoen. Mijn vader of oom zou zich nooit melden aan het hof.

Zoals sjah Ismaïl had bevolen, werd ik diezelfde dag nog voorgesteld aan mijn leermeester sultan Mohammed. Adileh bleef in de kunstenaarsvertrekken. Ik had haar op de hoogte gebracht van het feit dat ze van de koning niet aan het hof mocht blijven. Ze moest ergens anders een onderkomen vinden. Adileh was hevig teleurgesteld geweest.

'Maar dan ben ik helemaal alleen!' had ze wanhopig uitgeroepen.

'We verzinnen wel iets,' had ik gemompeld, maar ik had geen idee wat dat kon zijn. Ik moest me echter concentreren op mijn werk en de ontmoeting met mijn leermeester sultan Mohammed.

Bozorgmehr nam me mee naar het hofatelier dat op dat moment verlaten was omdat de kunstenaars aan het middageten zaten. Het atelier was een grote zaal met vele nissen en hoeken. Overal waar ik keek lagen schilderspullen, verf, papier en penselen. Meester-schilder sultan Mohammed zat op een vaalrood tapijt en was juist bezig de haren van een aantal penselen te wassen. Toen hij ons zag, kwam hij haastig overeind. Ik weet niet of het kwam door de vrolijke lachrimpels rond zijn ogen of omdat hij bij de begroeting vaderlijk een hand op mijn schouder legde, maar ik mocht hem meteen. Met zijn grote neus en mond en zijn eenvoudige katoenen tuniek straalde hij iets natuurlijks uit, iets nederigs bijna.

'De sjah was het met me eens: deze Kouros uit Maraqeh heeft het in zich om een groot miniatuurschilder te worden. Als u zo vriendelijk zou willen zijn hem op te leiden volgens de wens van sjah Ismaïl?'

'Natuurlijk, natuurlijk. Het is mij een eer,' antwoordde sultan Mohammed vol enthousiasme. Bozorgmehr lachte en richtte zich tot mij.

'Weet u wel hoeveel geluk u hebt? Sultan Mohammed is de beste schilder van het hof. Hij heeft al veel knapen opgeleid, maar tot nu toe is niemand van hen in staat gebleken de meester te overtreffen.'

Sultan Mohammed schudde bescheiden het hoofd alsof zoveel lof hem niet toekwam.

'Mag ik dat opvatten als een uitdaging?' vroeg ik. Ik schrok van de snelheid waarmee deze onbezonnen uitspraak me was ontglipt. Beide mannen lachten.

'Jazeker, dat mag u. Probeer alstublieft uw meester te overtreffen.'

Ook sultan Mohammed vroeg of hij werk van me kon zien en voor de tweede keer haalde de heer Jafari mijn schilderij uit zijn zadeltas. Sultan Mohammed floot bewonderend toen hij het zag, wat me week maakte als gesmolten boter.

'Een mooi stukje werk,' zei hij. 'Van wie hebt u dit geleerd?'

Van mijn vader, wilde ik trots zeggen, maar nog net op tijd bedacht ik me dat voor Bozorgmehr de stoffenhandelaar Mohsen aga mijn vader was. De bewering dat híj me dit had geleerd was nogal ongeloofwaardig. Mohsen aga was een goede man, maar niet gezegend met enig artistiek talent.

'Ik heb een oom...' begon ik.

'En uw vader zei dat u het schilderen helemaal zelf had aangeleerd,' viel Bozorgmehr me in de rede.

'Voor een groot deel wel, maar mijn oom heeft me de basisbeginselen bijgebracht,' zei ik gauw.

'Het leek me al onmogelijk om dit niveau volledig op eigen kracht te bereiken,' concludeerde Bozorgmehr, zichtbaar tevreden omdat hiermee het kleine misverstand was opgelost. In mijn hoofd duizelde het even bij de gedachte dat ik ongetwijfeld nog vaak zou moeten liegen tijdens mijn verblijf aan het hof. Het zou heel goed een keer mis kunnen gaan. Maar veel tijd om hierover te piekeren had ik niet. Bozorgmehr maakte immers aanstalten om te vertrekken en vroeg sultan Mohammed:

'Als u zo goed zou willen zijn morgen aan te vangen met de lessen aan onze nieuwe aanwinst...'

De man knikte haastig en richtte zich tot mij.

'We beginnen vroeg in de ochtend, tussen zeven en halfacht. We werken door tot het middageten, waarna er gelegenheid is om wat te rusten. Om een uur of vijf in de namiddag hervatten we ons werk tot omstreeks negen uur.'

'Ik zal zorgen dat ik morgenochtend op tijd aanwezig ben,' zei ik.

'Goed. Tot morgen dan.'

Bozorgmehr bracht me terug naar de slaapzaal en nam afscheid.

'Veel succes, morgen. Ik kom van de week nog wel in het atelier langs om te kijken hoe het gaat.'

'Ik weet niet hoe ik u moet bedanken voor alles wat u voor me hebt gedaan. Zonder u was ik hier nooit terechtgekomen.'

'Het is goed, hoor. U moet God dankbaar zijn dat Hij u zo'n groot schildertalent heeft gegeven, want het is dat talent dat u hier heeft gebracht.' Nu boog Bozorgmehr zich naar voren om me te kussen. Het zorgde voor kippenvel op mijn armen, maar ik kon zijn vriendelijk bedoelde gebaar onmogelijk weigeren. Toch probeerde ik het moment waarop de lippen van Bozorgmehr mijn wangen raakten zo kort mogelijk te houden door mijn gezicht snel weer terug te trekken.

'Moge God u beschermen,' riep Bozorgmehr Jafari terwijl hij zich omdraaide en verdween.

Toen ik de benauwde slaapzaal binnenkwam en de vredesgroet bracht, zaten of lagen de meeste kunstenaars op hun dunne matrasjes, en sommigen deden zich te goed aan wat ongetwijfeld de sappigste perziken, roodste kersen en volmaakt ronde appels van het Perzische rijk moesten zijn. De meeste kunstenaars waren vrij jong, net als ik. Sommigen waren wat ouder, maar slechts weinigen leken de dertig gepasseerd. Adileh had al kennis met hen gemaakt, zei ze. Ze leek zich wat meer op haar gemak te voelen, maar ik was bang dat een van deze kunstenaars in de gaten zou krijgen dat die jongen met dat fijne poppengezichtje in werkelijkheid een meisje was. Adilehs borsten staken ook nog net iets te veel uit, ook al hadden we ze dan afgebonden. Ze moest echt op haar bewegingen letten om te voorkomen dat de stof van haar tuniek zich straktrok. Ik nam de jonge mannen schuchter op en hoopte maar dat ze mij zouden accepteren. Ik zou immers nog een hele tijd met ze moeten optrekken.

Vrij snel na mijn binnenkomst kwam er een jongen op me af.

Zijn gezicht had de kleur van verse olijven en er fonkelden twee vriendelijke ogen in.

'Jij bent de nieuwe leerling?' vroeg hij. Ik was verbaasd maar ook opgelucht dat ik voor het eerst sinds enkele dagen weer getutoyeerd werd.

'Ja, dat klopt. Kouros... Kouros Ahmadpour,' zei ik terwijl ik mijn hand naar de jongen uitstak. Ik had geen flauw idee waar ik die achternaam vandaan had. De jongen vond het niet nodig zijn achternaam te onthullen. In plaats daarvan zei hij op luchtige toon:

'Ik ben meester D.' Denkend dat dit een grap was, wilde ik overgaan op een beleefd lachen, maar ik realiseerde me dat iedereen in het vertrek bloedserieus keek en niets aan de titel vreemd of arrogant leek te vinden.

'Waar kom je vandaan?' vroeg een andere man, die ergens voor in de twintig moest zijn.

'Maraqeh,' antwoordde ik. Een voor een stonden de miniatuurschilders op om mij de hand te schudden. Het duizelde me om zoveel namen en gezichten te moeten verwerken in zo'n korte tijd; ik blonk nu niet direct uit in het onthouden van zulke dingen. Maar van enkele mannen onthield ik de naam direct. Zo had je een forse, gezellig ogende man die zich Fazollah noemde en zonder aanwijsbare reden continu lachte. Verder was er Ebrahim, die misschien wel veertig was en vreemd genoeg bijna blind. Hij verwelkomde me hartelijk. Bij Sohrab, een jonge, magere figuur met uitstekende jukbeenderen en een voor Perzen uitzonderlijk kleine neus, kreeg ik een onbehaaglijk gevoel. Ik kon niet uitleggen waar het in zat, maar mijn intuïtie vertelde me dat ik voor deze jongen op mijn hoede moest zijn. Misschien was het zijn blik, die je voor arrogant kon houden. Maar toen hij me welkom heette met woorden zo zoet als gesuikerde amandelen, schaamde ik me voor mijn gedachten. De arme jongen had me niets misdaan. Wie was ik om over hem te oordelen?

Toen ik me de volgende ochtend om klokslag zeven uur meldde bij mijn leermeester, was ik de enige leerling.

'De meeste jongemannen hebben 's ochtends iets meer tijd nodig om op gang te komen,' gniffelde de man. 'Maar ik wil dat u er wel naar streeft om iedere dag om zeven uur te beginnen. Vandaag komt het mooi uit dat er nog niemand is, dan kan ik u even rustig rondleiden.' Samen liepen we door de werkplaats en we stonden stil bij iedere plek waar sultan Mohammed me iets over wilde vertellen.

'Bij het maken van handschriften komt meer kijken dan u wellicht denkt,' begon hij uit te leggen. 'Hoewel de kalligrafen en miniaturisten natuurlijk de meest in het oog lopende kunstenaars zijn, zijn er veel ambachtslieden nodig om het proces te ondersteunen. Zo hebben we mensen die papier maken en polijsten, maar ook lieden die de bladen uitsnijden, of de contouren van de randversiering berekenen, inkleuren en vergulden. We hebben de beste pigmentmalers die mineralen als goud, zilver, malachiet en lapis lazuli verpulveren om er verf van te maken van de hoogst mogelijke kwaliteit. Vakmannen naaien de katernen en de lak- en leerbewerkers zorgen voor prachtige banden.'

Ik was onder de indruk van de complexiteit van de koninklijke werkplaats.

'Er is een ander atelier voor de koninklijke tapijten,' zei sultan Mohammed.

'Toch schrikt onze koning er niet voor terug om ook uit andere dorpen en steden van ons rijk tapijten te bestellen als hij heeft gehoord dat die van een uitzonderlijke kwaliteit zijn. De tapijten uit Maraqeh zijn zeer geliefd. Vandaar dat de heer Jafari daar zeer regelmatig naartoe gaat om er bestellingen te plaatsen.'

En dat is mijn geluk. Anders was ik nooit met hem in contact gekomen, peinsde ik.

'Maar loop alstublieft mee terug naar de schilderafdeling,' vervolgde sultan Mohammed. 'Ik wil u laten zien waarmee ik bezig ben.'

'Natuurlijk, graag,' zei ik en zo snel als ik kon volgde ik sultan Mohammed die zich in het tempo van een jongeling door de werkplaats bewoog.

Toen we terug waren op zijn eigen plaats, haalde mijn leermeester een schilderij tevoorschijn waaraan hij de laatste hand nog moest leggen. De miniatuur was prachtig: ze toonde een tuin waarin twee geliefden samen onder een baldakijn zaten. Een dienaar serveerde dranken voor hen en er werd gemusiceerd en gedanst.

Opeens stak sultan Mohammed zijn rechterhand omhoog, en begon op gedragen toon een gedicht te declameren:

Wat is de schoonheid van een roos zonder de wang van mijn geliefde?
Wat is de zin van lente zonder wijn?
Luieren in het gras omringd door zoete geuren
Schept enkel vreugd naast wangen zacht als tulpen.
Geen schoonheid kan bestaan dan enkel in haar armen,
Dan enkel met een kus van honingzoete lippen.
Haar dans vraagt om de zang van zoete nachtegalen;
Het schoonste beeld verflenst, is het niet haar portret.
Hof, roos en wijn zijn vreugdeloos zonder liefde,
Maar jij, ach Hafez, bent een schrale minnegave.

'Het "Tuinfeest der geliefden"? Uit de Diwan van Hafez?' vroeg ik. Mijn vader had vroeger in zijn werkplaats vaak gedichten van deze veertiende-eeuwse Perzische dichter voor me voorgedragen. Hij kende er vele uit zijn hoofd. Ik vond het niet meer dan normaal dat ik de gedichten van onze belangrijkste dichters kende, maar sultan Mohammed keek me echter verbluft aan.

'Ik ben diep onder de indruk van uw literaire kennis,' zei hij met een glimlach. Hij liet me de miniatuur van dichtbij zien. De witte arabesken op het kobaltblauwe baldakijn lichtten bijzonder op.

'Die witte arabesken zijn als lichtflitsen aan een donkere hemel,' zei ik.

'Precies,' zei sultan Mohammed. 'Ze verbeelden de passie van de twee geliefden. Maar let vooral op het koloriet van deze miniatuur. De kleuren zijn volstrekt met elkaar in balans. Bij de perfecte toepassing vormt zich een soort visueel kleurakkoord en dat is het belangrijkst en het meest verborgen geheim van een goede miniatuur.'

Sultan Mohammed besteedde de rest van de ochtend aan de uitleg over kleurenleer. Ik moest van hem tekenen, zittend op een mat op de grond. Met het tekenbord tussen mijn knieën geklemd en de rietpen in mijn hand creëerde ik op verzoek van mijn meester een sprookjesachtige wereld waarin allerlei vreemde geesten zich ophielden in rotsblokken en boomstronken. Pas later zou ik erachter komen dat dit mijn meesters specialiteit was. Toen ik alle figuren op het papier had gezet, moest ik ze zodanig invullen dat er een perfecte balans tussen de kleuren ontstond. Dat viel in het begin nog niet mee. Ik had nooit geleerd op die manier naar schilderijen te kijken. Maar hoe meer ik oefende, hoe beter het ging. De uren leken voorbij te vliegen en ik had nauwelijks aandacht voor de andere kunstenaars. Wat een voorrecht was het om me helemaal op de schilderkunst te mogen richten! Die eerste dag werkte ik vrijwel onafgebroken en mijn leermeester leek zeer tevreden met de vruchten van mijn arbeid. Met een voldaan gevoel wandelde ik 's avonds naar de slaapzaal. De hemel was een inktzwart kussen, bestikt met ontelbare sterren. Dankbaar keek ik omhoog. Ik waande mezelf de gelukkigste onder de vrouwen.

Die eerste dagen vlogen voorbij. Algauw had ik het idee dat mijn leven er altijd al zo had uitgezien. Als ik teken- en schilderlessen volgde bij mijn meester, kon ik makkelijk vergeten dat mijn leven aan het hof op een grote leugen was gebaseerd. Maar 's nachts zag ik het gat steeds voor me. Het gat waar ik in had moeten sterven. Waarin ik een regen van stenen had moeten ontvangen om langzaam dood te bloeden. Soms was het zo onwerkelijk dat ik leefde, ademde en me met zoiets verhevens als kunst mocht bezighouden. Buiten het atelier werd ik ook regelmatig overvallen door de angst ontmaskerd te worden. Verder maakte ik me grote zorgen over wat er ging gebeuren als aan het eind van de eerste maand mijn vader, noch mijn oom zich aan het hof had gemeld om de financiële zaken af te handelen. De sjah had gezegd dat ik dan zou moeten vertrekken. De gedachte alleen al bezorgde me hoofdpijn. Verder was het verbergen van mijn ware gedaante een zware opgave. Bij elk bezoek aan de latrine deed ik de deur goed op slot, en hoewel ik meerdere tunieken en broeken van het hof had gekregen, kleedde ik me vanzelfsprekend nooit om in het bijzijn van anderen. Dit had tot gevolg dat ik mijn kleding veel dagen en nachten achter elkaar moest dragen, en een steeds kwalijker geur begon te verspreiden. Voor Adileh hadden we inmiddels een herberg gevonden waar ze kon verblijven, maar daarmee was alles gezegd. Ze had moeite om haar dagen te vullen en huilde voortdurend om haar moeder, vader en Iman.

'Als er maar niets met hem gebeurd is. Als hij dood is, verdrink ik mezelf!' zei ze op een dag toen ik haar opzocht. Aan haar verveelde blik en houding – liggend op haar rechterzij met haar hand op haar onderbuik – wist ik dat ze door haar maandstonden werd geplaagd.

'Sssst, zeg dat nu niet. En demp je stem alsjeblieft,' suste ik haar. 'Je zei zelf dat Iman goede banden met de geestelijkheid heeft. Ze zullen hem met rust laten.'

'Ik moet wat doen hier, Soraya. Ik word gek van verveling. Jij hebt je verf en je penselen. Ik heb slechts gedachten die mijn geest verstikken.'

'Je hebt gelijk,' gaf ik toe. 'Wat zou je willen doen? Wat kun je?' Ik wist best wat ze wilde, ze had het me al eerder gevraagd: of ze niet aan het hof kon komen werken als assistent van sultan Mohammed. Ze zou de verf kunnen opruimen, het atelier netjes houden. Als het moest was ze zelfs bereid als schoonmaakster in het paleis van de sjah te werken. Ik had geprobeerd haar van het idee af te brengen; de gedachte aan een Adileh aan het hof joeg me grote vrees aan. Met haar nukkige buien, vrouwelijke vormen, stem en gezicht zou ze ons beiden door de mand laten vallen. Eerlijk gezegd was ik zeer opgelucht dat Adileh op veilige afstand van het hof verbleef. In de herberg was haar vermomming beter te handhaven. Pruilend zei Adileh dat ze niet wist wat ze wilde doen. Ik haalde mijn schouders op.

'Ik weet het nu ook niet. Maar laten we deze week, als je je weer wat beter voelt, de stad in gaan en kijken of we ergens werk voor je kunnen vinden.'

Adileh knikte terwijl ze haar tranen met de mouw van haar tuniek wegveegde.

'Ik heb nu wel een werkje voor je,' zei ik. In mijn hand hield ik een mes. Adileh keek me met grote ogen aan. Ik deed mijn tulband af.

'Snijd mijn haren af,' zei ik. 'Ze dienen geen enkel doel meer.' Ik ging op de grond zitten en bevend van ongeloof, schoof Adileh achter me.

'Weet je het zeker?' vroeg ze hees. 'Soraya, je haren zijn prachtig!' Ik knikte en kneep mijn ogen stevig dicht. Na enkele momenten van stilte voelde ik de lokken langs mijn kin op de grond glijden. Dit was slechts het kleinste offer dat ik had gebracht, hield ik mezelf voor terwijl de tranen in mijn ogen prikten.

Toen we op een avond om een uur of negen terugkwamen uit het atelier en naar de eetzaal wilden gaan, deed het nieuws de ronde dat iemand zich bij de paleiswacht had gemeld en op zoek was naar ene Adileh en Soraya.

'Wat raar. De vrouwen aan het hof zijn zo goed verborgen dat wij als hofkunstenaars hen niet eens krijgen te zien en dan komt er een vreemdeling aan de poort naar een paar van die vrouwen vragen. Hij zou zich moeten schamen,' zei Fazollah, die naast me liep. Ik hapte naar adem en knikte snel. Zeer vreemd, ja.

Wat moest ik doen? Als ik voor de ogen van iedereen naar de poort zou gaan, zou ik mijn identiteit mogelijk verraden. En wie was het in godsnaam geweest? Kouros? Maar hij kon onmogelijk weten dat we naar Tabriz waren gevlucht. Adileh had het toch aan niemand verteld? Zo dom was ze toch niet geweest? O, Adileh! Was ze nu maar hier. Wat moest ik doen? Zouden we zijn verraden? Was ons leven in gevaar?

10

Tabriz, juli 1522

Het hof van Kiamarz

Er was eens een sjah, de eerste van Perzië, met de naam Kiamarz. De sjah was een goede man en tijdens zijn heerschappij waren de dagen stralend als het zuiverste goud. Wilde beesten knielden naast Kiamarz' troon om hem eer te betonen. De sjah had ook een zoon, Siamak, de oogappel van zijn vader. De jongeling had schone trekken en in zijn lichaam trilden spieren van ongeduld om strijd te mogen leveren tegen eenieder die zijn familie onrecht wilde aandoen. Zo iemand was er: de demon Ahriman kon alle voorspoed en geluk niet langer verdragen. Hij was zwanger van het Kwaad en kon niet wachten zijn boosachtig kind ter wereld te brengen. Toen Siamak, de koningszoon, dit hoorde, twijfelde hij geen moment maar maakte zich op voor de strijd, stoer gehuld in een luipaardvel. De engel Soeroesj probeerde sjah Kiamarz nog te waarschuwen voor het naderende onheil, maar dat was tevergeefs. De zoon van Ahriman, de zwarte Div, leverde woest strijd met Siamak, tot de laatste ter aarde viel terwijl het leven als een rivier van bloed uit hem stroomde. Niets had sjah Kiamarz ongelukkiger kunnen maken dan dit, de wrede dood van zijn geliefde zoon. Ontroostbaar huilde hij dagenlang onafgebroken.

Sultan Mohammed zweeg en keek me nieuwsgierig aan, terwijl hij zijn penseel van het papier haalde. Met een gedragen stem had hij me een verhaal uit de *Sjahnameh*, het Boek der Koningen, verteld.

'Nou, wat vindt u ervan? Het is zo goed als af.'

'Het is prachtig,' zei ik naar waarheid. Hoe lang mijn meester precies aan de miniatuur gewerkt had, wist ik niet, maar het moest hem veel tijd hebben gekost. Het resultaat mocht er dan ook zijn. Tegen een achtergrond van goud zetelde boven in de miniatuur sjah Kiamarz met al zijn hovelingen in een kring om zich heen. In het groen zaten leeuwen, en de engel Soeroesj stond op een berg links van de sjah. De miniatuur was de tweede voor het grote manuscript van de *Sjahnameh*, waar veel kunstenaars aan het hof aan werkten. Dit enorme, wel vijftigduizend versregels tellende epos was aan het eind van de tiende en het begin van de elfde eeuw geschreven door de dichter Ferdowsi. De dichter beschreef hierin de op- en ondergang van Perzische dynastieën over een periode van zo'n drieënhalf millennium en dat had hem dertig jaar gekost. Sjah Ismaïl bewonderde Ferdowsi zeer en had zijn atelier opdracht gegeven een complete *Sjahnameh* te vervaardigen; de miniatuurschilders zouden er meer dan 258 miniaturen voor moeten gaan leveren. Alle toonaangevende kunstenaars van het rijk waren erbij betrokken en zouden er naar verwachting nog vele jaren werk aan hebben. Ik had er tot nu toe een bescheiden bijdrage aan mogen leveren door enkele van de door mijn meester geschilderde figuren in te kleuren. Onder de kunstenaars werd gefluisterd dat het *Sjahnameh*-manuscript waarschijnlijk door sjah Ismaïl bedoeld was als toekomstige gift aan zijn zoon Tahmasp, maar niemand wist er helemaal het fijne van, zelfs mijn meester niet. Of hij liet het niet merken.

'Ik hoorde gisteren dat er iemand aan de poort van het hof is verschenen,' begon ik opeens. Sultan Mohammed keek me verwachtingsvol aan. 'Iemand die op zoek was naar bepaalde personen,' voegde ik er cryptisch aan toe. Ik moest koste wat het kost vermijden om de vrouwennamen te noemen.

'Daar weet ik niets van,' zei mijn leermeester. 'Was die persoon op zoek naar u?'

'Nee, nee,' haastte ik me te zeggen, 'maar misschien... naar iemand die ik ken. Hoe zou ik met die persoon in contact kunnen treden?' Sultan Mohammed keek een ogenblik nadenkend voor zich uit.

'Het meest logische lijkt mij het te vragen aan de paleiswacht. Zij weten er ongetwijfeld meer van.'

Ik bedankte hem voor zijn advies, en om zijn aandacht van het onderwerp af te leiden vroeg ik:

'Moet ik nog een paar vlakken invullen?'

'Nee, moge uw hand geen pijn doen. U hebt genoeg gedaan. Ga maar naar het middagmaal.'

Toen ik buiten stond, besloot ik meteen naar de paleiswacht te gaan. Ik moest weten wie er voor ons verschenen was. Toch zou ik op mijn hoede moeten zijn. Ik mocht geen enkele argwaan wekken.

'Ik hoorde dat er gisteren iemand is gekomen die naar de gezusters Adileh en Soraya vroeg,' sprak ik gewichtig tegen een dikke man met een lange baard die voor de poort verveeld in de lucht tuurde. Hij keek me geïrriteerd aan alsof ik hem in iets belangrijks had gestoord.

'Wie bent u?' vroeg hij argwanend.

'Kouros, leerling-hofschilder.' Het klonk niet slecht. De man nam me nog een ogenblik op en snauwde toen dat ik achter hem aan moest komen. Rechts achter de poort bevond zich een klein gebouwtje. Hij schreeuwde wat naar binnen, waarop een andere man verscheen die me vriendelijk toelachte.

'Die bezoeker van gisteren was niet op zoek naar u, maar naar twee vrouwen,' zei hij. 'Ik denk dat u zich vergist.'

'Kunt u iets over de bezoeker vertellen? Ik meen de twee vrouwen te kennen.'

'O, in dat geval zal ik de man naar het paleis laten ontbieden. Dan kunt u zelf met hem praten.'

'O, nee!' riep ik uit. Stel je voor dat Kouros opeens oog in oog met mij zou staan. De vriendelijke man trok zijn wenkbrauwen op.

'Dat is niet nodig,' zei ik kalmer. 'Weet u misschien de naam van de bezoeker?'

'Ik meen dat hij Iman heette.'

Ik slikte. Iman? Adilehs Iman? Hoe was dat mogelijk? Hoe wist hij dat we aan het hof verbleven? Tegelijkertijd schoten tranen van vreugde in mijn ogen. Iman leefde nog en had kunnen vluchten.

Ik vroeg de man waar Iman verbleef. Hij bleek te logeren in een herberg, die slechts een paar straten verwijderd was van de verblijfplaats van Adileh.

In de eetzaal was het druk. Ik had besloten niet direct naar de herberg van Iman te gaan om geen verdere argwaan te wekken. Ik hoopte ook maar dat niet bekend zou worden dat ik navraag had gedaan bij de paleiswacht. De kunstenaars hadden hard gewerkt en stortten zich hongerig op de ash resjté, een stevige bonensoep met sliertjes. Links van me zat de blinde Ebrahim, die er verrassend goed in slaagde de lepels soep zonder knoeien naar zijn mond te brengen. Rechts zat de magere Sohrab die tijdens het eten constant misselijkmakend met zijn neus snoof. Plotseling hield hij op met eten en keek mij aandachtig aan alsof het de eerste keer was dat hij me zag.

'Weet je,' zei hij, 'dat meester Mohammed mij de beste schilder van het hof vindt?' Ik wist niet zo gauw wat te antwoorden op deze vraag, die mij nogal ongepast voorkwam.

'O ja?' zei ik ten slotte zo neutraal mogelijk.

'Ja, heeft hij weleens iets over mij tegen je gezegd?'

Opnieuw een vraag die me onaangenaam verraste. Ik probeerde in mijn geheugen te delven naar een woord van lof dat ooit voor Sohrab uit sultan Mohammeds mond was gekomen. Ik vond er geen.

'Niet dat ik me kan herinneren,' zei ik dus maar.

'Of wil je het niet zeggen?' Bozig stak Sohrab een lepel soep in zijn mond. Hij kauwde op de spijs als een knaagdier dat dagenlang niets te eten had gehad en zei niets meer.

Ook ik bleef zwijgen terwijl het maalde in mijn hoofd. Wat bedoelde Sohrab met zijn vragen? Wat wilde hij van me horen?

Sohrab stond op om nog wat steenbrood te halen. Ebrahim boog zich direct naar me toe.

'Let maar niet op hem hoor. Hij was sultan Mohammeds beste leerling. Maar nu de meester vol lof is over jou, voelt Sohrab zich bedreigd. Niemand vindt het leuk om van de troon gestoten te worden.'

Ik wist niet wat ik hoorde. Vormde ik nu al een bedreiging voor de beste leerling van sultan Mohammed? En was mijn meester vol lof over mij naar anderen toe?

'Heeft sultan Mohammed dan iets over mij verteld?' vroeg ik Ebrahim.

'Natuurlijk. Na een paar dagen al schijnt hij in het bijzijn van vele kunstenaars tegen Sohrab te hebben gezegd dat hij beter zijn best moet doen omdat jij hem anders zou overtreffen. Dat vond hij niet leuk.' Inwendig streden gevoelens van trots, angst en irritatie met elkaar. Ik vond het heerlijk dat mijn talent al direct zichtbaar was geworden voor mijn leermeester, maar het was niet zo slim van hem om dat publiekelijk bekend te maken. Het kon immers makkelijk de jaloezie en zelfs vijandigheid van andere kunstenaars opwekken. Bij Sohrab leek dat ook daadwerkelijk te zijn gebeurd. Het was het laatste wat ik kon gebruiken en ik besloot extra aardig tegen Sohrab te doen. Misschien was het daarom dat ik, toen hij weer naast me was komen zitten en me op een niet onvriendelijke toon vroeg of ik die middag meeging naar het badhuis, gewoon ja zei.

Later, toen ik op mijn matrasje lag te rusten, had ik natuurlijk spijt van mijn toezegging. Het kon gewoon niet. Het was te gevaarlijk. Bovendien moest ik zo gauw mogelijk naar Adileh om haar in te lichten over Imans komst naar Tabriz. Samen zouden we naar de herberg kunnen gaan waar Iman hopelijk nog steeds verbleef. Stel dat hij weer was vertrokken omdat er niemand op was komen dagen? Aan de andere kant hunkerde ik ernaar al het opgehoopte vuil en zweet van mijn lichaam te spoelen. De stank die ik verspreidde werd met de dag erger. Maar een gang naar het vrouwenbadhuis was ook riskant. Ik zou daarvoor vrouwenkleren moeten bemachtigen en die in een onbewaakt ogenblik aan moeten trekken. Dat zou ik natuurlijk in de kamer van Adileh kunnen doen, maar ik vreesde de blik van de herbergier als die zou opmerken dat er een man naar binnen ging en een vrouw naar buiten kwam. Bovendien zou Adileh zeuren dat het veel te gevaarlijk was om naar het badhuis te gaan, waarin ze natuurlijk gelijk had. Waarom kon ik niet gewoon mezelf zijn, vroeg ik me voor de zoveelste keer vertwijfeld af. Maar op dit moment moest ik me richten op het vraagstuk hoe ik onder mijn belofte uit kon komen. Ik kon natuurlijk gewoon verdwijnen. Me ergens verstoppen en wachten tot de groep naar het badhuis was vertrokken. Dan zou ik naar Adileh gaan. Later zou ik wel een smoes verzinnen waarom ik verhinderd was. Ja, dat zou ik doen. Maar opeens dook het benige hoofd van Sohrab boven me op.

'Kom, we gaan,' zei hij op een toon die geen tegenstand duldde. Het was alsof hij me met een scherp voorwerp in mijn buik stak.

'Maar... ik... ben nog niet klaar,' stamelde ik.

'Onzin, je hebt niets nodig. Ze hebben daar alles. Kom snel, iedereen staat buiten te wachten.' Omdat ik geen excuus kon verzinnen, liep ik gehoorzaam achter Sohrab aan. Buiten stonden bij het hek inderdaad al een stuk of acht miniatuurschilders te wachten. Alsof er geen vuiltje aan de lucht was, liep ik met hen door de brede straten naar het badhuis. De warme julilucht drong mijn tuniek in. Het vooruitzicht op ontspanning en reinheid bracht iedereen in een opperbeste stemming. Fazollah wees me onderweg allerlei plekken aan en vertelde er wetenswaardigheden bij. Zo kwam ik erachter waar zijn Koerdische vriend woonde, en het Armeense gezin bij wie hij stiekem wijn kocht. Ik knikte op de juiste momenten. Mijn voeten wilden echter nauwelijks vooruit, ze trilden bij iedere stap. Mijn geheim was in gevaar. Hoe moest ik mijn vrouwelijkheid straks verbergen? Tranen prikten in mijn ogen bij de gedachte aan de schande die me ten deel zou vallen. Het was de eerste keer dat ik iets van spijt voelde over mijn beslissing verkleed naar het hof te komen.

In het badhuis was het verstikkend warm, alsof iemand een deken over mijn hoofd had geslagen. De mannen liepen zonder aarzelen voor me uit naar de kleedkamer. Wat moest ik doen? Woordeloos bad ik God om hulp. De situatie waarin ik verkeerde, was niet alleen ongemakkelijk, maar simpelweg haram, verboden. Ik zou een zonde begaan als ik de naaktheid van de miniatuurschilders of die van de andere aanwezigen zou zien. En zo mogelijk een nog grotere zonde als ik die van mezelf zou tonen. Ik bleef staan en hield me, duizelig, vast aan een houten steunbalk.

'Jongeman, kan ik misschien iets voor je doen? Je ziet zo bleek. Voel je je wel goed?' Ik keek verbaasd op naar een dik gezicht midden in een bos lichtbruine haren. De man sprak een vreemd dialect dat het midden hield tussen Perzisch en Turks. Ik moest me echt inspannen om hem te verstaan.

'Niet zo,' bracht ik uit.

'Wil je misschien even zitten?' Ik knikte gretig.

'Kom maar mee.' De man leidde me naar een klein, donker kamertje met kussens en waterpijpen op de vloer. De geur van rozenwater vulde het vertrek.

'Ga lekker zitten, dan breng ik wat thee.' Zonder mijn antwoord af te wachten liep de man naar buiten om enkele ogenblikken later terug te komen met een koperen dienblad met glaasjes en een pot vol brokjes suiker.

'Neem maar veel suiker, daar zul je van opknappen.' Terwijl hij me het dienblad voorhield, keek de man me glimlachend aan. Even later kwam hij naast me op de kussens zitten. Hij zette een flesje naast zich neer.

'Je bent nog jong, hè?'

'Zestien,' zei ik.

'Ik zie het. En zelfs voor je zestien jaar zie je er jong uit.' Tot mijn ontsteltenis bracht de man een brede, ruwe hand naar mijn gezicht. Ik bewoog wat naar achteren maar kon niet voorkomen dat de hand even over mijn wang streek.

'Zo'n fijne huid nog, geen baardgroei, niets. Je bent een mooi fijn popje, als een meisje, haast.' Ik rilde. Het liefst zou ik de kamer weer ontvluchten. Maar dan kwam ik misschien weer een van de kunstenaars tegen die mij wellicht had gemist en naar mij op zoek was.

'Zal ik je een lekkere massage met rozenwater geven?'

Voor ik ook maar iets had kunnen zeggen, kroop de man op zijn knieën voor me en schoof hij de pijpen van mijn broek omhoog.

'Nee!' gilde ik.

Verbaasd en zichtbaar geërgerd keek de man me aan.

'Ik toon je zoveel gastvrijheid en je schreeuwt alsof ik een straathond ben.' Voor iemand die ervan uitging dat ik een jongen was, was mijn reactie inderdaad ongepast.

'Het spijt me,' zei ik slechts. Dit leek voor de man een startsein om zich met hernieuwd enthousiasme aan zijn voornemen te wijden. Hij pakte het flesje dat hij even daarvoor op de grond had gezet en goot druppeltjes van de inhoud ervan op mijn benen. Met grove, ronddraaiende bewegingen masseerde hij het rozenwater in. In mijn oksels leken vuren te branden en ik wist van schaamte niet wat te doen of waar te kijken. Sinds een paar jaar had ik op mijn onderbenen zwarte haren. Mijn vriendin Somayeh had vroeger meermalen geopperd dat ik die moest verwijderen omdat ze een onvrouwelijke en weinig hygiënische aanblik gaven, een voorstel dat ik altijd lachend van de hand had gewezen. Wie zag nou mijn benen? Nu werkten die onvrouwelijke haren in mijn voordeel, maar toch schaamde ik me dat een man ze niet alleen zag, maar ook aanraakte.

'Je beenharen zijn zacht als kuikendons,' stelde de man vast.

'Eigenlijk zou je alle kleren uit moeten trekken, dan masseer ik je van top tot teen,' voegde hij eraan toe op een toon alsof hij net wakker was geworden uit een lange, diepe slaap.

'Nee, dat hoeft niet.'

'Het is geen enkele moeite. Zo'n mooie, zachte jongen als jou zou ik iedere dag wel willen masseren.'

Nu bracht de man zijn gezicht zo dicht bij het mijne dat zijn ruwe stoppels over mijn wang schaafden. Met een ruk duwde ik hem weg en stond op.

'Ik moet gaan,' zei ik alleen nog en ik stoof de deur uit voor de man ook nog maar iets had kunnen zeggen. Mijn hele lichaam trilde, ik was ternauwernood aan een duister gevaar ontsnapt. Misschien zou ik nu ongezien het badhuis kunnen verlaten. Ik wilde nu niets liever dan alleen zijn, op mijn matrasje liggen met een dikke, donkere deken over me heen. Ook al was het dan met een nog steeds ongewassen lichaam.

'Hé, waar was je nou? We waren naar je op zoek. De anderen zijn allemaal al in de wasruimte.' Voor me stond Fazollah, op wiens gezicht een brede glimlach stond, alsof hij me in plaats van bezorgde woorden een goede mop had verteld.

'Ik was even niet lekker geworden. Een man gaf me wat thee en suiker om bij te komen.'

'Kleed je maar gauw om. We wachten op je in de wasruimte! En niet meer ontsnappen hè?' voegde hij er nog altijd lachend aan toe. Zenuwachtig liep ik de kleedkamer in. De vloer lag bezaaid met tulbanden, broeken en tunieken. Maar er lag ook een stapel opgevouwen baddoeken. Ik pakte de bovenste van de stapel en vouwde hem open. De doek was bijzonder groot en zou met gemak mijn bescheiden borsten en onderlichaam kunnen bedekken. Als ik niet naar de wasruimte zou gaan, zou dat zeker argwaan wekken bij de andere miniatuurschilders. Ik besloot het erop te wagen. Ik spitste mijn oren en toen ik dichtbij geen enkel geluid hoorde, trok ik zo snel als ik kon mijn broek en tuniek uit. De baddoek knoopte ik vervolgens boven mijn borsten vast. Toen deed ik mijn tulband af en liep met bonzend hart naar de wasruimte, waar de mannen gemoedelijk naast elkaar op een betegeld bankje zaten. De witte ruimte had marmeren vloeren en drie grote marmeren baden. Stoom en de geur van eucalyptus hingen zwaar als een rotsblok in de lucht.

'Hè hè, ben je daar eindelijk? Wat was er aan de hand?' vroeg Sohrab toen ik naast mijn kunstbroeders ging zitten. Ik negeerde het gegrinnik over en weer, en het gefluister waarin het woord 'preuts' opdook. De anderen hadden een doek om hun lendenen geknoopt, maar niet om hun bovenlichamen. Ebrahim zat ook op de bank. Zijn blindheid leek hem zelfs hier niet tot last te zijn. Ik begon me te wassen en deed mijn best al het rozenwater en daarmee de aanrakingen van de man met het dikke gezicht van mijn benen te schrobben, maar het akelige gevoel besmeurd te zijn raakte ik toch niet kwijt. Ik vertelde Sohrab kort over mijn plotseling opgekomen duizeligheid en de man die mij thee had aangeboden. Die uitleg leek hij te accepteren. Algauw gingen de mannen weer op in hun eigen verhalen, wat mij de gelegenheid gaf met een *kisseh* de dode huidcellen te verwijderen en daarna met een ingezeepte lap mijn lichaam verder schoon te boenen – zo goed en zo kwaad als dat ging met die grote handdoek om mijn lichaam. De meeste mannen waren nu opgestaan om in een van de drie baden plaats te nemen. Dat liet ik aan me voorbijgaan, want daarvoor zou ik mijn doek af moeten doen. Eigenlijk had ik ook de Grote Wassing moeten verrichten omdat ik net als Adileh mijn maandstonde had gehad, maar dan zouden de mannen vast denken dat ik iets verbodens had gedaan met een vrouw – een aanleiding voor een man om de Grote Wassing te verrichten. Zorgvuldig vermeed ik zelfs maar in de richting van de baden te kijken, uit angst een glimp mannelijke naaktheid op te vangen. In plaats daarvan waste ik mijn haar en wreef er vervolgens een welriekende kruidnagelolie in. Toch moest ik tot mijn schande bekennen dat na enkele minuten mijn nieuwsgierigheid het won van mijn kuisheid, en door mijn oogharen spiedde ik naar het warmwaterbad, waar Sohrab in al zijn glorie uit stapte. Door een opening in het dak bescheen een zwak zonnestraaltje zijn magere lichaam. Mijn mond ging open van schrik bij de door mijn oogharen gefilterde aanblik van zijn mannelijkheid; die was heel anders dan wat ik bij Kouros had gevoeld.

Gauw sloop ik terug naar de kleedkamer. Ik moest aangekleed zijn voor de anderen terugkwamen. Terwijl ik in een bovenmenselijk tempo mijn broek en tuniek aanschoot, dankte ik God dat ik schoon was en nog belangrijker: dat mijn geheim bedekt had mogen blijven. Ik smeekte Hem om vergiffenis voor mijn zonde en beloofde Hem mijn blikken voortaan beter onder controle te houden.

Na het badhuis haastte ik me naar Adileh. Die lag – als te verwachten – zichtbaar verveeld op haar matrasje terwijl ze zich volstopte met pistachenootjes. Haar oogleden waren dik en ze zag er ouder uit dan ooit.

'Adileh, je moet me iets vertellen,' begon ik. Verbaasd keek ze me aan. 'Bestaat er een mogelijkheid, hoe klein ook, dat Iman wist dat wij naar het hof van sjah Ismaïl zouden vluchten?'

Met een ruk kwam Adileh overeind. De pistachenootjes die ze nog in haar hand had, vielen op de grond.

'Hoezo? Is hij in Tabriz?' In een ogenblik was Adileh tot leven gewekt en leek ze in niets meer op de verveelde vrouw van zonet.

'Ik denk het,' antwoordde ik en ik vertelde haar het hele verhaal.

'Maar hoe kan dat nou?' besloot ik mijn relaas. 'Je hebt Iman toch niet meer gezien voor onze vlucht?' Adileh lachte geheimzinnig terwijl haar gezicht glom van opwinding.

'Toen we wachtten op de heer Jafari in herberg De Hemel, ben ik toch even naar buiten gelopen? Toen heb ik aan een bedelaarsjongen een zilverstuk gegeven en hem op het hart gedrukt dat hij in het Huis der Krachten moest vragen naar de heer Iman. En dat hij moest zeggen – alleen aan hem en aan niemand anders – dat zijn nachtegaal naar het koningshof in Tabriz was gevlogen. Die jongen was mijn enige hoop om mijn geliefde ooit weer te zien, en kijk nu eens: God is waarlijk groot!'

'Dat was geniaal!' zei ik bewonderend.

'Zo noemde hij me dikwijls: zijn nachtegaal,' bloosde Adileh. 'Maar laten we naar de herberg gaan, er is geen tijd te verliezen.'

De herberg zag er verwaarloosd en verlaten uit; er leken slechts weinig gasten te verblijven, maar een van hen bleek inderdaad Iman te heten.

'Ik haal hem wel even naar beneden,' zei de loensende herbergier goedmoedig. 'Wie kan ik zeggen dat er zijn?'

'Zeg maar dat zijn nachtegaal er is,' zei ik en Adileh proestte het uit van de zenuwen. Enkele momenten later verscheen hij boven aan de trap: Iman. Zijn gestalte was nog even groot en indrukwekkend, maar zijn gezicht was sterk vermagerd. Even keek hij ons onderzoekend aan, maar toen hij onder de tulbanden twee bekende gezichten zag, begonnen zijn ogen te stralen.

'O mijn God!' riep hij uit, terwijl hij langs de herbergier de trap af rende. Adileh rende op hem toe en viel snikkend in zijn armen.

'Ik dacht dat ik je nooit meer zou zien!' zei ze door haar tranen heen. De herbergier keek geamuseerd naar het vreemde tafereel, maar zei niets. Toen Adileh en Iman zich uit hun omhelzing hadden losgemaakt, knikte ik naar Iman terwijl ik mijn hand boven mijn borst legde, en we besloten snel naar boven te gaan, naar Imans kamer, waar we in alle rust met elkaar zouden kunnen praten. Nog nooit had ik Adileh zo blij gezien. Ze liet Imans hand niet meer los. Toen de verbazing en opwinding over hun hereniging een beetje was bekoeld, vroeg Adileh naar haar familie.

Iman keek haar aan en zei:

'Ik heb gehoord dat ze erg bezorgd zijn over jullie, en vastbesloten zijn jullie te vinden. Maar ze weten absoluut niet dat jullie je als jonge mannen hebben verkleed en naar het hof van sjah Ismaïl zijn gegaan. De vermomming is briljant.'

Adileh lachte even, maar begon daarna zacht te snikken.

'Ik ben zo blij dat ik je gevonden heb.'

Na mijn gang naar het badhuis was ik niet meer in staat op dezelfde manier naar Sohrab te kijken als daarvoor. Ik had iets verbodens gezien, maar dat verbodene was zoet als de suiker die mijn moeder altijd over de amandelen strooide. Het maakte dat ik 's avonds op mijn matrasje de slaap niet kon vatten door vreemde kronkels in mijn onderlichaam. Het maakte dat er mannen begonnen op te duiken in mijn dromen, mannen die in schoonheid Sohrab en Kouros duizend keer overtroffen. Wat was er met me aan de hand?

Veel tijd had ik niet om mezelf met deze vraag bezig te houden. Er stond een grote gebeurtenis op het programma: de terugkeer van prins Tahmasp naar het hof van Tabriz. Volgens een boodschapper zou het acht jaar oude prinsje de stad over twee dagen bereiken. Hij bevond zich in het gezelschap van enkele kunstenaars uit Herat, onder wie zijn eigen meester-schilder Behzad. Sjah Ismaïl en Tahmasps moeder – die ik tot mijn spijt nooit te zien kreeg – waren dolblij en gaven ter ere van hun zoons terugkeer een groots feest. Het hele hof was in rep en roer om voorbereidingen te treffen. Er werd een feestzaal ingericht met alleen de mooiste tapijten uit de koninklijke collectie. Het tapijt van de vier jaargetijden was mijn favoriet, maar de voorkeur van sjah Ismaïl ging volgens sultan Mohammed uit naar een zeer fijn geknoopt exemplaar waarin in de randversiering zijn eigen portret was verwerkt. De koks waren druk met beraadslagingen en inkopen doen.

Na twee dagen ging het gerucht dat prins Tahmasp met zijn gevolg gearriveerd was. Om hem wat rust te gunnen, zou het welkomstfeest de volgende dag plaatsvinden. Voor sommige kunstenaars was het feest en de vrije dag ervoor, een reden om opnieuw naar het badhuis te gaan. Ik bedankte: ik had me plechtig voorgenomen mezelf nooit meer aan dergelijke gevaarlijke omstandigheden bloot te stellen. We kregen een feestelijk hemd en een tuniek van zijde; die van mij was lichtoranje. Ik was opgetogen om de jonge prins eindelijk te zien. Hij zou ondanks zijn jonge leeftijd al een begaafd schilder en kalligraaf zijn.

Op de avond van het feest liep ik met Ebrahim en Fazollah naar het paleis, waar het een drukte van belang was. Natuurlijk waren niet alleen de hofkunstenaars aanwezig; iedereen die ook maar enig aanzien genoot in Tabriz, was uitgenodigd. In de feestzaal hing een groot, donkerrood fluwelen gordijn waarachter de vrouwen zaten. Ebrahim, Fazollah en ik namen plaats naast sultan Mohammed, die ons met een vriendelijke omhelzing begroette. De zaal liep langzaam vol. Toen er geen nieuwe gasten meer binnenkwamen, verscheen er een geestelijke die de soera Al-Fatiha uit de Koran reciteerde. Daarna volgden verschillende andere soera's en werden de aanwezigen door de geestelijke opgeroepen om vredewensen en zegeningen te richten aan de profeet Mohammed en zijn heilige huishouding. Daarna kwam er een duur geklede man naar voren die ik niet kende. Hij hield een korte toespraak over de vreugde van sjah Ismaïl nu die na al die jaren zijn zoon Tahmasp weer in de armen kon sluiten. De man eindigde zijn verhaal met de aankondiging van de sjah. Toen deze de zaal binnenschreed, gingen alle mannen staan om te buigen. Sjah Ismaïl droeg zijn rode hoed. Ik zat zo dichtbij dat ik kon zien dat zijn enorme snor met olie was ingesmeerd en parmantig omhoogstak. Het was de eerste keer dat ik de sjah terugzag sinds hij zijn goedkeuring had gegeven om mij als leerling-schilder op te leiden. Voor een zevenendertigjarige zag hij er verrassend jong uit. Hij maande de gasten weer te gaan zitten en begon met het voordragen van een vreemd gedicht waar ik niet veel van begreep.

'Bij de heilige Fatimeh, van welke dichter is dat?' vroeg ik fluisterend aan sultan Mohammed.

'Van hemzelf, natuurlijk. Wist u niet dat de koning vele verzen heeft geschreven? Hij gebruikt zelfs een literair pseudoniem: Khataï.' Dat wist ik inderdaad niet. Ik probeerde me wat beter te concentreren in de hoop om via het gedicht een blik te kunnen werpen in het zielenleven van deze man, dat voor iedereen aan het hof een groot mysterie was.

Met gedragen stem declameerde sjah Ismaïl:

In alle zeven regio's is Zijn oordeel een decreet geworden

Want voor altijd is al het leven onderworpen aan Hem

Voor degene die de twaalf imams kent

Is het slechts passend om de rode kroon te dragen

Want de koning der mannen, Ali ibn Abu Talib,

Is de leider van Khataï in zijn levensloop.

Uit het vervolg van zijn gedicht begreep ik dat sjah Ismaïl zichzelf bestempelde als een afstammeling van imam Ali, en zich daarmee een vrijwel goddelijke status aanmat.

'Is dat echt waar? Stamt sjah Ismaïl echt af van onze geliefde imam Ali?' vroeg ik opnieuw fluisterend tegen mijn meesterschilder. Die keek me pijnlijk getroffen aan. Voor het eerst leek hij sprakeloos. Was ik te vrijpostig geweest?

'Vindt u het heel erg als ik op die vraag het antwoord schuldig blijf? Ik haat het evenzeer om de koning te beledigen als tegen u te moeten liegen.' Een veelbetekenende glimlach ontvouwde zich rond zijn lippen.

'Natuurlijk, ik begrijp het. Het is goed,' mompelde ik.

Toen volgde het moment waarvoor we waren gekomen: de binnenkomst van prins Tahmasp. De kleine jongen keek zelfbewust de zaal in. Op zijn hoofd droeg hij net als zijn vader de uit twaalf segmenten bestaande rode hoed; een teken van lidmaatschap van de Qizilbash-broederschap. Boven zijn tuniek droeg hij een paarse mantel van fijne zijde. Op de een of andere manier zag hij er nog verfijnder uit dan de koning zelf. Alle aanwezigen gingen staan en begonnen spontaan in hun handen te klappen. Gasten die blijkbaar zeer intieme vriendschapsrelaties onderhielden met de koninklijke familie, kwamen zelfs naar voren om, velen wenend, voor het prinsje te buigen en zijn fijne handen te kussen. Bozorgmehr Jafari was een van hen. De vrouwen, aan de andere kant van het gordijn, huilden ook van blijdschap, maar zij zouden de prins niet te zien krijgen. Uiteindelijk sprak de prins een paar woorden van blijdschap en dank en toen nodigde hij de aanwezigen uit zich te goed te doen aan het feestmaal dat op grote zilveren schalen de zaal in werd gedragen. Zo kwam het dat we ons enkele momenten later volstopten met lamsvlees, saffraanrijst en zelfs kaviaar, iets waarvan ik wel had gehoord maar wat ik nog nooit in mijn leven had gegeten. Op de achtergrond klonk het meeslepende ritme van de daf, dat me makkelijk in trance had kunnen brengen als ik niet was afgeleid door mensen die gesprekken met me aanknoopten. Ik hoorde er immers helemaal bij. We waren een grote familie, verbonden door de loyaliteit die we voelden jegens de sjah. Plotseling zag ik midden in de mensenmassa Sohrab. Met weidse gebaren hield hij een verhaal tegen een oudere man, die ik weliswaar niet kende maar die een zeer voornaam voorkomen had. Iets aan het tafereel klopte niet, maar ik kon niet direct zeggen wat het was. Ik keek daarom nog aandachtiger en opeens wist ik het: Sohrab droeg niet zijn speciale feestkleding zoals alle andere hofkunstenaars, maar een even vreemd als duur ogend hemd van luipaardvel. Het kwam me bekend voor, alsof ik zoiets eerder had gehoord of gezien, maar ik kon het niet plaatsen.

Toen ik er later met Fazollah over sprak, zei die: 'Misschien doet hij je denken aan Siamak, de zoon van sjah Kiamarz? Hij vocht tegen de zwarte Div, gehuld in een luipaardvel. Ik weet zeker dat Sohrab zichzelf ook ziet als een koningszoon, maar dan van sjah Ismaïl. Hij is bereid voor hem te vechten. Daarvan ben ik overtuigd.'

Ik knikte. Dat moest het zijn: het verhaal dat sultan Mohammed me onlangs had verteld over de dappere, in een luipaardvel gehulde Siamak. Toch was die uiteindelijk verslagen, gedood door de zwarte Div. Had Sohrab zich bij de keuze van het hemd echt laten inspireren door de *Sjahnameh* of was het toeval? In ieder geval gaf de aanblik me een benauwd en angstig gevoel. Alsof ik werd vastgehouden in een donkere, vochtige kelder, waar door vreemde ziekten geteisterde ratten aan mijn voeten snuffelden.

11

Miyando'ab, november 1522

Het was de eerste keer sinds de dood van haar man en de verdwijning van haar dochter, nu ruim een jaar geleden, dat Melika
het dorp verliet. Ze moest naar het volgende dorp, Bonab, dat
toch behoorlijk ver van het hare lag, om geld op te halen bij
klanten van Siawash die nog niet betaald hadden voor zijn werk.
Haar oudste zoon Ali-Reza, die haar zou vergezellen, had ge-
zworen dat ze er zelf bij moest zijn omdat zij de meeste klanten
persoonlijk kende en ze daarom makkelijker zouden betalen
dan wanneer Ali-Reza in zijn eentje aan de deur zou verschijnen. Op de een of andere manier was Ali-Reza er niet goed in het
vertrouwen van mensen te winnen. Veel zin had Melika er niet
in, maar er was behoorlijk wat geld mee gemoeid en dat kon ze
maar al te goed gebruiken. Ze sidderde even toen ze de houten
deur achter zich dichttrok en dat was niet alleen omdat de onbarmhartige novemberkou haar in het gezicht sloeg. Buiten was
ze immers niet langer veilig meer voor de blikken van de dorps-
bewoners; sommige leken honend, andere weer vol medelijden
– ze wist niet welke ze erger moest vinden. Vanaf het moment
dat het dorp wist dat Soraya was gevlucht, was haar familie van
alle eer beroofd. Er werd fluisterend gespeculeerd hoe ze een
dochter zo slecht hadden kunnen opvoeden dat ze zo ongehoor-

zaam was geworden. In het begin had men nog rekening gehouden met de mogelijkheid dat Soraya het slachtoffer was geworden van een misdadiger, maar toen men het hele bos had doorzocht en er geen lijk was gevonden, wist iedereen: Soraya was gevlucht vanwege het vooruitzicht van een gedwongen huwelijk met de grijsaard Mahmoed. Als Melika haar gedachten de vrije loop liet, dacht ze weleens dat het beter was geweest als haar dochter daadwerkelijk ten prooi zou zijn gevallen aan de grillen van een gek en haar lichaam levenloos zou zijn aangetroffen onder de bladeren van een oude cipres. Ze wist dat het slechte gedachten waren, die haar werden ingefluisterd door de duivel zelf. Want natuurlijk hoopte ze vurig dat haar dochter nog zou leven. Maar dan had ze in ieder geval zekerheid gehad en zou ze zich kunnen hebben laven aan de sympathie van haar dorpsgenoten, net als toen haar man Siawash was gestorven. Bovendien zou ze niet iedere dag worden gekweld door dat vreselijke schuldgevoel: zij was degene die haar dochter wilde uithuwelijken aan Mahmoed.

Wat haar nog meer pijn had gedaan dan het verlies van de familie-eer, was de reactie van haar oudste zoon Ali-Reza. Ze had hem gesmeekt naar zijn zus op zoek te gaan, maar tegen de trots van Ali-Reza kon zij niet op. 'Voor mij is ze nu dood,' had hij een dag of vier na haar verdwijning gezegd. 'En als ik haar ooit toevallig op het spoor kom of als ze ooit haar gezicht weer durft te laten zien, vermoord ik haar. Door haar is de naam van onze familie voorgoed besmeurd en dat is onvergeeflijk.' Hassan en Hossein leken veel gematigder, maar durfden niet onder te doen voor hun oudere broer of hem af te vallen. Het was maar het makkelijkst om het onderwerp Soraya te laten rusten. Haar zonen leken elke herinnering aan haar te hebben uitgewist en de dorpsgenoten spraken ook niet langer openlijk over haar. Maar er ging geen minuut van de dag voorbij of Melika dacht aan haar enige dochter en aan wat ze allemaal anders zou doen, mocht ze daar ooit een kans voor krijgen.

'Kom op moeder, we moeten gaan,' klonk de zware stem van Ali-Reza plotseling. Hij stond met een ongeduldige frons naast het zwarte paard te wachten. Verschrikt keek Melika op. Ze was weer eens opgegaan in haar gedachten, die vanzefsprekend over Soraya gingen.

'Natuurlijk,' mompelde ze terwijl ze met onzekere stappen naar het paard liep. Haar zoon stond gebukt en met zijn handen ineengestrengeld klaar om haar een opstapje te geven, maar pas bij de vierde poging lukte het Melika om op het enorme beest te klimmen. Haar zoon steeg zonder enige moeite op en algauw reden ze het dorp uit over de kronkelige paden door het bos, dat er troosteloos uitzag met zijn kale boomtakken.

Na wat Melika een eeuwigheid toescheen, bereikten ze het volgende dorp, dat aanmerkelijk groter en ontwikkelder was dan dat van hen. Siawash had hier regelmatig zijn houtsnijwerk verkocht of meubels en deuren gemaakt voor de dorpelingen. Maar hij was ook vaak door de knieën gegaan als klanten beloofden hem later te zullen betalen. Gelukkig had hij de kunst van het schrijven beheerst en was hij niet vergeten een lijstje bij te houden met de namen van de wanbetalers en de uitstaande bedragen. De eerste klant die ze zouden bezoeken, was een man die naar de naam Milad luisterde. Ali-Reza dacht hem met zijn vader weleens kort bezocht te hebben. Als hij het zich goed herinnerde, was het een forse kerel van een jaar of dertig met een klein naaiatelier. Sinds de zaken goed liepen, werkte hij zelf niet meer als kleermaker, maar hield hij toezicht op de naaisters die hij in dienst had genomen. Het gebouwtje had Ali-Reza zonder de weg te hoeven vragen, terug weten te vinden. Het was van stro en leem, bedekt met een dunne pleisterlaag. De oude houten deur stond op een kier en er klonk zacht gefluister. Melika gluurde naar binnen. Het was er tamelijk donker, maar ze kon rond een tafel wat vrouwensilhouetten ontwaren. Ze leken haar niet op te merken. Het stonk er naar urine. Ali-Reza bonsde op de deur. Het bleef even stil, tot de deur verder openging en er een rond hoofd in de deuropening verscheen. Zo kaal als het hoofd van boven was, zo behaard was het aan de onderkant, waar een weelderige baard hing. Twee grijzige ogen keken Melika en Ali-Reza verbaasd aan; ze toonden geen enkele blijk van herkenning, maar Ali-Reza wist zeker dat dit de man was die ze zochten. Hij was alleen forser dan in Ali-Reza's herinnering.

'Ja?' zei de man alleen maar. Hulpeloos keek Melika naar haar zoon. Hij moest het woord maar voeren, hij was immers een man. Ali-Reza schraapte zijn keel.

'Wij zijn de weduwe en zoon van de heer Siawash Bahrami.' Ali-Reza liet even een stilte vallen, zodat de man het feit dat Siawash blijkbaar was overleden kon verwerken, en zijn moeder en hem hiermee kon condoleren. Milad zei echter niets.

'Volgens de administratie van mijn vader hebt u nog niet betaald voor een tafel die hij voor u gemaakt heeft.'

'Welke tafel?' antwoordde de man op uitdagende toon. Dit kon nog weleens lastig worden. Vader was een man van vertrouwen geweest. Hoe konden zij nu bewijzen dat die tafel echt gemaakt was? Ze hadden natuurlijk het lijstje van vader, maar hoeveel rechten waren daaraan te ontlenen? De meeste mensen zouden het niet eens kunnen lezen. Toen kreeg Ali-Reza een ingeving. Op goed geluk duwde hij de deur verder open. In het schemerige vertrek stond een prachtige tafel waarvan de poten fraai waren versierd: onmiskenbaar vakwerk van zijn vader. De naaisters die eromheen zaten, keken verbaasd op.

'Deze tafel bedoel ik,' riep Ali- Reza. Het hoofd van Milad werd nu rood als kersensharbat. Melika kon niet duiden of dat van schaamte of van woede was.

'Deze tafel is allang betaald,' gromde de man.

'Dat kan niet,' zei Ali-Reza. 'In mijn vaders administratie staat vermeld dat u niet hebt betaald. De administratie is bijgehouden tot aan zijn dood. Na de datum die bij uw naam staat genoteerd, heeft hij ons dorp niet meer verlaten. Het is onmogelijk wat u zegt.' Er gleed een rilling over Melika's rug. Ze kreeg het altijd op haar zenuwen als twee mannen een woordenstrijd aangingen. Je wist maar nooit waar dat toe zou leiden. Als het aan haar lag, vertrokken ze nu, dan maar wat minder geld. Maar zulke beslissingen lagen nooit bij haar.

'Het is heel goed mogelijk,' riep Milad uit. Hij stond met zijn grote gestalte half over Ali-Reza gebogen en prikte zijn wijsvinger belerend in de lucht. Hij was zeker een kop groter dan zijn schuldeiser. Een wrede grijns verscheen op zijn gezicht. 'Bewijs het dan maar, dat ik die tafel niet betaald heb. Uw vader was gewoon een leugenaar!'

Direct schoot Ali-Reza's vuist uit en raakte hard Milads gezicht. Precies in het midden. De man greep kreunend van de pijn naar zijn neus. Straaltjes bloed sijpelden langs zijn ruwe handen. Er klonk ijzig gegil uit het naaiatelier. Melika werd duizelig. Ze moesten weg van hier. Maar op dat moment haalde Milad uit met zijn been en trapte Ali-Reza in zijn buik. Daar stond haar zoon, voorovergebogen en kokhalzend van misselijkheid. Melika trok hem aan zijn tuniek.

'Kom, we gaan. Snel!' Maar Ali-Reza bood zwijgend weerstand door zijn lichaam precies de andere kant op te bewegen. Voor hij echter weer kon uithalen, raakte een tweede trap hem in zijn maag en stortte hij op de grond. Pas toen begon Melika te schreeuwen.

'Help, mijn zoon! Kijk wat je hebt gedaan!'

Als een woest dier keek Milad haar een ogenblik aan. Hij had zijn hand nog steeds op zijn neus, die erger en erger leek te bloeden.

'En nu wegwezen. Van mij krijgen jullie niets!' schreeuwde hij. Hij keerde zich om en sloeg de deur van het naaiateliertje hard achter zich dicht. Door haar tranen heen zag Melika hoe haar zoon moeizaam overeind krabbelde. Ze snelde naar hem toe om hem zo goed mogelijk te ondersteunen.

'Ik sla hem dood,' snoof Ali-Reza.

'Jij doet helemaal niets meer! Laat dat vervloekte geld maar. We gaan weg.' Melika keek haar zoon smekend aan. 'Alsjeblieft. Ik kan hier echt niet tegen!'

Met zichtbare tegenzin liep Ali-Reza met zijn moeder mee naar het paard dat aan een hek stond vastgebonden.

'Wie is de volgende op de lijst?' vroeg Melika.

Op een muurtje was Ali-Reza bijgekomen van de ruzie en had hij morrend ingestemd met het verzoek van zijn moeder de zaak te laten rusten. Als zij er niet bij was geweest, had hij de man doodgeslagen, zoveel was zeker. Maar een vrouwenhart was gevoelig en vrouwenogen konden geen bloed verdragen. Uit respect voor zijn moeder had hij zich ingehouden. Maar Ali-Reza was vastbesloten de rest van de wanbetalers hard aan te pakken. Ze zouden met een volle buidel naar het dorp terugkeren. Zijn moeder keek hem vragend aan. Opeens herinnerde Ali-Reza zich dat zij hem een vraag had gesteld. Snel keek hij op het verfrommelde papier.

'Marziar, de muskushandelaar.'

'Die is veel op reis,' zei Melika dof.

'Zijn vrouw zal toch wel thuis zijn? Weet u hun huis te vinden?' vroeg Ali-Reza. Melika knikte. Ze was een paar keer met Siawash bij het gezin van de muskushandelaar op bezoek geweest. Mozjdeh, de echtgenote van Marziar, was nogal nieuwsgierig en wist altijd de laatste nieuwtjes te vertellen. Melika vroeg zich af of de verdwijning van Soraya Mozjdeh al ter ore was gekomen. Ze hoopte van niet, het was al pijnlijk genoeg zonder dat erover gesproken werd. Mozjdeh had ook de neiging om iedereen uit te horen. En te pochen over haar Chinese porselein en het feit dat ze koffie dronk. Nee, veel zin had Melika niet in het bezoek.

'Hier op het plein naar links en dan de eerste straat rechts,' instrueerde ze haar zoon. Niet veel later stonden ze voor de woning van de muskushandelaar. Het huis was onmiskenbaar het mooiste van de straat. Ali-Reza liet de staafvormige mannenklopper neerkomen op het donker geschilderde hout van de voordeur. Vrijwel onmiddellijk verscheen er een jong meisje, gekleed in een bloemetjeschador.

'Dag, is je moeder thuis?' vroeg Melika op een toon die maar een beetje vriendelijk was. Het meisje knikte en verdween uit de deuropening, waarin enkele ogenblikken later het dikke gezicht van Mozjdeh verscheen. De dadelkleurige wrat naast haar oog leek groter te zijn geworden, vond Melika.

'Vrede zij met u, Melika ganoem. Wat een verschrikkelijk nieuws was dat over Siawash, God beware zijn ziel. Ik schenk u mijn medeleven.' De woorden waren aardig, maar Mozjdehs gezicht was dat niet. Het straalde, waarschijnlijk ongewild, maar één boodschap uit: wat komen jullie hier in hemelsnaam doen?

'Dank u voor uw vriendelijke woorden, Mozjdeh ganoem. We willen u niet lastigvallen, maar we zijn bezig wat financiële zaken af te wikkelen.' Mozjdehs gezicht werd nog strakker.

'Kom binnen,' zei ze met weinig enthousiasme.

Ali-Reza en Melika volgden de vrouw door de smalle gang naar de salon, waar dikke tapijten op de vloer lagen. Het Chinese porselein was natuurlijk ook weer voor iedereen te bewonderen. Het leek warempel wel of de collectie was uitgebreid.

'Een momentje, ik vraag mijn dochter of ze even koffie haalt. Kent u dat, koffie?'

'Nee, dank u. Wij hebben liever thee,' zei Melika. Ze hoopte maar dat het er niet te snibbig uit was gekomen. Wat dacht die vrouw, dat ze zo onwetend waren dat ze niet wisten wat koffie was? Een vreemd, drabbig buitenlands goedje, dat was het. Wat was er mis met een fatsoenlijke kop thee? Mozjdeh ging tegen de duur uitziende fluwelen kussens zitten. Zwijgend volgden Melika en Ali-Reza haar voorbeeld. Ali-Reza, die tot dat moment nog niet had gesproken, besloot direct van wal te steken.

'Mijn vader heeft twee sierkisten voor u gemaakt. Bovendien heeft hij u een deur geleverd, een rijk versierde.' Onwillig knikte Mozjdeh.

'Hier zijn dertig zilverstukken voor gerekend, waarvan u er nog niet een hebt betaald,' stelde Ali-Reza vast. Hij liet even een stilte vallen om Mozjdeh de gelegenheid te geven te reageren, maar die zweeg. Haar dochter kwam de kamer binnen met op een dienblad twee thee en een koffie. Melika schaamde zich een beetje voor de zakelijke aanpak van haar zoon. Ze moesten hun verzoek om geld toch op zijn minst een beetje inkleden met ta'arof.

'Natuurlijk hoeft u het niet te betalen,' lachte Melika zoet en ongemeend, wat haar een boze blik van haar zoon opleverde.

'Ik zal het wel betalen,' zei Mozjdeh. 'Maar ik vind het zo raar dat uw dochter mij er niet om gevraagd heeft.' Melika's theeglaasje rolde direct om. Het dikke tapijt zoog het bruine vocht dat eruit stroomde direct op, maar Melika zag het niet eens.

'Mijn dochter? Waar praat u over? Wanneer heeft u mijn dochter gezien?'

'Een jaar geleden, ongeveer. En ik moet zeggen dat ik zeer aangeslagen was door de onfatsoenlijke manier waarop zij mij heeft behandeld.' Ali-Reza keek zijn moeder verbijsterd aan.

'Vertel me alles,' gilde Melika. 'Wat kwam ze hier doen, wat zei ze en waar ging ze naartoe?' Haar armen beefden en in haar buik werd het warm. Haar kleine schat leefde waarschijnlijk nog!

Mozjdeh keek haar gasten verbaasd aan. Een gillende en commanderende toon aanslaan viel volledig buiten de etiquette.

'Hoezo? Is er iets bijzonders gebeurd met Soraya?' vroeg de gastvrouw aarzelend.

'Ze is een jaar geleden verdwenen. Ze was op de vlucht toen ze bij u kwam. Maar vertel me nu alles!'

En zo vertelde Mozjdeh hoe ze Soraya op straat was tegengekomen, alleen en zonder paard. Ze moest geld innen van de klanten van haar vader die nog niet hadden betaald voor geleverd werk. Mozjdeh vertelde hoe verbaasd ze hierover was geweest. Dat was immers geen taak voor een meisje?

'Ik heb haar mee naar huis genomen. Eerst wilde ze niet, maar ik zag het als mijn plicht om haar gastvrijheid te betonen. Bovendien veronderstelde ik dat ze honger had. Na wat aandringen kwam ze mee en heb ik haar te eten gegeven.'

Even keek Melika Ali-Reza hoopvol aan. Het gezicht van haar zoon stond onbewogen en strak.

'Wat zei ze en hoe zag ze eruit?' vroeg Melika gespannen.

'Ze zag er niet slecht uit, alleen wat moe. En ze zei niet zoveel bijzonders. Ik stelde haar voor om bij mij te blijven, mijn zoon Javad zou dan haar werk kunnen overnemen en het geld voor haar innen. Daar wilde ze echter niets van weten. De klanten zouden niet betalen als er iemand aan de deur verscheen die geen familie van haar vader was, meende ze. Toen zei ik dat Javad haar in ieder geval moest begeleiden, ter bescherming. Dus ging ik de kamer uit om mijn zoon te roepen. Op het moment dat ik terugkwam zag ik Soraya bij de buitendeur staan, bezig haar schoenen aan te doen. Dat vond ik nogal vreemd, dus ik vroeg haar wat ze deed. Ze schrok zich duidelijk rot en rende zonder ook maar iets te zeggen als een gazelle mijn huis uit.'

Melika's handpalmen waren zo nat geworden dat het leek alsof er duizenden rivieren overheen stroomden.

'En heeft iemand gezien waar ze naartoe ging?'

'Javad is nog achter haar aan gegaan, maar kon haar niet meer vinden,' zuchtte Mozjdeh. 'Hij heeft veel mensen gevraagd of ze een jonge vrouw hadden zien rennen. Uiteindelijk sprak hij een man die op het marktplein had gezien hoe Soraya eerst aan kwam rennen, vervolgens haar pas vertraagde en zich onopvallend mengde tussen de andere mensen. De man had ook gezien hoe ze het plein af was gelopen in de richting van Maraqeh.'

Maraqeh. Het woord klonk als een belofte. Zou haar Soraya daar zijn? Resoluut stond Melika op en keek haar zoon vastbesloten aan.

'Laat dat geld vandaag maar zitten. We moeten naar Maraqeh!'

12

Twee weken na het welkomstfeest kwam de jonge prins Tahmasp naar het atelier. Sultan Mohammed deed alles om het hem naar de zin te maken, wat geen lichte opdracht was, want voor Tahmasp was niets goed genoeg. De jonge prins zou niet alleen zijn opleiding tot kalligraaf voortzetten, maar bij sultan Mohammed tevens schilderlessen volgen. De koning vond het namelijk een goed idee om hem onder een andere meester dan Behzad te laten werken, zodat hij zoveel mogelijk stijlen zou leren beheersen. Behzad, die al aardig op leeftijd was, was door sjah Ismaïl als hoofd van de koninklijke bibliotheek aangesteld.

Maar Tahmasp leek geenszins behoefte te hebben aan schilderlessen van sultan Mohammed. Op een ochtend, toen de meester Tahmasp opdracht had gegeven een woud te schilderen met bosgeesten in de bomen, antwoordde de jongen nukkig:

'Niets daarvan. Bosgeesten bestaan niet en het is belachelijk om ze in bomen te schilderen. Het is achterlijk. In Herat zou men zoiets nooit doen. Daar zeggen ze dat de schilderstijl van Tabriz onbehouwen en ouderwets is.' Ik zag hoe de spiertjes rond de ogen van mijn meester zich samentrokken. Voor hem zat de toekomstige koning van het Safawidische Rijk. Het brutale joch de huid vol schelden, was dus onmogelijk. Sultan Mohammed zuchtte.

'Hoe zou de kunst van de ene stad kunnen lijken op die van de andere als ze zelfs per kunstenaar verschilt?'

De prins gaf geen antwoord, maar trok met een eigenwijze blik in zijn ogen aan een los draadje van zijn sok. Toen nam hij een hap van de dadelkoek die een bediende speciaal voor hem naar het atelier had gebracht. Zonder verder nog aandacht aan Tahmasp te besteden, liep sultan Mohammed naar mij toe en kwam achter me staan.

'Ik word krankzinnig van die jongen,' fluisterde hij me toe. 'En dan het idee dat hij nog jaren onder mij zou moeten werken. Naarmate hij ouder wordt, zal hij alleen maar brutaler en koppiger worden.'

'Wie weet wordt hij juist verstandiger naarmate hij ouder wordt,' zei ik troostend. 'Misschien moet de prins gewoon even wennen. Het is niet niets om plotseling weer hier te wonen, na al die jaren in Herat.'

'U zult wel gelijk hebben. Maar laten we het nu over het werk hebben. Vordert het?' Ik was bezig met een nogal complexe miniatuur. Terwijl sultan Mohammed de schildering in zich opnam, vertelde hij met gedragen stem het bijbehorende verhaal uit het Boek der Koningen.

Nadat Siamak was gedood door de zwarte Div, besloten sjah Kiamarz en diens zoon Hoeshang wraak te nemen. Met een enorm leger dat vergezeld werd door dieren, wild en tam, togen ze naar de demonenfamilie van Ahriman. Siamak doodde Ahrimans zoon, de zwarte Div, en diens nageslacht met zijn eigen handen. Toen de vijanden verslagen op het slagveld lagen, scheurden de wilde dieren hen in stukken en aten hen op.

Na de dood van sjah Kiamarz besteeg Hoeshang de troon. Toen deze op een dag door de bergen wandelde, zag hij naast een rotsblok een angstaanjagend monster, gehuld in rook, uit wiens ogen bloedfonteinen stroomden. Hoeshang pakte een grote steen en gooide die naar het monster, maar de steen miste doel en kletterde hard tegen het rotsblok waardoor er een vuur ontstak. Het vuur slokte het monster op.

Zo had Hoeshang het element ontdekt dat de wereld zou verlichten. Hij ves-
tigde de religie van het vuur, die hij het Licht van Goddelijkheid noemde. Hij
leerde de mensen de kunst van het ijzer smeden, van het koken en het bakken van
brood en bracht zijn volk zo een immense voorspoed.

'Het vuur is prachtig geworden,' zei mijn meester met zachte
stem. 'Precies de juiste gradatie van oranje, rood en geel. Het is zo
echt dat ik het er bijna warm van krijg!'

Ik glimlachte. Ook ik was tevreden over het vuur. Over de hele
miniatuur, trouwens. Het was misschien wel de beste die ik ooit
had gemaakt. In ieder geval de duurste. Er was immers goud gebruikt voor de gele verf van het vuur. Maar het in rook gehulde
monster behoefde nog wel wat verbetering. De rook moest voller
worden, maar toch doorschijnend lijken.

'Dank voor uw vriendelijke woorden. Als er ook maar iets goed
is aan deze miniatuur, komt dat omdat u mij heeft opgeleid!'

Ik voelde me na deze complimenten nog gemotiveerder om
aan de rookpluim te werken tot die perfect was.

Ik had de laatste tijd een rustiger gevoel gekregen. Een week
geleden had Iman zich aan het hof gemeld en zich voorgedaan als
mijn oom. Hij had ingestemd met de financiële regeling en daarmee mijn verblijf voorlopig veiliggesteld. Iman had al snel werk
gevonden bij een van de vele Huizen der Krachten die Tabriz telde. En een geestelijke had een sigeh afgesloten tussen hem en
Adileh, zodat ze in staat waren om als man en vrouw bij elkaar te
wonen. Later zouden ze een vast huwelijk aangaan. Adileh kon in
ieder geval eindelijk haar vermomming afleggen. Ze woonden in
een klein, oud huisje, maar Adileh voelde zich er als een konin-
gin.

Ik was blij dat ze van haar eenzaamheid verlost was. Voor mij
betekende het dat ik me iets minder om haar hoefde te bekom-
meren en me meer op mijn werk aan het hof kon richten. We
hadden daar de afgelopen tijd heel hard gewerkt. Er waren al

tien miniaturen voor het Boek der Koningen af. Alle voltooide werden met uiterste zorg opgeborgen in een klein kamertje in het achterste hoekje van de werkplaats. Dat had geen ramen, zodat het daglicht de miniaturen niet kon aantasten. Ik was twee keer met mijn meester in het kamertje geweest. De zware deur werd altijd goed op slot gedaan, de waarde van de miniaturen was namelijk niet in goudstukken uit te drukken! Bij mijn weten was sultan Mohammed de enige die een sleutel van het kamertje had.

Nadat ik nog een paar uur geconcentreerd had gewerkt aan het doorzichtig maken van de rook, klopte mijn leermeester me hartelijk op de schouder en zei dat ik wel een rustpauze had verdiend.

'Werkelijk schitterend,' zei hij nog eens terwijl hij bekeek wat ik had gedaan.

Op dat moment liep Sohrab langs, die me een vijandige blik zond. Zijn gezicht leek nog meer ingevallen dan anders, en zijn kleine neus stak arrogant in de lucht. Hij moest sultan Mohammeds lofprijzing gehoord hebben. En ik had nog wel zo mijn best gedaan om hem te vriend te houden. Ebrahim had me laatst het levensverhaal van Sohrab uit de doeken gedaan. Zijn moeder was bij zijn geboorte gestorven in het kraambed en daardoor had het hem veel moeite gekost zich staande te houden binnen het gezin van zes kinderen. Zijn broers en zussen beschuldigden hem in stilte van de dood van hun moeder, althans zo had Sohrab het gevoeld.

'Dus daarom heeft hij zoveel behoefte aan aandacht en waardering. Neem het hem maar niet al te kwalijk,' had Ebrahim me toegefluisterd op een toon vol wijsheid waarvan ik altijd gedacht had dat alleen ouderen erover beschikten. Ik deed op die ochtend dan ook mijn uiterste best om Sohrabs vijandige blik te negeren. Maar mijn buik trok heftig samen. Ik kon mijn lichaam onmogelijk voor de gek houden.

De volgende ochtend was ik als zo vaak als eerste in het atelier. Enthousiast toog ik naar de houten plank waarop we ons nog niet voltooide werk altijd legden. Misschien zou het me vandaag lukken om de miniatuur af te krijgen. Ik hoefde er immers slechts nog wat details aan toe te voegen; een paar vogels in de lucht, de rotsblokken nog wat ruwer doen lijken. Toen ik mijn miniatuur van de plank pakte en er een blik op wierp, liet ik het van schrik uit mijn hand vallen. De schreeuw die vervolgens mijn mond verliet, moest in de verste uithoeken van ons rijk te horen zijn geweest. Hij was in ieder geval krachtig genoeg om binnen een mum van tijd alle kunstenaars in het atelier te doen verschijnen. Die troffen me in elkaar gekropen op de grond aan, met de miniatuur onder mijn lichaam alsof het mijn kind was dat ik tegen een rampzalige aardbeving moest beschermen. De tranen rolden over mijn wangen en het was ongetwijfeld een vreemde aanblik: een jonge man die als een meid op de grond lag te huilen. Maar ik was dan ook geen jonge man en ik had bovendien het volste recht om te huilen, want er was mij een verschrikkelijk onrecht aangedaan. Een onrecht dat niet meer was te keren.

'Bij imam Ali, wat is er aan de hand?' klonk de verbaasde stem van sultan Mohammed.

Niet in staat om antwoord te geven, kroop ik langzaam van mijn miniatuur af, zodat het onrecht voor alle aanwezigen zichtbaar werd. Onmiddellijk klonken er kreten van afschuw en ik zag hoe mijn leermeester uit pure wanhoop zijn handen voor zijn ogen sloeg.

'Hoe... hoe is dit mogelijk?' bracht hij uiteindelijk moeizaam uit. Opnieuw bekeek ik de miniatuur, die gisteren nog in haar vrijwel perfecte staat had verkeerd. De zwarte rookpluim die ik had bijgewerkt tot een subtiel doorschijnend waas, was veranderd in een enorme zwarte vlek die ten minste driekwart van de afbeelding bedekte. Hiermee was de miniatuur in één klap waardeloos geworden, belachelijk zelfs, onherstelbaar beschadigd.

'Kouros, hoe kon je dat nu doen?' klonk het boos.

'Sommige fouten zijn aan dit hof onvergeeflijk,' zei sultan Mohammed met ingehouden woede. 'Ga terug naar de slaapzaal. Ik moet dit aan de heer Jafari rapporteren.'

'Maar...' protesteerde ik. Dachten ze werkelijk dat ik mijn eigen miniatuur had verpest?

'Geen excuses,' zei sultan Mohammed fel. 'Ga nu.' Tot op het bot vernederd stond ik op. Ik probeerde de gezichten van mijn kunstbroeders te mijden, maar zag nog net de zelfvoldane glimlach op Sohrabs gezicht. Zo snel ik kon, beende ik het atelier uit, op weg naar de geborgenheid van mijn deken.

'Maar hoe heeft dit kunnen gebeuren?' vroeg Bozorgmehr Jafari opnieuw. Niet lang nadat ik me op mijn matrasje had gestort, was hij langsgekomen om met me over de kwestie te praten. Sultan Mohammed had er geen gras over laten groeien en Bozorgmehr was direct ingelicht. Zouden ze me nu wegsturen?

'Alstublieft, geloof me. Ik heb de miniatuur niet verprutst. Het was iemand anders.' Bozorgmehr lachte, maar het was een vreemde, onprettige lach.

'Iemand anders hè? Het siert u beslist niet dat u de verantwoordelijkheid van uw fouten bij iemand anders wilt neerleggen.'

'Maar ik weet het zeker!' riep ik. 'Het moet Sohrab geweest zijn. Hij mocht me al niet vanaf de dag dat ik hier kwam. Hij is jaloers en heeft me een hak willen zetten. Hij wil de beste leerlingschilder zijn en kan het niet verdragen dat sultan Mohammed mijn vaardigheden verkiest boven die van hem. Verkoos, althans,' voegde ik er somber aan toe.

Bozorgmehr zuchtte.

'En wat voor bewijs hebt u hier precies voor?'

Ik zweeg. Natuurlijk had ik geen bewijs. Hoe zou ik moeten bewijzen dat Sohrab mijn miniatuur had verpest? Maar waren zijn jaloerse opmerkingen en blikken en zijn glimlach vol leedvermaak dan helemaal betekenisloos?

'Hij lachte toen sultan Mohammed kwaad op me werd. Hij vond het duidelijk prachtig! En u kunt het aan Ebrahim vragen, die heeft ook gezien dat Sohrab zich jaloers gedroeg jegens mij.'

'Dat is niet genoeg, vrees ik. Ik zal deze zaak aan de koning moeten voorleggen, en dat zal zijn vertrouwen in mijn adviezen geen goed doen. Ik was immers degene die er zo op heeft aangedrongen u hier te houden en op te leiden. Maar het is aan hem om te beslissen of u mag blijven of niet. Een klein foutje is menselijk, maar ik heb de miniatuur net zelf gezien en het is duidelijk dat het in dit geval ernstige nalatigheid dan wel grove onkunde betreft. Beide zijn onvergeeflijk.' En zonder mij te groeten, liep Bozorgmehr weg. Ik had met mijn vermeende fout duidelijk elk recht op respect verspeeld.

Toen ik het gestommel van binnenkomende kunstenaars hoorde, opende ik mijn ogen. Ik moest de rest van de dag geslapen hebben. Heel even voelde ik me uitgerust en opgewekt, maar toen kwamen de gebeurtenissen van die ochtend weer bovendrijven. Ik zuchtte. Tot mijn opluchting groetten de meesten van mijn kunstbroeders me vriendelijk, alsof er niets gebeurd was. Fazollah kwam zelfs naast me zitten en vroeg hoe het met me ging.

'Fazollah, ik zweer op de heilige Koran dat ik die miniatuur niet verpest heb. Ik heb gisteren juist zo mijn best gedaan om het zo goed te maken als ik kon,' fluisterde ik.

'Dat weet ik toch,' zei de grote man vriendelijk. 'Ik vind het persoonlijk een grote schande dat sultan Mohammed daaraan twijfelt.'

Fazollahs zachte woorden waren als warme druppels zomerregen, verfrissend en troostend tegelijk.

'Heb je enig idee wie dit gedaan kan hebben?' vroeg hij.

Ik haalde mijn schouders op.

'Ik heb wel een sterk vermoeden, maar het valt niet te bewijzen.'

'Sohrab?' vroeg Fazollah. Zijn gezicht, dat nooit tot niets anders in staat leek dan lachen, stond ernstig.

Ik knikte.

'Dacht ik al. Dat verdomde joch!' mompelde hij. Ik vertelde dat Bozorgmehr met sjah Ismaïl ging overleggen over mijn toekomst.

'Er bestaat een grote kans dat ze me wegsturen,' zei ik somber.

Fazollah zuchtte en keek peinzend voor zich uit.

'Ik wou dat ik een manier wist om je te helpen, maar ik weet er geen.'

Dagenlang verkeerde ik in onzekerheid. Ik hoorde niets meer van Bozorgmehr. Het enige nieuws, dat sultan Mohammed via Fazollah aan mij had doorgegeven, was dat ik voorlopig geschorst was. Ik mocht niet meer in het atelier werken tot de koning had geoordeeld over mijn lot. Het was een ware straf: het overschot aan tijd dat ik ongevraagd had gekregen, veroorzaakte veel onrust in mijn hoofd. Ik had alle tijd om wraakacties jegens Sohrab te bedenken, om die seconden later weer te verwerpen; om te rouwen om mijn vader, om me schuldig te voelen over het achterlaten van mijn familie, om hen te missen. En natuurlijk om me zorgen te maken over mijn toekomst: wat moest ik als ik werd weggestuurd?

Ik maakte van de gelegenheid gebruik om naar het vrouwenbadhuis te gaan. Hiervoor had ik dameskleding gekocht en ik had die 's ochtends vroeg bij Adileh thuis aangetrokken. Maar ik ging niet direct naar het badhuis. Eerst bracht ik een bezoek aan de Blauwe Moskee, waar ik God smeekte me aan het hof te laten blijven. Hoe heerlijk was het om weer als mezelf rond te lopen in het prachtige Tabriz, en later om mijn naakte lichaam in een bad met heet water te laten zakken. Tot mijn schrik zag ik dat de welving van mijn borsten groter was geworden. Onbewust was ik ervan uitgegaan dat ik altijd hetzelfde jongensachtige lichaam zou behouden. Aan de ene kant was ik dolblij met mijn toegenomen vrouwelijkheid, maar aan de andere kant tobde ik over de vraag hoe lang ik nog in staat zou zijn me voor een jongen uit te geven.

Toen ik heerlijk geurend naar rozenolie uit het badhuis kwam, besloot ik naar een voorname eetgelegenheid te gaan. Ik had immers nog wat zilverstukken van mijn loon op zak en dit leek de aangewezen gelegenheid om mezelf te verwennen. Maar het was zeer ongebruikelijk voor een dame om alleen uit eten te gaan; en ik zou misschien niet worden geaccepteerd. Maar ik was door mijn vermomming als jonge man gewend geraakt aan een grotere mate van vrijheid, en ik bewoog me buiten veel makkelijker dan ik als meisje had gedaan. Ik besloot het erop te wagen.

Het restaurant was niet druk. Het was er donker en er hing een geur van saffraan en lamsvlees, die me hongerig maakte. Een bediende kwam naar me toe.

'Bent u alleen?' vroeg hij afkeurend. Ik huiverde.

'Als God het behaagt, zal mijn vader mij enige minuten later vergezellen. Maar geheel zeker is dat niet. Hij had nog werk te doen, ziet u. Maakt u zich over de betaling in ieder geval geen zorgen.' Trots liet ik mijn zakje zilverstukken rinkelen. Dat geluid stelde de bediende blijkbaar gerust want hij leidde me naar een houten zitbed dat was bedekt met een donkerrood tapijt. Ik bestelde rijst, het begeerde lamsvlees en gebakken tomaat. Daarna rekte ik me uit en voelde me tevreden over het feit dat ik er vandaag tenminste een leuke dag voor mezelf van had weten te maken. En wie weet zou God mijn smeekbede verhoren en kon ik aanblijven aan het hof. Ik was zo in gedachten verzonken, dat ik vanuit mijn ooghoeken de gestalte in eerste instantie niet ontwaarde. Maar toen ik voorzichtig opzij keek, begon mijn bloed in een razend tempo aan een dans door mijn lichaam die compleet nieuw voor me was. Ik kreeg het warm, mijn gezicht werd rood, ik voelde het overal. De jonge man die op het zitbed naast het mijne had plaatsgenomen, was niet minder dan perfect. Zijn ogen waren groot en bruin en werden omrand door buitengewoon lange wimpers. Zijn neus was groot noch klein, maar zijn lippen waren vol en goed zichtbaar tussen de elegante snor en korte baard. De man was gekleed in een kostbaar ogende tuniek die even blauw was als het keramiek in de moskee die ik die ochtend had bezocht. Zijn tulband was goudkleurig. Door zijn lange vingers gleed een tasbi met een gemak dat veelvuldige religieuze oefening verried. Hij had mij nog niet opgemerkt. Mijn benen en armen trilden en mijn mond werd droog. Wat was er met me aan de hand? Opnieuw keek ik naar de persoon die dit allemaal teweegbracht. Alsof hij voelde dat ik naar hem keek, draaide hij plotseling zijn hoofd opzij en keek mij aan. Direct gleed er een glimlach rond zijn lippen. En ik wenste alleen nog maar dat ik kon verdwijnen, kon oplossen in het niets. Vol schaamte wendde ik mijn blik af. Wat was het dat mij zo van de kaart bracht? Zijn ogen hadden me heel even aangekeken, misschien maar voor een seconde, maar het was alsof ik mezelf erin had gezien.

Er klonken stemmen. Ik keek op en zag hoe een groep van vier rijk uitgedoste mannen de jonge man naast me groette en bij hem op het zitbed plaatsnam. Direct daarna bracht de bediende mij mijn eten. Mijn honger was echter verdwenen. Voor de vorm at ik een beetje, tussen mijn wimpers door spiedend naar de mysterieuze man met de goudkleurige tulband. Tot mijn genoegen merkte ik dat hij ook naar mij keek. En op een gegeven moment staarden alle mannen me zelfs aan alsof ze met elkaar over mij hadden gesproken. Ze vonden het ongetwijfeld vreemd dat ik hier in mijn eentje zat te eten. Toch durfde geen van hen het woord tot mij te richten; er zou ieder moment een vader of echtgenoot naast mij kunnen opduiken. Omdat ik het gevoel had dat mijn zenuwen volledig bezit van me hadden genomen, wilde ik zo snel mogelijk weg. Ik betaalde de bediende en deed met trillende handen mijn schoenen aan. Natuurlijk keek ik nog een laatste maal naar de intrigerende man naast me. Hij keek opnieuw naar mij, met een vragende blik in zijn ogen. Ik liep echter met snelle passen het restaurant uit.

De dag erna werd ik op het paleis van sjah Ismaïl ontboden. Deze keer niet in de audiëntiezaal, maar in de kamer van Bozorgmehr. Het was een uitzonderlijk kille augustusdag en Bozorgmehr had een *korsi* gemaakt waar hij mij ook voor uitnodigde. Een korsi was een soort lage tafel die van onderen verwarmd werd door gloeiende kolen. Erover waren lakens gedrapeerd om de warmte vast te houden. Ik nam het aanbod dankbaar aan, want mijn voeten voelden als klompen ijs. In de kamer was het donker en er hing een vage mintgeur. Ik was opgelucht omdat de sfeer niet zo formeel was.

'Over de miniatuurkwestie,' bromde de heer Jafari toen ik naast hem op een kussen had plaatsgenomen en mijn voeten onder de korsi warm liet worden.

'Ja?' vroeg ik afwachtend.

'Ik heb erover gesproken met sjah Ismaïl. Hij was zeer ontstemd.' Bij deze woorden keek Bozorgmehr me indringend aan en fronste zijn wenkbrauwen.

Ik slikte.

'Hij zei dat je maar zo gauw mogelijk moest vertrekken. Dat ons rijk over duizenden jonge kunstenaars beschikt die staan te popelen om je plaats in te mogen nemen en dat hij wel gek zou zijn om iemand te behouden die kostbare tijd en verf verspilt.'

Beschaamd keek ik naar beneden. Ik kon nu wel weer opspringen en roepen dat ik het niet gedaan had, dat het waarschijnlijk werk was van die achterbakse Sohrab, maar hoe zou me dat helpen? Het was duidelijk: het was over voor mij. Nooit zou er uit mij een beroemde miniatuurschilder groeien. Dat geluk was slechts voor anderen weggelegd. Voor Sohrab. Mij wachtte een leven vol armoede en ongeluk, dat was mijn lot. Een paar jaar geleden was er in ons dorp een man verschenen die beweerde de toekomst te kunnen lezen uit de sterren. Met gespannen harten hadden we ons allemaal op het pleintje voor de moskee verzameld. De man, die een vreemde hoed droeg en keer op keer vol trots beweerde dat hij

Mekka al twee keer had bezocht, sprak in vreemde woorden. Zijn taal was duister als een sterreloze nacht, alsof hij de taal van geleerden sprak, veel te hooggegrepen voor ons dorpelingen. Alleen mijn vader begreep het misschien. De man had het gehad over een komeet die ongeluk zou brengen aan wie ongehoorzaam was aan God, zijn ouders of zelfs de buren. Bij het horen van die woorden had ik kippenvel gekregen van mijn vingers tot aan mijn tenen. De hadji beweerde dat de ongehoorzamen een leven vol ongeluk en armoede wachtte. Nu was het dus zover.

Bozorgmehr schraapte zijn keel en zweeg even. Zo voerde hij de spanning nog verder op.

'Toen heb ik de sjah gezegd dat van die duizenden jonge kunstenaars over wie ons rijk beschikt, er niet één zo goed is als u. En dat u bovendien beweert onschuldig te zijn en vermoedt dat iemand u een loer heeft willen draaien. De naam Sohrab heb ik vanzelfsprekend niet laten vallen, dat zou de zaken alleen maar erger hebben gemaakt; de sjah is immers erg op hem gesteld.'

Ik keek Bozorgmehr verward aan. Deze woorden pasten niet in mijn doemscenario.

'U bent altijd te goed voor mij geweest. Maar wat zei de sjah?'

'Hij zei dat hij het nog een keer met u wil proberen. Maar het is echt de laatste kans die u krijgt. Als u het nog een keer verpest, kan ook ik niets meer voor u doen en zult u moeten vertrekken.'

'Dus ik mag blijven?' riep ik uit. Kreeg de hadji dan toch weer ongelijk?

'U mag blijven!' zei Bozorgmehr met een glimlach. Hij boog zich voorover om me te omhelzen. Zo snel als ik kon zonder de beleefdheidscode te schenden, maakte ik me uit de omhelzing los.

'Ik heb de beslissing van sjah Ismaïl vandaag ook meegedeeld aan sultan Mohammed. Hij was blij dat u weer komt schilderen. Hij verwacht u morgenochtend!'

Bozorgmehr had niets te veel gezegd. De blijdschap straalde van sultan Mohammeds gezicht toen hij me de volgende ochtend zag. Ik was de eerste leerling die binnenkwam, wat ons de gelegenheid gaf ongestoord met elkaar te praten. Ik kon niet anders dan de oude man op het hart drukken dat ik echt niet degene was geweest die de miniatuur had verpest.

'Waarom zou ik zoiets doen? Daarmee bezorg ik toch alleen mezelf schade?'

Sultan Mohammed wuifde mijn vragen met zijn hand weg alsof hij er niet meer aan wilde denken, laat staan over wilde praten. Maar mij zat het nog dwars. Bovendien: wie gaf me de garantie dat Sohrab niet nog een keer zou toeslaan? Het was een onverdraaglijke gedachte dat ik weken, zo niet maanden aan een miniatuur zou werken om vervolgens opnieuw het risico te lopen dat die door Sohrab verpest zou worden.

'Zou u me alstublieft een gunst willen bewijzen?' vroeg ik mijn leermeester daarom.

'Wat voor een gunst?' vroeg deze.

'Zou u alstublieft ook de miniaturen waaraan we werken 's nachts in het kamertje kunnen opbergen, veilig achter slot en grendel?'

De oude man zuchtte. Het stuitte hem duidelijk tegen de borst, maatregelen te moeten nemen die een gebrek aan vertrouwen tussen de kunstenaars verrieden. Sultan Mohammed ging er altijd prat op dat de onderlinge sfeer zo goed was en de kunstenaars als broeders voor elkaar waren. Hij leefde in een droomwereld van betoverende bergen en boomgeesten, en kwam blijkbaar nooit in de slaapzaal, waar regelmatig fel gekibbeld werd.

'Goed dan,' zei hij uiteindelijk met zichtbare tegenzin.

Toen de kunstenaars kort daarna binnendruppelden, feliciteerden ze me stuk voor stuk. Fazollah gaf me zelfs een van zijn fijnste penselen.

'Welkom terug! Het zou schandelijk jammer zijn geweest als we jou hier hadden moeten missen. Ik heb God in ieder gebed gesmeekt je hier te laten blijven en Hij heeft mijn smeekbeden blijkbaar verhoord.'

'Dank je, Fazollah. Ik zou niet blijer kunnen zijn dan ik ben. Ik had niet geweten wat ik had moeten beginnen zonder jullie,' antwoordde ik gemeend en in het algemeen.

Alleen Sohrab kwam niet naar me toe. Hij bleef op afstand staan praten met Ebrahim, maar stond dichtbij genoeg opdat ik de grimmige trek om zijn mond kon waarnemen. Ik deed maar weer mijn best om hem te negeren en begon diezelfde dag nog opnieuw aan de miniatuur van Hoeshang en het monster. Met frisse moed, alsof er niets was gebeurd. Dit was immers de plek waar ik hoorde, en niemand zou mij eronder krijgen. Sohrab al helemaal niet.

13

Melika schudde haar hoofd terwijl ze haar zoon vastberaden aankeek.

'Ik ga niet naar huis. Ik ga naar Maraqeh.'

'Wat moeten we daar doen? Moeder, gebruik toch uw verstand!'

'Dat is precies wat ik doe, jongen. Voor het eerst in maanden gebruik ik eindelijk weer mijn verstand; al zou het het laatste zijn dat ik nog doe in mijn leven, dat door het noodlot is verwoest. Ik wil mijn meisje vinden. Ik moet haar zien, anders kan ik deze aarde niet in vrede verlaten.'

Ali-Reza keek zijn moeder honend aan.

'Ze verdient het niet. Ze verdient het niet dat wij naar haar op zoek gaan. Welke dochter laat haar familie in de steek? Welke dochter laat haar moeder in onwetendheid? Zo iemand is geen dochter meer. Zo iemand verdient het te sterven.'

'Hou toch op met die belachelijke woorden. Je weet net zo goed als ik waarom Soraya gevlucht is en wiens schuld dat is: de onze. Wij hebben haar niets te verwijten. Ze had geen keus.' Ali-Reza snoof nu.

'Die had ze wel degelijk. Als zij gewoon met Mahmoed was getrouwd, hadden wij niet als een stelletje bedelaars langs de deuren hoeven gaan in de hoop nog een paar zilverstukken op te strijken. Dan zaten we er nu bij als koningen en zou de toekomst van onze familie verzekerd zijn. Maar wat doet Soraya? Die denkt alleen aan zichzelf. Vrouwen!' Met een minachtende grijns om zijn lippen trapte Ali-Reza tegen een steen. Hij moest zijn moeder zo gauw mogelijk weer naar hun dorp brengen. Dan verder maar geen geld vandaag. Ondanks die idiote uitroep van Melika om het maar te laten zitten, had Mozjdeh haar fatsoen willen bewaren en hen toch betaald, zij het met een vertrokken gezicht. Nu wilde Ali-Reza dat alles weer werd zoals vanouds; zijn moeder thuis in bed en hij weer bij Fatimeh en de jongens. Al maandenlang hadden ze niet meer over Soraya gesproken en alleen al het uitspreken van haar naam, deed hem zweten en trillen van woede. Hij moest zijn moeder zo gauw mogelijk naar huis brengen. Zo'n oude vrouw werd met de dag labieler. Het was een grote vergissing dat hij haar had meegenomen. Waarom had die stomme Mozjdeh haar mond niet dicht kunnen houden?

'Nou, stijg maar op,' mompelde Ali-Reza.

'Waar breng je me naartoe?' vroeg Melika koppig.

'Stijg nou maar op,' snauwde haar zoon.

'Dat doe ik niet. Dan rijd je terug naar huis, ik ken je.' Uitdagend keek Melika Ali-Reza aan. Die kon zich niet langer beheersen en liep in drie grote stappen naar zijn moeder toe, pakte haar bij haar schouders en schudde haar door elkaar.

'Eén keer naar me luisteren, is dat te veel gevraagd?' schreeuwde hij. Melika's ogen liepen direct vol tranen.

'Ga zelf maar terug! Ik kom niet,' snikte ze terwijl ze wegliep van haar zoon. Even dacht ze dat hij achter haar aan kwam om haar vergiffenis te vragen, maar toen hoorde ze hoefgetrappel dat langzaamaan wegstierf: haar zoon ging naar huis. Misschien was dat maar beter ook. Melika kon niet inschatten of haar zoon in staat was Soraya iets aan te doen als ze haar zouden vinden, maar ze sloot het niet uit. Ali-Reza had een enorm eergevoel en kon snel agressief worden. Als ze alleen op zoek kon gaan naar Soraya, was het veiliger. Maar de vraag was hoe ze dat moest aanpakken. Ze moest naar Maraqeh, dat stond vast. Maar dan? Hoe zou ze in zo'n grote stad Soraya op het spoor kunnen komen? Het was al een jaar geleden dat Mozjdeh haar dochter had gezien; in een jaar kon veel gebeuren. Soraya kon zijn doorgereisd naar een andere stad. Maar Melika moest het erop wagen. Maraqeh was het enige aankno-pingspunt dat ze had. Een windhoos sloeg in haar gezicht, maar dat deerde haar niet. Het was de adem van God die haar sterk wil-de maken, wist ze. En mijn god, wat voelde ze zich sterk: veel ster-ker dan ze in jaren was geweest.

Al het eten zat in Ali-Reza's zadeltas, maar gelukkig had Melika wel het zakje met de muntstukken van Mozjdeh bij zich. Ze gaf er twee aan de tandeloze kamelendrijver die haar op zijn veel te gro-te, met bellen behangen kameel naar Maraqeh had gebracht. Schandelijk duur en doodeng natuurlijk, maar wat moest ze an-ders? Melika liep de stad binnen. Daar was ze nog nooit geweest, en ze keek haar ogen uit. De grote minaretten van de moskee sta-ken overal boven uit. De straatverkopers zwermden als zoemende insecten om haar heen. Wilde ze geen messen, koperen ketels of gebakken rode bieten? Nee, ze wilde haar dochter. Kon ze dat vra-gen? Melika meende van wel. Eerst maar eens aan wat vrouwen, dat voelde prettiger. Dicht bij de bazaar zag Melika een groepje vrouwen zitten. Ze hadden hun waar, zelfgeweven dekens, op de grond uitgestald.

'Wilt u mijn dekens kopen, mevrouw? Ze zijn de warmste van het hele rijk,' grijnsde de oudste vrouw, die een opvallend donker gezicht had.

'Nou, ik wilde eigenlijk wat vragen,' begon Melika. Een zestal ogen staarde haar nieuwsgierig aan.

'Kent u misschien een jonge vrouw, een meisje eigenlijk nog,

dat Soraya heet?' Toen Melika de vraag had gesteld, drong de be-
lachelijkheid ervan tot haar door. De vrouwen keken elkaar een
moment zwijgend aan om het vervolgens uit te proesten.

'Soraya? Gewoon Soraya? Ik ken er wel honderd!' lachte de
vrouw met het donkere gezicht ongegeneerd. Melika voelde haar
gezicht rood worden. Ze had zin om tegen de vrouwen te schreeuwen dat het niet om te lachen was als je je kind kwijt was en dat ze
God op hun blote knieën moesten danken dat Hij hun eenzelfde
lot had bespaard. Een van de verkoopsters moest de pijn in Melika's ogen hebben gezien want ze probeerde de andere vrouwen
tot bedaren te brengen.

'Stop nou eens even met lachen, dames. Deze mevrouw heeft
duidelijk een probleem. Misschien zou u iets specifieker kunnen
zijn. Wie zoekt u precies? Hoe heet het meisje van haar achternaam?'

'Bahrami,' zei Melika dankbaar. 'Ze heeft grote bruine ogen
en lang krullend haar.' Opnieuw besefte ze dat ze een vreemde
indruk op de vrouwen moest maken. De meeste Perzische meisjes hadden grote bruine ogen en hun haren waren buitenshuis
altijd bedekt. Maar hoe kon ze informatie geven die preciezer
was? De paradox dat haar geliefde Soraya zo uniek was maar tegelijk ook zo gewoon, frustreerde Melika. Zo beleefd als ze konden opbrengen, zeiden de koopvrouwen geen Soraya te kennen
die aan de omschrijving voldeed. Toen Melika wegliep, hoorde
ze de vrouwen opnieuw proesten. Maar doorgaan moest ze,
vooral niet opgeven. Ze liep de bazaar op en vroeg aan fruitver-
kopers, zijdehandelaren, slagers en kopersmeden of ze Soraya
kenden. Telkens luidde het antwoord 'nee'. Melika's voeten
voelden ondertussen als rotsblokken. Ze was het afgelopen jaar
nauwelijks haar huis uit geweest en niet meer gewend om veel
te lopen. Ze besloot even te gaan zitten op een traptrede voor
een zilverwinkel. Vanaf die plek bekeek Melika de mensen die
langsliepen, en ze smeekte God in stilte dat Soraya zich onder

hen mocht bevinden. Maar hoe ze ook smeekte, haar gebed werd niet verhoord.

Het was al donker toen Ali-Reza aankwam in zijn geboortedorp. Hij was moe, koud en nog steeds boos, al waren de scherpe randjes er wel af. Een paar keer had hij rechtsomkeert gemaakt om zijn moeder toch op te halen, maar telkens had hij zich weer bedacht en uiteindelijk was hij toch gewoon naar huis gereden. Wat had het voor zin om moeder tegen haar zin mee naar huis te nemen? Bovendien kon hij haar vast niet meer vinden. Het feit dat zijn moeder niet mee terug was, baarde hem nog geen grote zorgen; wat hij tegen Fatimeh moest zeggen als hij thuiskwam zonder Melika, wel. En, veel belangrijker nog, wat moest hij zijn broers vertellen? 'Ik heb moeder in haar eentje achtergelaten. Ze moet maar kijken hoe ze thuiskomt?' Gek, hij ging er als vanzelfsprekend van uit dat Melika vanavond niet meer zou komen, al kon ze natuurlijk iedere man die over een paard beschikte een paar muntstukken geven om haar thuis te brengen. Maar die felle flikkering die hij plotseling in zijn moeders ogen had gezien, vertelde Ali-Reza dat ze voorlopig niet zou terugkeren. Met een koppigheid die hij niet van haar kende, was ze vastbesloten Soraya te vinden.

Het dorp lag er verlaten bij. Iedereen zat gelukkig binnen. Ali-Reza steeg van zijn paard af, zette het dier op stal en liep enkele ogenblikken later zijn woning binnen. Zijn twee zoontjes van twee en drie lagen met elkaar te ravotten op het dunne, sleetse tapijt dat Fatimeh uit haar ouderlijk huis had meegenomen. Toen ze hun vader zagen, liepen ze enthousiast op hem af om hem te omhelzen.

'Waar is oma?' riep de oudste. 'Oma ging met papa op het paard!'

'Oma was moe geworden,' mompelde Ali-Reza geïrriteerd. Meteen daarop verscheen zijn vrouw. Haar buik leek met de dag te groeien en haar gezicht stond vermoeid.

'Bij de heilige Koran, wat is er met jou gebeurd? Je oog is blauw! Heb je gevochten?'

Ali-Reza zuchtte. Hij haatte het als tekenen van zijn nederlaag voor iedereen zichtbaar waren.

'Niks bijzonders, een klant die niet wilde betalen. Ik vertel je het later wel.'

'Maar het is toch wel gelukt met het geld? Dat hebben jullie toch wel kunnen krijgen?' vroeg Fatimeh bezorgd. De jongens liepen haast in vodden en het kleintje in haar buik had straks ook van alles nodig. Dat moest haar man toch beseffen? Ali-Reza deed alsof hij de vraag van zijn vrouw niet had gehoord. Waarom had hij zijn moeder het geld van Mozjdeh laten innen? Nu had hij niets. Bovendien gaf het haar een enorme macht. De macht om lange tijd niet meer thuis te komen. De geur van groenten en citroen die bij vlagen door de woning trok, deed hem vermoeden dat Fatimeh *gormeh sabzi* had gekookt, wat Ali-Reza het water in de mond deed lopen. Waarom moest iedereen altijd meteen met lastige vragen komen, zelfs de kinderen? Konden ze niet eerst lekker eten?

'Laten we eerst eten,' bromde hij.

'Is Melika ganocm niet meegekomen?'

'Nee.'

'Wil je Hossein en Hassan niet uitnodigen, dan? Ik heb genoeg rijst gemaakt.'

'Nee.'

Zuchtend liep Fatimeh naar het washok buiten dat ook dienstdeed als keuken. Haar man kon soms heel raar doen, had ze gemerkt, en het was in zo'n geval het beste hem even met rust te laten en niets te zeggen. Als hij iets op zijn hart had, kwam hij er zelf wel mee. Op een moment dat hijzelf verkoos. Plotseling voelde ze haar buik weer samentrekken. Vanochtend was dat ook al gebeurd. Fatimeh greep zich vast aan een houten balk en probeerde diep te ademen. Wankelend liep ze terug naar binnen, met in de ene hand de pan met rijst, en in de andere de groentesaus. Daarna haalde ze kommen.

Ali-Reza at met de gretigheid van een gevangene die tien jaar niets anders dan water en brood had gekregen. Pas nadat hij zijn kom tot de laatste rijstkorrel leeg had, besloot Ali-Reza zijn vrouw te vertellen wat er was gebeurd. Hij had er tijdens het eten over nagedacht en was tot de conclusie gekomen dat hij maar beter de waarheid kon vertellen. Het zou binnenkort toch uitkomen en zijn geest was te vermoeid om nog leugens te kunnen produceren.

'Melika ganoem is niet met me teruggekomen.'

Een niet-begrijpende uitdrukking verscheen op Fatimehs ronde, glimmende gezicht.

'Hoe bedoel je?'

'Laat ik zeggen dat we een woordenwisseling hebben gehad over Soraya.' Bij het horen van de naam van haar schoonzusje, gingen alle haartjes op Fatimehs arm rechtovereind staan. Ze zou het nooit aan iemand toegeven, maar ze had intens veel medelijden met Soraya gehad toen ze hoorde dat haar schoonzusje zou worden uitgehuwelijkt aan Mahmoed. Ze kreeg zelf rillingen als ze naar de oude man keek. En al had de man een goed hart, zijn uiterlijk was weerzinwekkend. Zag Ali-Reza dat dan niet? Urenlang had Ali-Reza gepraat over hoe goed hun leven zou worden als zijn zusje met die rijke grijsaard getrouwd zou zijn. Hun zoontjes zouden altijd goed gevoed en gekleed door het leven gaan; wie weet konden ze allebei wel dokter worden. Dat vooruitzicht was natuurlijk aantrekkelijk, voor iedere ouder. Was ze daarom niet tegen Ali-Reza's woorden ingegaan? Zou ze in staat zijn geweest haar man van gedachten te laten veranderen en Soraya's verdwijning te voorkomen, als ze het had geprobeerd? Feit was dat ze een vreemde mengeling van verdriet en trots had gevoeld toen duidelijk was geworden dat Soraya was gevlucht. Trots omdat haar schoonzusje kennelijk sterk genoeg was om het heft in eigen hand te nemen. Zelf zou ze niet tot zoiets in staat zijn geweest. Maar gelukkig had zij zich nooit in een dergelijke, afschuwelijke situatie bevonden, zij was direct blij geweest toen haar ouders en die van Ali-Reza tot hun huwelijk hadden besloten. Maar nu had haar man kennelijk ruzie gehad met zijn moeder over Soraya. Dat was heel opmerkelijk, want haar schoonzusjes naam was al maandenlang niet meer gevallen.

'Waar ging die ruzie dan over?' vroeg ze.

Ali-Reza vertelde haar het hele verhaal. Van de ruzie met de klant, het bezoek aan Mozjdeh en het nieuws over Soraya.

'En toen wilde moeder dus per se naar Maraqeh. Een belachelijke onderneming natuurlijk. Het is al een jaar geleden, die meid kan overal zitten.'

'Nou, ik kan het me wel voorstellen,' begon Fatimeh voorzichtig.

Ali-Reza haatte het als ze hem tegensprak, maar deze kwestie was te belangrijk om haar mond dicht te houden. 'Als ik mijn kind ooit kwijt zou raken en iemand zou me vertellen dat het op een bepaalde plek was, zou ik er meteen op afgaan. Al moest ik ervoor door duizenden steden reizen.'

'We hebben het hier niet over een klein kind dat buiten zijn schuld de weg kwijtraakt. Het gaat over Soraya, verdomme! Als ik haar in mijn handen krijg, vermoord ik haar. Ze heeft onze eer en toekomst vernield!'

Fatimeh voelde hoe haar buik zich opnieuw samentrok. O, wat had ze een hekel aan Ali-Reza's agressieve uitbarstingen. Het was beter niets meer te zeggen. Ze bleef zwijgend zitten, onbeweeglijk als een pop, tot Ali-Reza boos wegliep.

Melika rilde terwijl ze door de donkere stegen van de bazaar liep. De kou prikte wreed in haar gezicht en deed in niets meer denken aan Gods adem. Ze kon zich niet herinneren dat ze het ooit in haar leven zo koud had gehad. En daar kwam nog die misselijkmakende vermoeidheid bij. Ze wist niet hoe lang ze daarnet op het trapje voor de zilverwinkel had gezeten, maar het moest behoorlijk lang zijn geweest, want op een gegeven moment had iemand haar zachtjes op de schouder getikt. Ze was opgeschrikt alsof iemand haar gewekt had uit een diepe slaap.

'Mevrouw, voelt u zich wel goed?' had een mager gezicht onder een witte tulband gevraagd.

Snel had ze geknikt. Net voor de man zijn zilverwinkel weer in wilde lopen, was ze nog zo slim geweest om naar de dichtstbij-zijnde herberg te vragen. De man had haar een moment taxerend opgenomen.

'De enige herberg op loopafstand is De Hemel, maar die is wel behoorlijk duur, hoor,' had hij er waarschuwend aan toegevoegd. Dat kon Melika niet veel schelen. Ze moest een warm plekje hebben om te rusten en haar plannen voor morgen te overdenken. En snel ook. Na de bazaar nam ze de eerste straat rechts, zoals de zil-verkoopman had gezegd. En ja, daar in de verte zag ze een blauw uithangbord, daar moest herberg De Hemel zijn. Melika versnel-de haar pas. Maar toen ze de brede ingang van de herberg binnen wilde stappen, hield de portier haar tegen.

'Wat komt u hier doen?' vroeg hij onvriendelijk.

'Ik wil hier overnachten,' zei Melika zo rustig als ze kon.

'We laten geen bedelaressen toe. Onze gasten zijn van hoge komaf en willen niet met gebedel lastiggevallen worden.' Hau-tain wendde de portier zijn gezicht weer af en staarde recht voor zich uit in het niets. Stampvoetend begon Melika te schelden: hoe durfde die kerel haar zo te beledigen, wie dacht hij wel dat hij was? Had hij er enig idee van wat zij allemaal had doorgemaakt vandaag, de afgelopen maanden, haar hele leven?

Wenend van wanhoop probeerde Melika de portier opzij te duwen. 'Laat me binnen, ik vries dood!' gilde ze. Maar de portier liet zich niet vermurwen. Met kracht duwde hij de vrouw van zich af. Melika tolde van hem vandaan, struikelde en belandde hard op de keien. Bewegingloos bleef ze liggen. Ze was op. Als het Gods wil was dat ze vannacht op straat dood zou vriezen, dan moest het maar.

Gealarmeerd door het lawaai kwam de herbergier naar buiten. Het was een oude grijze man met een enorme buik.

'Bij de heilige Fatimeh, wat is hier gaande?' brulde hij tegen de portier toen hij de oude vrouw op straat zag liggen.

'Ik zweer dat ik er niets aan kon doen. Deze vrouw stond hier voor me en wilde naar binnen. Toen vertelde ik haar dat wij geen bedelaressen binnenlaten.'

'En hoe ben je er zo zeker van dat mevrouw hier een bedelares is?'

'Kijk zelf.'

De herbergier nam Melika op. Haar chador zat niet alleen onder de modder, maar vertoonde bij de zoom ook een paar scheuren. Op haar rode gezicht, dat nog op de straatkeien rustte, zaten vegen. Godzijdank knipperde de vrouw met de ogen; ze was niet dood. Ze leek inderdaad in niets op de gasten die hier doorgaans kwamen, maar de herbergier besloot Melika toch het voordeel van de twijfel te gunnen. Een verzwakte vrouw voor de ingang deed de naam van zijn zaak geen goed, en hij bedacht daarom dat hij haar maar het beste zo snel en discreet mogelijk naar een kamer kon laten brengen. Hij hielp haar ondertussen overeind te komen, en hoewel ze kreunde van de pijn lukte dit uiteindelijk wel.

'Die portier van u heeft mij neergeslagen, moge hij branden in de hel.'

'Het spijt me oprecht. Hij dacht dat u een bedelares was. Maar dat bent u vast niet, hè? Hebt u geld bij zich?' vroeg de herbergier.

Melika knikte.

'Hoeveel?' Met een onhandig gebaar haalde Melika het zakje met zilverstukken uit haar sjerp en hield het angstig omhoog.

'Voor één nacht moet het wel genoeg zijn,' zei de herbergier opgelucht. 'Kom maar binnen.' En terwijl Melika binnen werd meegenomen door een bediende die haar ondersteunde naar een luxueuze kamer, gaf de herbergier de portier een oorvijg.

'Vraag bij twijfel altijd eerst naar geld. De dingen zijn niet altijd wat ze lijken. De vrouw is duidelijk niet rijk, maar dat betekent nog niet dat ze een bedelares is.'

'Zeker mijnheer. Het spijt me. Maar ze leek zwaar gestoord. Ze raaskalde maar door over haar dochter die al een jaar zoek was en dat ze haar moest vinden voor haar zoon haar zou vermoorden!'

'Een vreemd verhaal inderdaad. Maar interessant.' Peinzend keek de herbergier naar de zwarte lucht. 'Heel interessant...'

'Je hebt wát gedaan?' Hosseins gezicht hing dreigend boven dat van zijn oudere broer.

'We kregen ruzie!'

'Het kan me niet schelen wat er gebeurde. Je laat moeder niet achter in een vreemd dorp, en al helemaal niet als je weet dat ze van plan is om naar Maraqeh te reizen. Wie weet wat er allemaal kan gebeuren!'

Hassan, zijn jongste broer, knikte instemmend. Het was de ochtend na Ali-Reza's terugkeer. Hij was op aandringen van Fatimeh naar het huis van Hossein gegaan, waar Hassan ook was. Die laatste was zeer bezorgd geworden toen hij die ochtend had gemerkt dat het matrasje van zijn moeder onbeslapen was.

Nu hij hoorde wat daarvan de reden was, zei hij met tranen van verontwaardiging en wanhoop in zijn ogen: 'Haar gezondheid laat te wensen over en geestelijk is ze ook snel uit haar evenwicht. We moeten zo snel mogelijk naar Maraqeh om haar te vinden. Waarom wilde ze daar trouwens naartoe?'

Ali-Reza zuchtte. Hij had het gedeelte over Soraya liever willen verzwijgen, maar daar kwamen de lastige vragen al. Bovendien zouden zijn broers het anders spoedig van Fatimeh horen; die kon nooit wat voor zich houden.

'Mozjdeh ganoem, de vrouw van de muskushandelaar, vertelde dat ze Soraya een jaar geleden was tegengekomen. Dat moet direct na haar vlucht zijn geweest.'

Hassan en Hossein slaakten kreten van vreugde. 'Dus ze leeft waarschijnlijk nog! Waar is ze nu?'

Terwijl hij zijn irritatie om de vreugde van zijn broers onderdrukte, antwoordde Ali-Reza:

'Dat wist Mozjdeh ganoem niet, maar het schijnt dat ze naar Maraqeh is gegaan. Vandaar dat moeder daar per se naartoe wilde.'

'Natuurlijk, dat spreekt vanzelf. En jij hield haar tegen?' vroeg Hossein verbaasd.

'Ik wil Soraya niet vinden, ze heeft onze eer bezoedeld!'

'Onzin!' riep Hassan die uit vreugde helemaal vergat om respect te tonen voor de mening van zijn oudste broer. 'We moeten zo gauw mogelijk naar Maraqeh!'

'Om wat te doen?' beet Ali-Reza hem venijnig toe.

'Om moeder te vinden en terug te brengen naar het dorp,' antwoordde Hossein voorzichtig in plaats van zijn broertje.

'Als dat de reden is om naar Maraqeh te gaan, ga ik mee,' zei Ali-Reza beheersd.

Melika knipperde met haar ogen tegen het felle zonlicht. Ze nam de vreemde kamer in zich op: de in voornaam rood geschilderde wanden, het tafeltje met de mooie, gietijzeren kandelaar, de tapijten op de vloer en de fluwelen zitkussens. Ze voelde de zachtheid van het laken tegen haar wang en snoof een subtiele jasmijngeur op. Het leek wel of ze zich in een paleis bevond. Ze glimlachte terwijl ze de gebeurtenissen van gisteren de revue liet passeren. Het was een verschrikkelijke dag geweest, maar ze was toch maar mooi op deze plek beland en ze had heerlijk geslapen. Pas toen voelde ze het: een snijdende pijn in haar linkerbeen; die vervloekte portier ook. De gedachte aan haar kinderen verpestte haar vrolijke stemming nog meer, van alle vier was er niet een bij haar. Het bewees maar weer hoezeer zij als moeder gefaald had. Welke vrouw van haar leeftijd raakte nou verzeild in een situatie als de hare? Vrouwen van haar leeftijd hoorden thuis te zitten, genietend van kinderen en kleinkinderen. Zou Ali-Reza wel veilig thuis zijn gekomen? Hoe zouden Hossein en Hassan hebben gereageerd toen duidelijk werd dat hun moeder niet terug was gekomen? Verwachtten ze haar elk moment thuis? Maakten ze zich zorgen om haar? Wie zou er voor Hassan koken? Op de laatste vraag kwam gauw een antwoord: Fatimeh natuurlijk. Maar op de andere vragen bleven de antwoorden uit. Melika rekte zich uit en probeerde op te staan om zich te wassen, aan te kleden en te gaan bidden. De ondraaglijke pijn in haar been maakte het haar erg moeilijk. Langzaam en zwaar hinkend daalde ze uiteindelijk de trap af naar de eetzaal. De bediende had haar die gisteren aangewezen en gezegd dat ze daar kon ontbijten. Het was bijzonder rustig in de eetzaal: ze was de enige gast. Een andere bediende dan gisteren bracht haar thee, brood met honing, geitenkaas en walnoten. Terwijl Melika zich te goed deed aan dit in haar ogen verrukkelijke ontbijt, klonk er naast haar opeens een discreet kuchje. Verschrikt keek ze op en in de ogen van de herbergier. Zijn buik stak zo ver vooruit, dat de afstand tussen hen minimaal was.

'Het spijt me dat ik u stoor en ik wil me absoluut niet mengen in uw privézaken, maar ik zou graag informeren hoe het met uw gezondheid gaat.'

Melika vertelde de herbergier over de pijn in haar linkerbeen. De man beloofde diezelfde ochtend nog een dokter te laten komen. Bovendien mocht ze zonder te betalen blijven tot ze beter was, als compensatie voor het schandelijke gedrag van de portier. Nadat Melika de herbergier hiervoor vriendelijk had bedankt, werd zijn toon wat heimelijk.

'Ik ving gisterenavond iets op van de portier en ik denk dat u misschien hulp nodig hebt. Vindt u het goed als ik even bij u kom zitten?' Nu bekeek Melika het gezicht van de oude man nog beter. Het zat vol groeven, het was het gezicht van een man die veel had doorstaan. Maar waar had hij het over? Het enige dat Melika zich kon herinneren was dat die lompe portier haar voor een bedelares had gehouden. En dat was ze niet; ze had de hulp van de herbergier niet nodig om tot die constatering te komen.

Zonder Melika's antwoord af te wachten nam de oude herbergier naast haar plaats op het zitbed.

'Ik begrijp niet wat u bedoelt,' zei de oude vrouw. 'Wat heeft de portier u precies gezegd?'

'Hij zei dat u nogal in paniek was geweest en iets had geroepen over uw dochter die is verdwenen en dat uw zoon haar misschien wilde vermoorden.

Als dat het probleem is, lijkt me dat een ernstige zaak. Hebt u er niet met uw dorpsgeestelijke over gesproken? Misschien zou hij met andere autoriteiten uw zoon tegen kunnen houden.' Verdrietig schudde Melika het hoofd. Ze probeerde zich niet gekwetst te voelen door het feit dat de herbergier er automatisch van uitging dat ze uit een dorp afkomstig was. Los daarvan was het voorstel van de man belachelijk. Stel dat ze Ali-Reza uit voorzorg op zouden willen sluiten, haar eigen zoon, dat kon ze toch niet maken? Uit de blik van de oude man kon ze opmaken dat hij meer uitleg over de zaak wilde. Nou, die kon hij krijgen. Het leek haar wel fijn haar hart eens uit te storten bij een vreemde. Dus vertelde Melika de herbergier het hele verhaal. Over de dood van haar geliefde Siawash, over het idee van het gedwongen huwelijk van Soraya met de oude Mahmoed, en ook over de vlucht van haar dochter.

'Ik mis mijn meisje zo. Haar verdwijning is Gods straf voor mijn gedrag tegenover haar. In tegenstelling tot mijn man heb ik haar nooit op waarde weten te schatten. Zo kan ze ongelooflijk goed schilderen. Een uniek talent dat God zelf aan haar geschonken heeft. Maar destijds zag ik het helemaal niet zo. Ik vond het voor een meisje totaal ongepast om zich met dergelijke dingen bezig te houden. Ik wilde dat ze net zo was als de andere meisjes uit het dorp. Maar dat was ze niet. Ze was zo bijzonder... en nu weet ik niet of God mij nog een kans geeft om mijn dochter te omarmen en haar te vertellen hoe bijzonder ik haar vind, hoeveel ik van haar houd.' Melika's stem trilde.

Het gezicht van de herbergier stond gespannen. Hij had zijn ogen gesloten en leek even in gedachten verzonken. Maar plotseling gingen zijn ogen weer open en zei hij met zachte stem:

'Ik denk dat ik uw dochter heb ontmoet.'

Onderweg werd er niet over Soraya gepraat, maar in de hoofden van de drie broers zoemde haar naam onophoudelijk rond. Hassan kreeg het af en toe te kwaad. De gedachte aan de mogelijkheid van een weerzien met Soraya maakte zijn hart week en zijn ogen vochtig. Maar dan dacht hij weer aan zijn moeder en verschenen er voor zijn geestesoog beelden van haar levenloze lichaam, doodgevroren in een steeg of geregen aan het mes van een woesteling. Hij wist wel dat hij de neiging had zich overdreven veel zorgen te maken, maar hij kon er niets aan doen.

Ze passeerden het dorp waar Mozjdeh woonde. Even overlegden Hassan en Hossein nog, stiekem fluisterend, om bij haar langs te gaan en te vragen of ze ondertussen meer wist over Soraya. Maar die kans was klein en de tijd begon te dringen. Bovendien zou Ali-Reza dan in woede ontsteken.

Het was al schemerig toen ze Maraqeh bereikten. De stad lag er koud en verlaten bij, maar de minaretten van de moskee leken als twee zorgzame ouders te waken over de bewoners.

'Waar gaan we slapen?' vroeg Hassan bezorgd en met een van kou trillende stem aan Ali-Reza, die bewonderend naar de minaretten stond te turen.

'In de moskee,' zei deze zonder aarzeling.

'Goed idee,' meende Hossein. 'Als ze ons maar binnenlaten.'

'Eerst gaan we nog even langs de bazaar,' besloot Ali-Reza. 'Daar kunnen we mensen vragen of ze moeder hebben gezien.'

Het korte bezoek aan de bazaar had niets opgeleverd. Hossein en Hassan vonden het vreemd dat hun broer nauwelijks navraag had gedaan naar hun moeder maar een zilverwinkel was ingegaan, waar hij de verkoper het ene na het andere halssnoer had laten tonen.

Ze leidden hun paarden in de richting van de moskee. Daar stegen ze af en Ali-Reza klopte op de zware houten deur. Een klein mannetje in een vlekkerige tuniek verscheen in de deuropening.

'Ja?' zei hij met een krakerige stem.

'Vrede zij met u. Het spijt ons u lastig te moeten vallen op dit late uur, maar we zoeken een slaapplaats voor de nacht en vroegen ons af of we in de moskee zouden mogen slapen.' Het gezicht van de man klaarde op.

'Geen probleem,' zei hij. 'Ik slaap er zelf ook altijd. Het is wel steenkoud, maar alles went.' Hassan keek Hossein angstig aan, hij was nu al tot op het bot verkleumd. Het vooruitzicht om hier de nacht door te moeten brengen was op zijn zachtst gezegd weinig aanlokkelijk. Zouden ze dood kunnen vriezen?

De broers schudden het mannetje, dat Amir bleek te heten, om beurten de hand en stelden zich voor.

'Perfect dat we hier kunnen blijven,' lachte Ali-Reza. 'Is er misschien ook een plek waar we de paarden kunnen stallen?'

'Ja, bij schele Reza,' antwoordde Amir. 'Bind ze nu maar even aan die boom vast en kom binnen, dan regel ik de rest zo wel. Hebben jullie trouwens eten bij jullie?' Verontschuldigend voegde hij eraan toe: 'Ik heb namelijk nogal honger. Meestal geeft de moellah me wat, maar hij is met zijn vrouw op pelgrimstocht naar Mashad. Ik houd de moskee mooi schoon, maar veel verdien ik daar niet mee.'

'Geen probleem. We hebben eten bij ons, al is het dan simpel brood.'

Nadat Amir de broers had binnengelaten liep hij naar buiten om op zoek te gaan naar schele Reza. Ali-Reza had ondertussen op zijn gemak het brood en de geitenkaas uitgepakt op een smerig oranje kleed in een nis. Amir had een klein vuurtje gestookt, maar dat was volkomen ontoereikend om de moskee te verwarmen. Rond het kleed lagen dode en volkomen uitgedroogde kakkerlakken. Hassan kreeg een bonkend gevoel in zijn buik, alsof hij moest overgeven. Hij begreep niet hoe Ali-Reza rustig en tevreden kon blijven te midden van zoveel kou, ongemak en zorgen. Maar hij had nooit iets van zijn broer begrepen.

'Wie heeft er zin in een potje schaak?' vroeg Amir de volgende ochtend opgewekt nadat de mannen hun eenvoudige ontbijt van hard brood met pruimenjam en thee hadden genuttigd. De komst van de gasten deed de man zichtbaar goed. Hij had tot gisterenavond laat met de logés gepraat, tot die hun ogen niet meer open hadden kunnen houden en beleefd duidelijk hadden gemaakt dat ze echt moesten gaan slapen. Maar ondanks de vermoeidheid viel dat slapen niet mee. Vooral Hassan had het er moeilijk mee gehad. Het grootste deel van de nacht had hij wakker gelegen, zich voortdurend van de ene zij op de andere draaiend om zijn lichaam in beweging te houden, als een krachteloos wapen tegen de meedogenloze kou. Hij kon niet wachten om te vertrekken. Dit was de laatste nacht geweest die hij in dergelijke mensonterende omstandigheden had doorgebracht. Vannacht ging hij naar een herberg, wat Ali-Reza ook zou zeggen.

14

Roestam, zoon van Zal en Roedabeh, was voorbestemd om een held te worden. Op de dag van zijn geboorte leek hij al een jaar oud en had hij tien minnen nodig om zijn honger te stillen. Op zijn derde reed hij paard en op zijn vijfde at hij net zoveel als een volwassen man. Zoals het iemand van een dergelijke statuur betaamt, verrichtte hij ook ware heldendaden, wel zeven in getal. Of het nu ging om draken of demonen: hij versloeg ze allemaal.

Op een dag ging Roestam met zijn paard Rakhsh jagen in Turan bij de stad Samangan. Toen hij onderweg onder een boom ging rusten, viel hij in slaap. Zeven ridders kwamen langs en toen zij het mooie paard zagen staan, wilden ze het stelen. Dit ging niet zonder slag of stoot: het dier vermoordde een van de ridders en verpletterde een andere onder zijn hoeven. Toch lukte het de overgebleven ridders uiteindelijk om het paard mee te nemen. Toen Roestam wakker werd en zag dat zijn geliefde Rakhsh gestolen was, besloot hij de sporen die het dier in het zand had achtergelaten, te volgen. Ze leidden hem naar de stad Samangan, waar de koning en de edelen direct op hem afkwamen en verbaasd vroegen waarom hij te voet was. Roestam zei: 'Mijn geliefde paard Rakhsh is gestolen terwijl ik even sliep in het gras. Ik ben zijn sporen gevolgd, die brachten me hier.' De koning had medelijden met Roestam en bood hem aan aan het hof te verblijven tot zijn paard weer gevonden was. Dankbaar maakte Roestam van dit aanbod gebruik. Toen hij 's nachts in een van de kamers van het kasteel lag te rusten, klopte de koningsdochter Tahmineh op zijn deur. Zij was een schoonheid met een gezicht als de maan en wenkbrauwen als de sierlijke bogen van een schutter. Zij kwam nader tot Roestam en sprak met een zachte stem: 'Niemand buiten mijn familie heeft mij ooit aangeraakt, noch de echo van mijn stem gehoord. Maar ik heb kennisgenomen van uw dappere daden en grenzeloze moed. Ik heb tot God gebeden om u als mijn man te krijgen en samen voor nageslacht te zorgen.' Gevleid zocht Roestam de volgende ochtend meteen toestemming van de koning, Tahminehs vader. Deze was blij dat hij zijn dochter aan een held kon schenken. Slechts één nacht kon Roestam met zijn vrouw doorbrengen. De volgende ochtend hoorde hij dat zijn paard terecht was en hij zei tot Tahmineh: 'Verder moet ik trekken. Mocht de vrucht van deze nacht een dochter zijn, plaats dan deze amulet in haar haar. Wordt het een zoon, bind de amulet dan vast aan zijn bovenarm en ze zal hem bijzondere kracht verlenen.' En weg was Roestam, terug naar zijn eigen land. De schone Tahmineh kon niet stoppen met huilen. Verdriet had zich meester gemaakt van haar hart. Maar toen er negen maanden verstreken waren, werd er een jongen geboren, lieflijk als de maan, en als twee druppels water op zijn vader en zijn voorvaderen lijkend. De koning noemde hem Sohrab, en algauw was hij bijzonder groot en sterk. Op zijn derde speelde hij al voortreffelijk polo, op zijn vijfde verstond hij de kunst van de wapenen en op negenjarige leeftijd was er niemand te vinden die hem in een gevecht kon verslaan. Maar de jongen voelde het gemis van zijn vader iedere dag en op een keer vroeg hij zijn moeder: 'De mensen blijven me maar vragen wie mijn vader is. Ik wil zijn naam weten.' Trots antwoordde zijn moeder: 'Je vader is Roestam. Sinds God de aarde heeft geschapen, heeft Hij nooit het leven gegeven aan iemand als hij.' Sohrab werd enthousiast en wilde zijn vader graag zo snel mogelijk ontmoeten. Maar Tahmineh liet dit niet toe, bang dat Roestam de jongen van haar af zou pakken.

Ondertussen had Roestam een collectie juwelen en edelstenen bij Tahmineh laten bezorgen, met het verzoek hem te laten weten of zijn nacht met haar tot een nazaat had geleid. Hij waarschuwde ook dat, mocht er een kind van hem geboren zijn, dit nooit met iemand over diens afkomst moest spreken; als Afrasiyab, de koning van Turan en Roestams grootste vijand, zou weten dat Roestam een kind had, zou hij het onmiddellijk doden. Tahmineh liet de boodschap doorgeven dat haar nacht met Roestam inderdaad vrucht had gedragen: een dochter, stralend als de zon, was het resultaat van hun samenzijn. Dit bericht stelde Roestam, hopend op een zoon, teleur en hij zocht geen contact meer met Tahmineh.

Maar Sohrab was vastbesloten om zelf op zoek te gaan naar zijn vader. Hij zou eerst de Perzische koning Kawus met geweld van de troon stoten en dan diens scepter en kroon aan zijn vader overhandigen. Wellicht konden zijn vader en hij daarna de rest van de wereld veroveren. Zijn moeder smeekte hem af te zien van zijn plannen, maar Sohrab was vastberaden. Hij zocht een wapenuitrusting en een geschikt paard uit en trok ten strijde tegen Kawus. Toen Afrasiyab, eveneens een grote vijand van de Perzische koning Kawus, hoorde van Sohrabs plannen, bood hij hem direct een leger aan. De commandanten van de hulplegioenen heetten Hoeman en Barman, en Afrasiyab zei tegen hen: 'Luister goed. Sohrab en Roestam moeten noch elkaars naam noch elkaars uiterlijk kennen. Ze moeten tegenover elkaar komen te staan in het strijdperk. Omdat Sohrab jonger is, zal hij Roestam ongetwijfeld verslaan. En deze jonge winnaar zal bij gebrek aan ervaring strategisch makkelijk uit te schakelen zijn. Als beiden zijn vernietigd, zal het hele Perzische Rijk van mij zijn. En daarna zal ik de rest van de wereld veroveren! Na deze instructies ontmoetten de twee mannen Sohrab en ze marcheerden naar Perzië. Onderweg kwamen ze bij een fort, dat het Witte Kasteel werd genoemd en bewaakt werd door de vermaarde krijger Hujir. Deze vroeg woedend wat Sohrab en zijn manschappen kwamen doen en beet Sohrab toe dat hij diens hoofd van zijn romp zou slaan. Sohrab glimlachte na het horen van deze woorden, wat een nog grotere woede in het hart van de krijger ontstak. Hij begon met Sohrab te vechten, maar werd algauw van zijn paard gegooid en krijgsgevangene gemaakt. Toen Gurd-afrid, dochter van Hujirs adviseur Gostaham, hoorde over Hujirs beklagenswaardige lot, besloot ze hem te wreken. Ze was getraind in de krijgskunst, trok snel een wapenuitrusting aan en nam het snelste paard dat ze vinden kon. Dapper als een leeuw reed ze op Sohrabs leger af, roepend om de vrijlating van Hujir. Glimlachend keek Sohrab naar de fijne gestalte van de ruiter, vermoedend dat het een jongen betrof wiens jaren op de vingers van twee handen waren te tellen. Met een paar simpele manoeuvres bracht hij de ruiter op de grond. Maar de helm viel hierbij af, waardoor lange meisjeslokken en blozende wangen zichtbaar werden. Alle manschappen lachten. Toen de verbazing een beetje was weggeëbd, praatte Sohrab op respectvolle toon tegen het meisje maar maakte wel duidelijk dat ze vanaf nu hun krijgsgevangene zou zijn.

'Sta me toe terug te keren naar het fort,' zei Gurd-afrid echter. 'Alle schatten die we bezitten, staan onder mijn beheer en ik ben bereid ze u allemaal te schenken in ruil voor mijn vrijlating. Mijn vader Gostaham is oud, en ik ben zijn enige hoop. Wees daarom alstublieft vergevingsgezind.' Sohrab was jong genoeg om deze woorden niet te kunnen weerstaan, vooral omdat ze werden gesproken door iemand van een zo grote schoonheid wier tranen over haar verfijnde wangen stroomden. Hij liet haar naar het fort terugkeren, op voorwaarde dat ze alle schatten zou verzamelen en die de volgende ochtend aan hem zou schenken. Maar toen het meisje terug was in het fort, hield men daar een spoedberaad en besloot men diezelfde nacht nog met alle schatten via ondergrondse gangen te vluchten. Toen Sohrab de volgende ochtend bij de poort van het fort kwam, vernam hij dat het verlaten was en vervloekte hij zichzelf om zijn naïviteit. Gurd-afrid, haar vader Gostaham en alle manschappen haastten zich naar het hof van de Perzische koning Kawus om hem te waarschuwen.

'Een held is gekomen tegen wie het geen zin heeft te vechten, zo groot is zijn kracht! En hij is pas veertien jaar oud! Wat moet dat worden wanneer hij volwassen zal zijn!' Kawus raakte in paniek en besloot via een brief de hulp van Roestam in te roepen: de held die hem al vele malen had gered, zoals die keer tijdens het avontuur op zijn vliegende troon. Kawus had lappen vlees aan de vier punten van zijn troon bevestigd, en dat deed gulzige adelaars tot hem komen. Tot hoog in de lucht hadden ze hem meegenomen, helemaal tot China. Toen hij dood op de aarde dreigde te vallen, had Roestam hem gered. Roestam was ongetwijfeld de enige man die Perzië zou kunnen redden van het naderende onheil dat Sohrab heette. Toen een boodschapper de brief aan Roestam had afgegeven, informeerde deze gedetailleerd naar het karakter en uiterlijk van Sohrab. Toen hij de beschrijvingen hoorde, kwam even de gedachte bij hem op: dat zou mijn zoon kunnen zijn. Maar direct daarna liet hij het idee weer varen. Tahmineh had hem immers gezegd dat ze een dochter had gebaard en geen zoon. Maar hoewel de koning in zijn brief erop aandrong snel te komen en geen tijd te verdoen, twijfelde Roestam. In plaats van direct te gaan, riep hij om wijn en muziek en vierde hij acht dagen feest. Pas op de negende dag liet hij zijn paard zadelen om samen met zijn broer Zuara en de troepen te vertrekken. Uiteindelijk bereikten zij het koninklijk hof.

Kawus was zwaar beledigd door het feit dat Roestam zo laat was gekomen en wilde hem laten doden als straf voor het negeren van koninklijke instructies. De koning beval een man die Tus heette de executie uit te voeren. Maar toen deze zijn hand ophief tegen Roestam, sloeg die de hand opzij, vluchtte uit de menigte en sprong op zijn paard. Terwijl hij wegreed riep hij koning Kawus nog toe: 'Vecht zelf maar met Sohrab als je kunt! Moet ik jou, Kawus, vrezen? Die maar een hoopje aarde is? Nee, ik buig alleen voor de Almachtige!' En weg reed Roestam, de hovelingen in wanhoop achterlatend. Zonder Roestam was het Perzische Rijk verloren! De hovelingen maakten dit duidelijk aan Kawus en al gauw was die overtuigd. Hij gaf instructies om Roestam snel te volgen, terug te halen en de harmonie te herstellen. Dit plan lukte: Roestam keerde terug naar het hof en werd ditmaal met veel respect door de koning ontvangen. Deze besloot die dag een groot banket te geven omdat ze de volgende dag ten strijde zouden trekken. De koning plaatste Roestam aan het hoofd van zijn manschappen. Het Perzische leger was zo groot dat het de aarde vrijwel verstopte. Het trok naar het Witte Kasteel, waar Sohrab nog steeds verbleef. Toen de wachter vanaf de toren van het fort de Perzen zag naderen, zei hij tegen commandant Hoeman: 'Kijk, van alle kanten komen legioenen op ons af.' Hoeman werd bleek. Maar de jonge wachter zei: 'Wees niet bevreesd, als de Hemel het wil, zullen we hen verslaan.' Overtuigd van zijn eigen macht ging de jonge wachter naar beneden, waar hij zich bij zijn meerderen voegde en wijn liet brengen. Roestam had zich ondertussen in de buurt verstopt om zijn vijanden gade te kunnen slaan. Maar een van de krijgers kreeg Roestam in de gaten en zei: 'Wie ben jij?' Meteen sloeg Roestam hem in zijn nek, zodat de man levenloos op de grond viel, en maakte zich uit de voeten. Toen een andere krijger het levenloze lichaam vond, bracht hij het nieuws aan Sohrab. Nu wist men dat de vijand al onder hen was. Ondertussen beschreef Roestam aan Kawus het uiterlijk en de glorie van Sohrab: 'Een perfect figuur als een cipres. Een held zo dapper als hij, heeft Perzië nog nooit gekend.'

Toen het ochtend werd, nam Sohrab Hujir mee tot boven in het fort en dwong hem de waarheid te spreken. Van verschillende tenten vroeg hij wie de eigenaren waren. Hujir gaf hierop keurig antwoord. Maar toen Sohrab opeens vroeg: 'En van wie is die tent daarbeneden waarin een troon is opgesteld?' wilde Hujir de waarheid niet vertellen. Hij wist dat dit de tent van Roestam was maar hij was bang dat als hij dat zou vertellen, Sohrab de held direct zou vermoorden. Dan zou er niemand zijn om de Perzische troon te verdedigen. Het was beter om niet te vertellen dat Roestam er was, dus antwoordde hij: 'Deze tent behoort toe aan de leider van de hulptroepen die de keizer van China gestuurd heeft.'

'Maar waar is dan Roestams tent?' vroeg Sohrab vol ongeduld.

'Het schijnt dat hij nog niet gearriveerd is.'

Sohrab kreeg het sterke vermoeden dat Hujir niet de waarheid sprak.

'Wijs me de tent van Roestam of ik zal je vermoorden!' schreeuwde hij. Hujir vond dat het edel was zijn eigen leven te geven om dat van Roestam en Kawus te redden.

'U hebt geen reden nodig om mijn leven te nemen. Dat lag altijd al in uw handen,' sprak hij tot Sohrab. Deze liep zuchtend weg om zich klaar te maken voor de strijd.

Zijn eerste doel was om de plek aan te vallen waar Kawus was gestationeerd. Sohrab stond op een heuvel en schreeuwde:

'Als de koning ook maar over een beetje eer beschikt, laat hem dan de strijd met mij aangaan. Een strijd van man tot man.' De koning, beledigd door deze woorden, vroeg Roestam om raad. Maar Roestam had op dat moment geen zin om te strijden.

'Laat eerst een ander strijden,' zei hij, 'en als die verslagen zal zijn, is het mijn beurt.' Tus werd gestuurd om een vergeefse strijd te leveren tegen Sohrab. Daarna was het toch Roestam die tegenover Sohrab kwam te staan. Roestam zag Sohrabs jeugdig voorkomen en kreeg medelijden.

'Ik kan je onmogelijk vermoorden. Laten we uit elkaar gaan. Je jeugd verdient zo'n bloedig lot niet.'

'Misschien ben jij wel Roestam,' antwoordde Sohrab.

'Nee,' loog deze, 'ik ben slechts zijn slaaf.'

Zo stonden vader en zoon voor het eerst oog in oog met elkaar, maar het lot had besloten dat ze dit niet wisten. Eerst vochten de twee mannen met speren, die algauw in stukken braken. Daarna met zwaarden en stokken. Bloed en zweet spoten in het rond terwijl hun kelen dorst leden. Ze stonden even stil en Roestam dacht bij zichzelf: Nooit zag ik een man noch een duivel met zoveel activiteit en kracht.

'Als je er klaar voor bent, laten we het dan met pijl-en-boog proberen!' riep Sohrab ongeduldig. Zo gebeurde het, maar de strijd bleef opnieuw onbeslist. Daarna probeerden ze het met hun handen. Tijdens de worsteling gebruikte Roestam zoveel kracht als nodig was om een berg van de grond te krijgen, maar Sohrab kreeg hij er niet mee onder. Toen de avond viel en er nog steeds niemand gewonnen had, besloten Sohrab en Roestam de strijd de volgende dag voort te zetten.

's Nachts verzuchtte Roestam tegen koning Kawus: 'Ik weet niet wat het is met die jongen. Hij lijkt wel van ijzer. Op krijgsgebied is hij mijn meerdere en ik vrees voor de uitslag van morgen.'

Tegelijkertijd verzuchtte Sohrab tegen Hoeman in zijn tent:

'Deze oude man heeft de kracht van Roestam. God verhoede dat hij mijn vader is.'

Hoeman antwoordde vals:

'Geloof me, ik heb Roestam vaak zien vechten op zijn paard Rakhsh en deze man is niet Roestam noch is zijn paard Rakhsh.' Deze woorden stelden Sohrab gerust.

In de vroege ochtend stonden Sohrab en Roestam weer tegenover elkaar. Maar zo gauw Sohrab zijn ogen op Roestam had gericht, werd hij overvallen door een diep gevoel van genegenheid en hij wenste dat ze deze strijd konden beëindigen en vrede konden sluiten. Hij deed Roestam dit voorstel.

'Nee, we hebben gisteren afgesproken dat we vandaag zouden gaan worstelen, dus daar houd ik me aan,' antwoordde Roestam.

Teleurgesteld maakte Sohrab zich op voor de strijd. Als leeuwen gingen de mannen tekeer. Hun bloed spatte in het rond. Sohrab duwde Roestam op de grond en ging op hem zitten, klaar om zijn hoofd eraf te slaan. Nog net op tijd riep Roestam uit:

'In mijn land is het de gewoonte dat het hoofd er niet bij de eerste, maar pas bij de tweede val af wordt geslagen. Toen Sohrab deze woorden hoorde, stond hij op, stopte zijn zwaard in de schede en liet zijn tegenstander ook opstaan. De volgende dag zouden ze de strijd voortzetten.

Sohrab ging hierop naar de tent van Hoeman en vertelde hem wat er was gebeurd.

'Wat een dwaze daad!' riep deze uit. 'Hoe kun je een gevangen leeuw weer vrijlaten? Nu heeft hij een nieuwe kans om jou te verscheuren.'

'Ach nee,' antwoordde Sohrab voldaan, 'ik ben zijn meerdere in de strijd. Morgen zal ik hem weer in dezelfde positie dwingen en dan moet zijn hoofd er echt af.'

Hoeman zuchtte: 'De wijzen beschouwen hun vijand nooit als zwak en makkelijk overwinbaar.'

Toen Roestam uit het strijdperk kwam, verrichtte hij de rituele wassing en het gebed. De hele nacht bracht hij biddend door, smekend dat God zijn kracht zou vermeerderen. Aan het eind van de nacht was Roestams kracht zo groot dat, toen hij zijn voet op een steen zette, die wegzonk naar het midden van de aarde. Zo was het voor hem onmogelijk om te lopen, dus vroeg hij God om een iets minder sterke kracht, die evenwel nog genoeg zou zijn om Sohrab te verslaan.

Die ochtend zetten Sohrab en Roestam hun worstelstrijd voort. Na uren wist Roestam Sohrab onder zich te krijgen. Bang dat hij deze positie niet lang vol zou kunnen houden, stak hij zijn zwaard in het lichaam van de jongeling om verder verzet van diens kant onmogelijk te maken. Hevig kreunend bracht de stervende Sohrab uit:

'Helaas! Ik kwam hier op zoek naar mijn vader en die zoektocht heeft mij mijn leven gekost.'

'Wat is je vaders naam?' vroeg Roestam.

'Zijn naam is Roestam en mijn moeder is de koningsdochter Tahmineh.'

Toen Roestam deze woorden hoorde, vervaagde de wereld voor zijn ogen en viel hij bewusteloos op de grond.

Toen hij bijkwam, vroeg hij Sohrab welke tekenen die had om te bewijzen dat hij Roestams zoon was.

'Want ik ben Roestam!' riep hij wanhopig uit.

'Wee, dat gevoel had ik al in mijn hart maar jij ontkende het. Als je een teken wilt, ontkleed dan mijn bovenlichaam. Op mijn arm vind je de amulet die mijn moeder me gaf. Ze zei dat het me op een zekere dag wonderbaarlijk veel kracht zou geven. De aanblik van het amulet was voor de vader onverdraaglijk. Hij weeklaagde:

'Ik heb mijn eigen zoon vermoord! Welke vader heeft ooit zijn eigen kinderen vernietigd? Nooit zal ik verlost worden van de schuld aan dit vreselijke misdrijf.

Daarom is het beter dat ik ook mezelf van het leven beroof!'

Maar Sohrab hield hem tegen:

'Het is mijn lot om zo te sterven. Ik kwam als de bliksem en nu zal ik vertrekken als niet meer dan wind. Het heeft geen nut om jezelf te doden. Laat mij alleen gaan en jij zult hier altijd blijven!' Roestam strekte zich in uiterste wanhoop uit op de grond en bedekte zijn hoofd met aarde en bladeren.

'Nooit zal ik meer strijden! Laat Hoeman naar huis gaan!'

Opeens herinnerde hij zich dat koning Kawus over een wonderbaarlijk hartbalsem beschikte. Misschien zou die balsem Sohrabs leven kunnen redden. Hij riep Gudarz en beval hem naar de koningstent te gaan om het spul te gaan halen. Maar toen Gudarz dit verzoek bij de koning neerlegde, antwoordde die:

'Zeker zal deze balsem Sohrab kunnen redden. Maar ik geef hem je niet. Ik kan niet vergeten hoe deze jongeling mij ten overstaan van al mijn manschappen heeft beledigd. Bovendien was het zijn intentie om mij van mijn kroon te ontdoen en die op het hoofd van Roestam te plaatsen. Ik ga hem niet helpen.'

Mistroostig toog Gudarz terug naar Roestam om hem het slechte nieuws te brengen. Toen besloot Roestam zelf naar koning Kawus te gaan om de begeerde balsem te halen. Maar bij de tent van de koning werd hem het tragische bericht gebracht: Sohrab had zijn laatste adem uitgeblazen. Roestam snelde terug, weeklagend:

'De heldenzoon is niet meer. Ik zou mijn beide handen moeten laten afhakken en de rest van mijn leven in stof en duisternis moeten doorbrengen!' Het lichaam van zijn zoon werd op een baar weggedragen. Roestam pakte al zijn wapentuig uit zijn tent en offerde het aan een vuur van immer gretige vlammen. Opeens verscheen koning Kawus naast hem. 'Niemand is vrij van zorgen op deze aardbol,' sprak die. 'We moeten allemaal afscheid nemen van vrienden, geliefden, kinderen. Het is het lot van de mens.'

'Mijn zoon is dood,' schreeuwde Roestam. 'Nooit zal ik meer strijden tegen het volk van Turan. Laat Hoeman ongedeerd met zijn troepen naar huis terugkeren en sluit vrede met Afrasiyab.'

'Omdat mijn hart bloedt voor jou, zal ik over de beledigingen en al het onrecht dat je mij hebt aangedaan, stappen en aan je verzoek gehoor geven.'

En zo gebeurde het dat Roestam de kist met het ontzielde lichaam van zijn zoon vergezelde naar huis, waar zijn vader Zal en de rest van de huishouding hem huilend opwachtten. Meteen begon Roestam aan de bouw van een gouden tombe. Een gouden tombe voor zijn zoon.

Toen het nieuws over Sohrabs dood Samangan bereikte, maakte zijn moeder Tahmineh een vuur waar ze zichzelf in wierp. Haar familie trok haar er echter weer uit. Maar Tahmineh was zo radeloos dat ze haar mooie lokken uit haar hoofd trok en haar lichaam verminkte. Een ondraaglijk jaar volgde, waarna de dood haar kwam verlossen van haar moederlijke verdriet.

15

Sultan Mohammed keek een ogenblik treurig voor zich uit, alsof hij nog peinsde over het tragische verhaal van Sohrab en Roestam dat hij zojuist had verteld. Ook al was het een verhaal dat iedere Pers met de paplepel ingegoten kreeg, toch wist het eenieder die het hoorde telkens weer te raken. En dat gold natuurlijk helemaal voor kunstenaars, per definitie gevoelige zielen. De meesten van mijn vakbroeders waren dan ook helemaal in gedachten verzonken. Bij Sohrab meende ik zelfs een traan over zijn wang te zien glijden. Ik verdacht hem ervan slecht onderscheid te kunnen maken tussen fictie en werkelijkheid. Soms leek het wel of de verhalen uit de *Sjahnameh* voor hem reëler waren dan het echte leven. Fazollah had me eens verteld dat Sohrab zelf had toegegeven dat hij zich vaak vereenzelvigde met personages uit het Boek der Koningen en dat hij in zijn neerslachtige buien soms uitriep dat hij hetzelfde levenslot moest ondergaan als zij. Ik hoefde bij dit verhaal niet lang na te denken over de vraag met wie Sohrab zich vereenzelvigd had. Vreesde hij een vroege dood? Het gebeurde wel vaker dat onze meester ons samenriep om ons een bepaalde passage uit het Boek der Koningen te vertellen die wij daarna moesten schilderen. Sultan Mohammed wilde er zeker van zijn dat alle details van het epos goed in ons hoofd zaten, zodat we geen fouten maakten in de miniaturen. Er werd tijdens dit soort bijeenkomsten ook overlegd over de taakverdeling. Vaak schilderde onze meester de omtrekken van de miniatuur en mochten uitverkoren leerlingen de vlakken invullen. Maar het gebeurde ook wel dat sultan Mohammed als blijk van lof een bepaalde, goed geoefende leerling de eer verleende een miniatuur helemaal zelf te ontwerpen en op papier te brengen. Voor de miniatuur van het gevecht tussen Roestam en Sohrab, een van de belangrijkste scènes uit het Boek der Koningen, wilde hij dat ook doen. Er rees grote opwinding onder de kunstenaars toen ze dit hoorden. Het was een enorme eer en ze verbaasden zich erover dat sultan Mohammed zo'n belangrijke miniatuur niet zelf wilde maken. Uiteraard zou alleen een kunstenaarsleerling met zeer veel talent hiervoor in aanmerking komen.

'Zorg ervoor dat jij het mag doen!' fluisterde Fazollah, die naast me op de vloer van het atelier zat. Ook andere kunstenaars keken met veelbetekenende blikken mijn kant op. Ze meenden blijkbaar dat ze zelf niet over het vereiste talent beschikten. Sohrab en ik werden zo'n beetje door iedereen als de beste leerlingen beschouwd. Sohrab stak zijn hand al op om te mogen spreken.

'In alle bescheidenheid... omdat ik al lange tijd aan het hof ben en mede vanwege mijn naam een bijzondere affiniteit heb met de figuur van Sohrab, zou ik u willen verzoeken mij toe te staan deze miniatuur te schilderen.' Ik wilde roepen waar hij het lef vandaan haalde om zo vrijpostig te spreken, maar ik kon alleen maar slikken, het was alsof er een dik touw om mijn keel zat geknoopt. Als sultan Mohammed net zo verbaasd was over Sohrabs brutale verzoek, dan liet hij dat in ieder geval niet merken. Hij knikte juist begrijpend.

'Ik zal erover nadenken, Sohrab,' zei hij. 'Zijn er nog anderen die zich in staat achten deze belangrijke miniatuur te maken?' Ik kreeg een por in mijn zij van Fazollah.

'Sta op en spreek!' siste hij me toe.

Bibberend stond ik op en stak mijn hand in de lucht. Alle ogen waren op mij gericht. Velen keken bemoedigend: dat waren mensen die ik zo onderhand tot mijn vrienden mocht rekenen. De ogen van Sohrab stonden echter vol met haat en uit die van mijn leermeester sultan Mohammed kon ik niets afleiden. Zijn ogen straalden een neutraliteit uit waar een rechter jaloers op kon zijn.

'Ik zou de miniatuur van de strijd tussen Roestam en Sohrab graag maken.' Tot mijn afgrijzen merkte ik dat mijn stem trilde en dat ik geen duidelijke argumenten kon aandragen waarom ik dit zo graag wilde. Het was ongetwijfeld belangrijk om dat wel te doen, maar ik kon me niet op zoiets als naamsverwantschap beroepen, een weliswaar belachelijk maar toch concreet argument. Sultan Mohammed staarde me afwachtend aan en net voor ik een poging wilde wagen, hoorde ik de harde, snerpende stem van Sohrab.

'Ik denk niet dat zo'n sleutelminiatuur overgelaten moet worden aan iemand die onlangs nog geschorst is omdat hij een werk volledig heeft verpest. Je moet er niet aan denken dat zoiets opnieuw zou gebeuren.'

Een golf van verontwaardiging ging door het atelier en mijn hart begon te bonzen. Mijn keel zat meteen weer dicht. Fazollah stond op en stak woest zijn hand op terwijl hij Sohrab dreigend aankeek.

'Het is nooit bewezen dat Kouros die miniatuur echt zelf heeft beschadigd. Misschien zat jij er wel achter!'

Deze onverbloemde beschuldiging maakte Sohrab razend. Met enkele woeste stappen stond hij voor Fazollah en hief zijn hand al op om hem te slaan.

'Je hebt het recht niet om mij, een onschuldige man, zo te beledigen. Het zijn de woorden van een dwaas,' schreeuwde hij. Maar sultan Mohammed sprong al tussenbeide en keek Sohrab dreigend aan.

'Sla hem en de miniatuur is voor Kouros,' zei hij slechts. Dat was genoeg voor Sohrab om zijn arm te laten zakken. Genoeg om hem zijn ogen te laten neerslaan en een 'het spijt me' te prevelen.

'En nu aan het werk!' riep sultan Mohammed. Sohrab keek me nog een keer aan. Zo strak als een geitenhuid om een *daf* is gespannen, zo strak stond zijn huid om zijn benige gezicht en er sprak zoveel haat uit zijn ogen dat het me deed rillen. Gauw draaide ik mijn hoofd af. Fazollah stond naast me met een bezorgde blik in zijn ogen.

'Dank je,' fluisterde ik. 'Mijn god, hij had je bijna geslagen!'

Vaderlijk sloeg Fazollah me op mijn schouder.

'Dat was niets,' zei mijn vriend zacht. 'Maar ik heb een slecht voorgevoel. Een heel slecht voorgevoel.'

Gelukkig wachtte me die avond een verrassing toen ik met Fazollah terugliep naar de slaapvertrekken: het bericht dat Adileh me stond op te wachten bij de poort. Tot mijn opluchting was ze wel zo verstandig geweest zich als jongen te verkleden. Ik rende op haar af, blij dat ik vanavond iemand had met wie ik in alle eerlijkheid kon praten en die mijn ware identiteit kende. Fazollah was zichtbaar verbaasd maar zei niets.

'Eh, dit is mijn broer, Homayoen,' stamelde ik. 'Die ken je toch nog wel?' Fazollah stak zijn hand uit en mijn zogenaamde broer deed hetzelfde.

'Vrede zij met u,' zei Adileh automatisch waarop Fazollah vroeg waarom Homayoen nooit meer aan het hof was gekomen en wat hij nu deed in Tabriz. Had hij werk kunnen vinden?'

'Ja, ik werk in het Huis der Krachten,' klonk het stamelend. Adileh was duidelijk verleerd om zich als man te gedragen, haar stem klonk veel te hoog. Mijn gezicht begon te prikken en dat van Adileh werd ook al rood. Fazollah richtte zijn blik kritisch op Adilehs weelderige gestalte.

'Niet als leraar hoor,' zei ik snel. 'Homayoen maakt daar schoon.'

Fazollah knikte, maar leek mijn geïmproviseerde verklaring nauwelijks te geloven.

'Ik denk dat ik nu niet mee naar binnen kom, maar buiten met Homayoen iets ga eten,' zei ik.

'Maar als hij wil kan hij binnen gewoon mee-eten, hoor. Wil hij de andere kunstenaars niet weer eens zien?' vroeg Fazollah verbaasd.

'Een andere keer, misschien,' zei Adileh, en met een vriendelijk knikje namen we afscheid van Fazollah, de man die zo dapper voor me was opgekomen en die ik nu zo moest voorliegen. Soms verafschuwde ik mijn leven. Toen Fazollah uit het zicht was, keken we elkaar bezorgd aan.

'Sorry, ik ben er niet meer aan gewend om een man te zijn,' zei Adileh zacht. 'Denk je dat hij achterdocht heeft gekregen?'

'Ik weet het niet. In ieder geval moeten we voorzichtig zijn. Laten we maar snel gaan. Ik weet een fijne plek waar heerlijke kebab geserveerd wordt.'

Hij was er niet. Natuurlijk niet. Maar ergens heel diep in mijn binnenste had ik de hoop gekoesterd dat de man met de gouden tulband met zijn vrienden in het restaurant zou zitten. Ik was zijn gezicht niet vergeten, zou het uit miljoenen kunnen herkennen en het feit dat ik hem waarschijnlijk nooit meer zou zien, vervulde me met een zo diep verdriet dat het achter mijn borst brandde. Vreemd genoeg had ik weinig honger, hoewel ik de hele dag hard had gewerkt en slechts een karig middagmaal had genoten. Adileh daarentegen leek in geen drie dagen te hebben gegeten, zo gretig schrokte ze alles naar binnen. Ze wist tussen de happen door nog net blij te vertellen dat ze me met een belangrijke reden had opgewacht. Ze had nieuws: het ging heel goed tussen Iman en haar, en haar maandstonde was al twee keer uitgebleven. Ze verwachtte een kind. Een kind van Iman. Ze zou moeder worden! Adileh kneep haar ogen samen van blijdschap terwijl ze fantaseerde hoe sterk de voetjes en handjes van hun toekomstige zoon zouden zijn.

'Ik ben pas kort zwanger, maar mijn buik is al dikker. Dat wordt dus een pahlavan, net als zijn vader,' kirde ze zacht. Ik feliciteerde haar en hoopte dat het vooruitzicht van een kind het gemis van haar familie zou verzachten. Wat hield ik van Adileh. Ze was de zus geworden die ik nooit had gehad.

'En hoe zit het met jou? Zou je nu wel willen trouwen en misschien ook moeder worden?' De toon was luchtig, alsof de vraag willekeurig was. Alsof ik formeel niet nog steeds getrouwd was met haar broer Kouros, al zou dat niet zolang meer duren. Over twee maanden zou de sigeh verstreken zijn en dan was ik weer vrij. Ik keek Adileh even aan en voelde me verlegen worden. Maar haar blik was open en vriendschappelijk. Waarom zou ik niet mijn diepste gevoelens met haar delen?

'Ik heb in ditzelfde restaurant een man gezien. Als hij mij die dag ten huwelijk had gevraagd, zou ik ja hebben gezegd.' Verrukt keek Adileh me aan. Maar direct voegde ik er somber aan toe: 'Als ik tenminste niet in de situatie had verkeerd waarin ik verkeer.'

Adileh fronste haar wenkbrauwen en keek me een ogenblik onderzoekend aan.

'Wat maakte die man zo bijzonder, dan?' vroeg ze ten slotte aarzelend. Ik zuchtte. Het leek opeens onmogelijk om dingen die zo persoonlijk waren in woorden te vatten. Maar ik was nu eenmaal zelf over de mysterieuze man begonnen en nu moest ik mijn verhaal ook afmaken. Dus vertelde ik Adileh over die bijzondere dag dat ik mijn mannenkleding had afgeworpen en naar het vrouwenbadhuis was gegaan. En hoe ik daarna in ditzelfde restaurant had gezeten, en mijn ogen die van de man met de gouden tulband hadden ontmoet.

'Toen ik hem aankeek, wist ik het gewoon: als ik ooit met iemand zal trouwen, moet het met deze man zijn.'

Adileh keek me nog steeds ongelovig aan. Ze zag me als iemand die niet verliefd kon worden.

'Maar als je deze verkleedpartij doorzet, zul je nooit trouwen.' Misschien was het niet zo bedoeld, maar de woorden kwamen er bot uit en even wist ik niets te zeggen.

'Ik vind dat je onnodig veel risico's neemt,' ging Adileh verder. 'Stel dat een van de kunstenaars je die dag in dit restaurant had zien zitten en je had herkend?'

'Je hebt gelijk, maar ik kon niet anders,' mompelde ik. Het was maar goed dat ik Adileh niet had verteld over die dag waarop ik met de kunstenaars naar het mannenbadhuis was gegaan.

'Op het moment heb ik echter belangrijker problemen aan mijn hoofd,' zei ik. 'Sohrab, de voormalige lievelingsstudent van mijn leermeester sultan Mohammed, lijkt jaloers te zijn op mij.' Ik vertelde Adileh het verhaal van de belangrijke miniatuur van Sohrab en Roestam, en dat sultan Mohammed morgen zijn beslissing bekend zou maken.

'Begrijp jij nou waar Sohrab het lef vandaan haalt om voor de hele groep te beweren dat ik niet geschikt ben om die miniatuur te maken omdat ik een vorig werk zogenaamd verpest zou hebben? Ik weet wel zeker dat hij daar zelf achter zat!' Uit woede en frustratie sloeg ik met mijn vuist op de leuning van het aanligbed. Ik begon steeds meer mannenmanieren over te nemen.

'Dat bedoel ik nou,' zei Adileh, op een veel vriendelijker toon, 'het is daar veel te gevaarlijk voor je. Ik heb verhalen gehoord over sjah Ismaïl en zijn trotse en wispelturige karakter. Die kijkt niet op een mensenleven meer of minder. Weet je hoeveel soennieten er vermoord zijn, alleen maar omdat ze weigerden het sjiitische geloof aan te nemen? Je moet daar weg, ik meen het Soraya.'

Koppig wierp ik mijn hoofd in mijn nek.

'Niets ervan. Ik ben een van de beste leerling-schilders van het hof. Ik blijf!'

De volgende ochtend was ik misselijk van de spanning. Ik wilde het moment waarop sultan Mohammed zijn beslissing zou meedelen, het liefst voor me uit duwen. Aan de ene kant hoopte ik natuurlijk vurig dat de miniatuuropdracht aan mij zou worden toegewezen. Aan de andere kant vreesde ik in dat geval een nieuwe wraakactie van Sohrab.

'Ik heb in mijn ochtendgebed een smeekbede voor je verricht,' fluisterde Fazollah tijdens het ontbijt in mijn oor. Sohrab zat op veilige afstand van mij zijn brood te eten, maar af en toe zag ik hem hatelijk mijn richting uit kijken. Ik kon bijna geen hap door mijn keel krijgen. Uiteindelijk stond iedereen op om naar de koninklijke werkplaats te gaan. Sultan Mohammed was er al. Hij vermeed het mij aan te kijken. Met een bonzend hoofd ging ik zitten. Toen iedereen aanwezig was, schraapte onze leermeester zijn keel.

'Ik heb u gisteren gevraagd u kandidaat te stellen voor de belangrijke opdracht tot het vervaardigen van de miniatuur van de strijdende Roestam en Sohrab. Slechts twee mensen hebben dit gedaan: Sohrab en Kouros. Vandaag zal ik u op de hoogte brengen van mijn beslissing.' Nu pauzeerde sultan Mohammed even en hij keek me die ochtend voor het eerst aan.

'Kouros, qua vaardigheid doet u zeker niet onder voor Sohrab. Maar ik moet hem gelijk geven: hij is langer aan het hof dan jij. Bovendien heb ik nooit iets op hem kunnen aanmerken, op zijn werk noch op zijn gedrag. Dat laatste zou ik over u niet met zekerheid durven beweren. Om deze reden geef ik de opdracht aan Sohrab.' Het atelier begon om me heen te draaien, sneller en sneller, en alle kunstenaars die erin zaten draaiden mee. Ik boog mijn hoofd zodat ik alleen mijn benen nog zag. Ik slikte, wilde iets zeggen waarmee ik mijn gezicht zou kunnen redden maar die woorden moesten nog uitgevonden worden. Hoe kon de waarheid zo verdraaid worden? Ik had sultan Mohammed altijd ingeschat als een wijs man. Het was bijna niet te geloven dat hij overtuigd was van Sohrabs onschuld en mij er nog steeds van verdacht de miniatuur te hebben verpest. Langzaam keek ik weer op. Het atelier was gestopt met draaien. Een kort moment keek ik in de ogen van mijn leermeester. Tot mijn verbazing las ik er schaamte in. Mijn kunstbroeders keken me vol medeleven aan, maar niemand sprong deze keer voor mij in de bres. Het had immers geen enkele zin, de beslissing was genomen. Sohrab stond inmiddels, met een zelfvoldane grijns op zijn gezicht, sultan Mohammed uitvoerig te bedanken. Die reageerde daar nauwelijks op en maande ons aan het werk te gaan. Lusteloos stond ik op, terwijl ik probeerde de blikken van de kunstenaars te negeren, want het medelijden dat eruit sprak, vertelde me dat ik mislukt was.

Nog geen uur later hoorde ik vreemde stemmen in het atelier. Ik draaide me om en zag hoe sultan Mohammed twee voornaam ogende mannen, gekleed in kerriekleurige mantels afgezet met bont, rondleidde. Waarschijnlijk waren het rijke ambtenaren of kooplieden die opdracht kwamen geven voor de vervaardiging van een miniatuur. Dat gebeurde wel vaker, en op die manier konden kunstenaars behoorlijk wat bijverdienen, al was de regel wel dat privéopdrachten in de vrije tijd moesten worden uitgevoerd en dat het hof een gedeelte van de inkomsten inhield als materiaalkosten. Zelf had ik nog nooit voor een particuliere opdrachtgever gewerkt, maar ik wilde dat best. Ik besteedde verder geen aandacht aan het bezoek en ging door met het inkleuren van vlakken waarvan de omtrekken door mijn leermeester waren neergezet, een vrij saaie bezigheid. Maar al gauw schrok ik van de stem van sultan Mohammed. Ik keek op van mijn werk en zag dat hij met de twee voorname heren naar me toe kwam.

'Dit is een van onze nieuwe aanwinsten. Zijn naam is Kouros. We zijn heel blij met hem, want hij is een waar talent.' Ik haastte me op te staan en beleefd te buigen.

'Als u mocht besluiten uw opdracht aan Kouros te geven, dan zult u daar geen spijt van krijgen,' ging sultan Mohammed verder. 'Daar sta ik persoonlijk voor in. Het werk dat ik u zo-even heb laten zien, was ook van zijn hand.' Waarom prees hij me nu, terwijl hij net nog Sohrab boven mij had verkozen?

De mannen mompelden zachtjes met elkaar en de langste van hen nam ten slotte het woord.

'Goed, we kiezen Kouros. Maar hij zal vandaag nog op het kantoor van de heer Amiri moeten verschijnen om de voorwaarden voor de opdracht te bespreken. Hij wordt daar om twee uur verwacht.'

'Dat is geen enkel probleem,' sprak sultan Mohammed voor mij.

'Dat is dan geregeld,' zei de andere man en met een kort knikje in mijn richting liepen de twee het atelier uit.

'Wie waren dat?' vroeg ik mijn leermeester. Die lachte ondeugend en gaf me een adres op.

'Knap uzelf op en zorg dat u daar precies om twee uur bent. U zult aangenaam verrast zijn.'

'Maar... waarom doet u dat voor mij? Zojuist heeft u nog Sohrab verkozen...'

'Sssttt!' zei sultan Mohammed terwijl hij zijn sierlijke wijsvinger op mijn lippen legde. 'Soms moet men aan het hof niet te veel vragen. Houd het er maar op dat de dingen niet altijd zijn wat ze lijken.' Hij gaf me een knipoog en een vriendschappelijke por in mijn zij en liep verder.

Zo gauw ik kon, ruimde ik mijn spullen op en haastte me naar de slaapzaal, waar ik mezelf op ging knappen voor de mysterieuze visite die ik die middag zou afleggen.

Het gebouw was imposant. Niet zo groot als het paleis van sjah Ismaïl, maar minstens zo mooi. Het had iets statigs en verfijnds, met klassieke zuilen die werden versierd door slanke arabesken. Hier woonde mijn nieuwe opdrachtgever dus. Ik was benieuwd wat hij deed dat hij het zich kon veroorloven om in zo'n prachtig huis te wonen. Met een brok in mijn keel van de spanning liep ik naar de voordeur, waarop een staaf- en een ringklopper hingen.

Waar moest ik me op voorbereiden? Ik wist niet eens om wat voor opdracht het precies ging, en ik had ook geen flauw benul welke geldelijke beloning acceptabel zou zijn. Met een trillende hand liet ik de zware staafklopper, waarvan het geluid aangaf dat er een mannelijke bezoeker aan de deur stond, neerkomen op het hout. Niet veel later verscheen er een magere, gesluierde dienstmeid met een pokdalige huid die me vroeg voor wie ik kwam. Pas toen realiseerde ik me dat ik helemaal geen naam wist.

'Ik ben hofschilder en ik kom voor een opdracht.'

Deze mededeling was blijkbaar voldoende, want de dienstmeid deed de deur helemaal open.

'Kom binnen. Amiri aga is op zijn werkkamer. Ga maar direct naar binnen. Het is hier rechts.' En zonder mijn reactie af te wachten verdween de vrouw weer. Ik keek naar de witte deur die glom alsof ze gisteren geschilderd was. Ik klopte.

Direct hoorde ik een vriendelijke jonge stem zeggen:

'Komt u binnen!'

Nog steeds zenuwachtig deed ik de deur open. De man was opgestaan en kwam op me af. Het was alsof de lucht in één ogenblik uit mijn longen werd geperst. Ik greep me vast aan het zware fluwelen gordijn dat naast me hing. Het werd zwart voor mijn ogen en ik dacht dat ik ter plekke flauw zou vallen.

Mijn vader had me net als de dorpsgeestelijke Moesa altijd op het hart gedrukt dat toeval niet bestond in deze wereld, dat God alle details zo had georganiseerd dat ze als puzzelstukken ineen zouden vallen, dat niets voor niets gebeurde, alles een betekenis had en dat God alles gadesloeg. Ik had deze theorie zonder veel nadenken van mijn vader overgenomen, maar het leek alsof ik eerst een als jongen verklede hofschilder in Tabriz had moeten worden die op een zonnige herfstmiddag de kamer van een zekere Amiri aga in liep, om de ware betekenis ervan te kunnen doorgronden. Want voor me stond de door mij zo vurig aanbeden man met de gouden tulband. God had me in Zijn goedheid naar deze kamer gebracht om de man opnieuw te ontmoeten, maar met welk doel? Hoe lang ik daar precies stond, me vastklampend aan het fluwelen gordijn en happend naar lucht, weet ik niet. Maar uiteindelijk hoorde ik de vriendelijke stem zeggen:

'Gaat het? Moet ik u wat water laten brengen?' Ik schudde van nee en kon mijn ogen niet van de man afhouden. Zijn tanden schitterden boven zijn baard en zijn huid had een lichte, verfijnde koffiekleur die ik niet vaak had gezien. Alsof dat allemaal nog niet erg genoeg was, schudde hij me de hand en drukte zich tegen me aan zoals mannen doen, mompelde hij zijn naam, Ardeshir, en nog wat andere dingen, maar die hoorde ik niet eens meer; de zoete muskusgeur die uit zijn tuniek opsteeg, had me totaal verdoofd. Hij gebaarde me om naast hem op de kussens te komen zitten, dan zou hij me uitleggen wat de opdracht inhield. Op vrolijke toon praatte hij over zijn familie van bouwmeesters, en met name over zijn grootvader die nauw betrokken was geweest bij de bouw van de prestigieuze Blauwe Moskee. Zijn uiterst religieuze familie had door de jaren heen zo'n rijkdom opgebouwd, dat ze het zich konden veroorloven om regelmatig uit liefdadigheid te bouwen. Het laatste project, vrijwel geheel onder leiding van Ardeshir, was een theologisch instituut. De geestelijken die dit gingen leiden, stonden erop dat er een miniatuurportret van de bouwmeester werd opgenomen in het handschrift met sjiitische verhalen dat ze ter ere van de opening van het instituut lieten maken.

'En daarvoor heb ik u nodig. Het moet ongeveer zo groot worden.' Ardeshir gaf met zijn vingers een ruimte aan van een centimeter of twaalf bij een centimeter of acht. 'Hoe lang denkt u daarvoor nodig te hebben en wat zijn de kosten?'

In de stilte die volgde dacht ik koortsachtig na. Ik zou de komende weken ongeveer al mijn vrije tijd doorbrengen bij Ardeshir, de man met de gouden tulband, om zijn portret te schilderen. Dat was zowat de meest intieme situatie waarin een schilder beroepshalve kon komen. Ik wist niet of ik moest lachen of huilen, maar het was een kans om deze fascinerende jonge man wat beter te leren kennen en die kans moest ik aangrijpen. En nu wilde hij de tijdsduur en de prijs van dit project weten. Alsof ik daar zicht op had!

'U moet toch wel rekenen op een maand. En dan ga ik ervan uit dat we dagelijks minstens een uur de tijd hebben,' zei ik zacht en ik hoopte maar dat Ardeshir niet door zou hebben dat mijn tijdrekening aan de ruime kant was.

'Zo lang?' vroeg Ardeshir verbaasd. 'Ik dacht dat het werk aan een miniatuur veel korter zou duren. Ze zijn immers zo klein.'

'Dat is een misverstand,' zei ik nerveus. 'In een goede miniatuur is alles perfect. Het kost gewoon tijd om alle details precies op papier te brengen.'

'Goed,' zei Ardeshir. 'Dan verwacht ik u hier dagelijks om vijf uur.'

'Dat zal niet gaan,' antwoordde ik. 'Ik werk tot het middaguur in het atelier. Dan rusten we wat en we starten ons werk weer om vijf uur. We mogen privéopdrachten niet in de tijd van de sjah uitvoeren.'

Er verscheen een moeizame uitdrukking op Ardeshirs gezicht en ik vreesde dat hij de hele opdracht zou annuleren. Maar hij herstelde zich wondersnel.

'Zou drie uur dan lukken? Ik laat u per koets ophalen en wegbrengen.'

Ik knikte opgelucht. Dat moest lukken en het klonk aanlokkelijk om per koets te worden vervoerd. Toen Ardeshir nog eens over de kosten begon, zei ik maar dat ik die aan hem overliet. Dat was niet gelogen. Het was voor mij zo'n voorrecht om dagelijks minstens een uur naar het gezicht van deze man te mogen kijken, dat ik zelfs bereid was geweest ervoor te betalen. De geldelijke beloning interesseerde me niet veel. Toch was ik aangenaam verrast toen ik Ardeshir over honderd zilverstukken hoorde spreken. Het was meer dan mijn schilderijen in Maraqeh hadden opgeleverd en meer dan mijn maandsalaris.

'Prima,' zei ik snel. Als teken van het feit dat de overeenkomst was gesloten, schudde Ardeshir me de hand en ik voelde dat ik bloosde. Vanaf morgen zou ik zijn persoonlijke miniatuurschilder zijn.

Vanaf die dag stopte steevast om tien voor drie de koets voor onze poort om mij naar Ardeshir te brengen. Sommige kunstenaars probeerden me uit te horen over de opdrachtgever, de opdracht en natuurlijk de verdiensten. Om geen extra jaloezie te wekken, beantwoordde ik de vragen zo neutraal mogelijk en loog ik over de geldelijke beloning. Alleen aan Adileh had ik vol vuur de waarheid verteld. Ik had haar zelfs tijdens een gezamenlijke wandeltocht door de stad het huis gewezen waar Ardeshir woonde en werkte. Het was heerlijk dat ik tenminste iemand in mijn omgeving had die de volledige waarheid kende en Adileh leek oprecht blij voor me.

Telkens als ik met Ardeshir in zijn werkkamer zat, leken we ons wat meer op ons gemak te voelen. Algauw had ik hem van alles over mijn leven verteld – de dingen die verrieden dat ik een vrouw was, liet ik natuurlijk weg. Daarom kon ik Ardeshir ook niet vertellen dat het vooruitzicht van een gedwongen huwelijk met een oude man mij op de vlucht had doen slaan. Ik deed alsof ik in Maraqeh was opgegroeid, maar ik vertelde hem wel over mijn familie. Vooral over mijn vader en hoe graag hij een professioneel schilder had willen worden. Ardeshir luisterde geïnteresseerd, stelde op het goede moment de juiste vragen en kwam regelmatig met een advies. Ik begon hem steeds leuker te vinden. Vanbuiten leek hij een trotse rijke man, maar vanbinnen was hij een jongen, vrij van arrogantie en met een goed gevoel voor humor. En de genegenheid leek wederzijds. Al tijdens onze vierde ontmoeting nam hij me in vertrouwen over een persoonlijk probleem.

Ardeshir zuchtte, terwijl hij tegelijkertijd zijn best deed om zo serieus mogelijk te poseren. Natuurlijk droeg hij zijn handelskenmerk, de gouden tulband, maar speciaal voor het portret droeg hij er een fijne zijden tuniek onder, goudgeel en donkerrood van kleur. Het stond hem prachtig en ik moest me inhouden mijn handen niet over de zachte stof ervan te laten glijden.

'Mijn ouders willen dat ik trouw met de dochter van een vooraanstaande moellah,' begon hij. 'Vanavond gaan we bij die familie op gastekari. Maar ik voel er niets voor te trouwen met iemand die ik niet ken. Zo'n vrouw komt me zwaar gesluierd thee serveren en op basis van die indruk moet ik een beslissing nemen die de rest van mijn leven zal bepalen. Mijn tantes, die de vrouw in het badhuis hebben gezien, beweren dat ze er prachtig uitziet. Maar dat zegt natuurlijk nog niets over haar karakter.'

'Precies,' zei ik fel terwijl ik met kracht probeerde het beeld van een wulpse vrouw die tegen Ardeshir, mijn Ardeshir, aan kroop, te verjagen. 'Je tantes kunnen wel zoveel zeggen. Maar als je geen zin hebt om te trouwen, moet je het niet doen.'

'Tja,' mompelde Ardeshir. 'Ik ben natuurlijk al twintig en voor de status van onze familie is het niet goed om ongetrouwd te blijven. Dat begrijp ik best. En natuurlijk is het goed voor ons aanzien om met de dochter van zo'n vooraanstaande geestelijke te trouwen. Maar als het aan mij ligt, trouw ik net zo lief een slagersdochter. Ik houd niet van die verwende types.'

'Je moet in de eerste plaats aan jezelf denken,' zei ik. Het kwam er snibbiger uit dan ik bedoelde.

'Eerst maar eens kijken hoe die gastekari vanavond verloopt en of haar gezicht me bevalt, als ik daar tenminste een glimp van kan opvangen. Wie weet val ik helemaal voor haar en trouw ik wel binnen een maand,' zei Ardeshir luchtig.

Op dat moment schoot mijn penseel uit.

Toen de koets me de volgende dag ophaalde, was ik bloednerveus en als de dood dat de jonge dochter van de moellah mijn Ardeshir had behaagd. Ik had er zelfs niet van kunnen slapen. Toen ik op de deur van de werkkamer klopte, hoorde ik de zo vertrouwd geworden stem zeggen dat ik binnen kon komen. Toen ik de deur opendeed, stond hij midden in de kamer. Hij droeg slechts zijn broek, zijn bovenlichaam was ontbloot. Direct wendde ik mijn blik af, maar zijn gespierde bovenarmen en behaarde borstkas stonden al op mijn netvlies gebrand. Ardeshir moest mijn verlegen reactie gezien hebben.

'Rustig maar,' zei hij. 'Ik ben me gewoon even aan het verkleden. Als mannen onder elkaar moet dat geen probleem zijn, toch?'

Dapper keek ik hem aan. Hij was nog steeds bloot van boven.

'Nee, geen enkel probleem,' zei ik stoer. Ik probeerde iets van zijn gezicht af te lezen. Woede, blijheid, verliefdheid misschien? Maar zijn gezicht stond net als anders: vriendelijk maar neutraal.

'Hoe ging het gisteren?' vroeg ik toen hij eindelijk klaar was en we gingen zitten; Ardeshir had voor mijn komst al een ketel thee en wat glazen laten neerzetten.

'Het meisje was niet onaardig. Toen niemand keek, liet ze haar picheh koket zakken. Ze had een knap, zeer blank gezicht.'

Ik knikte verdrietig. Waarom zou ik ook eigenlijk hoop koesteren? Tussen Ardeshir en mij kon immers nooit iets groters groeien dan vriendschap.

'Maar ik vond haar karakter een beetje te vlak. Ze zei geen woord en ze kwam nogal saai over. Arrogant ook. Ik houd meer van vrouwen met pit, die weten wat ze willen. Ik zou niet weten waar ik met die vrouw over moest praten als we getrouwd zijn.'

'Dus je doet het niet?' vroeg ik, toch weer hoopvol.

'Dat heb ik niet gezegd. Ik twijfel. Misschien laat zo'n vrouw zichzelf niet zo kennen omdat al die familieleden erbij zitten. Wie weet blijkt ze heel anders dan ze in eerste instantie overkomt. Maar het probleem is dat ze uit zo'n religieuze familie komt, dat het ondenkbaar is dat we ook maar even ongestoord met zijn tweeën kunnen zijn. Zelfs een korte wandeling door de stad, om haar wat vragen te stellen, zit er niet in. In haar familie is zoiets totaal ongepast.' Zwijgend schonk Ardeshir onze glazen vol thee en keek toen peinzend voor zich uit. Ik wist ook niet meer wat te zeggen. Plotseling keek Ardeshir me enthousiast aan.

'Ik heb je advies nodig!' zei hij. 'Over twee dagen komt de moellah met zijn dochter op bezoek om te kijken hoe ik woon en werk. Ik zal vragen of ze rond drie uur komen, dan ben jij er ook. Van schilderen zal waarschijnlijk niet veel komen, maar ik wil dat je haar zorgvuldig observeert. En kijk dan niet zozeer naar haar uiterlijk, maar naar haar manieren, haar lichaamstaal. Probeer haar gedachten te lezen. Daar zijn jullie kunstenaars toch goed in?'

'Ik weet het niet, Ardeshir,' zei ik aarzelend.

'Ik smeek je. Je bent in korte tijd veel meer geworden dan mijn miniatuurschilder. Help me bij het nemen van deze moeilijke beslissing en wees eerlijk!'

Gevleid door Ardeshirs woorden en zijn vertrouwen in mijn oordeel, beloofde ik overmorgen te komen om zijn huwelijkskandidate te beoordelen. Wees eerlijk, had hij gezegd. Ik was echter de laatste persoon op aarde die eerlijk zou kunnen zijn op dit gebied.

Toen ik terugkwam op de slaapzaal, waren de kunstenaars alweer aan het werk. Ik was echter zo moe, dat ik zonder eten direct in slaap viel. Sinds ik aan mijn privéopdracht werkte, was ik continu moe. De siësta schoot er immers voortdurend bij in. Ik zag daardoor mijn kunstbroeders ook veel minder, en als we elkaar zagen was dat vooral tijdens het werk. Ebrahim had een paar dagen geleden zelfs tegen me gezegd dat hij het idee had dat ik een rol speelde, dat ik mezelf niet was.

'Ik voel het aan je energie, hoor het aan je stem. Je doet je anders voor dan je bent. Beschouw dit niet als kritiek, maar als raad.'

Mompelend had ik hem bedankt, maar ik was allesbehalve blij met deze woorden. Ook Fazollah leek wat afstandelijker sinds Adileh de rol van mijn broer weinig overtuigend had gespeeld. Ik moest uitkijken, geen fouten maken.

Dat ik me die middag had verslapen, merkte ik pas toen er luid op de deur van het slaapvertrek werd gebonsd. Er klonken harde stemmen, die van Sohrab klonk hard boven de andere uit. Het duurde even voor ik de klanken aaneen wist te rijgen tot woorden, maar toen ik dat deed, ontstond er een betekenis die even ongelooflijk als beangstigend was.

'Kouros, opstaan, meekomen! Er zijn miniaturen gestolen! We hebben je door!'

16

Maraqeh, november 1522

Melika steunde tegen de muur terwijl ze probeerde haar linkervoet op de grond te zetten. Een helse pijn schoot door haar lichaam tot in haar hersens. Was ze bezig gek te worden? Die vraag hield haar al enige tijd bezig, en helemaal sinds de herbergier beweerde dat hij Soraya had ontmoet. Ze had hem alle details gevraagd, maar toen de herbergier stelde dat ze als jongen verkleed was geweest, verdween Melika's enthousiasme even snel als het gekomen was.

'Als jongen verkleed? Mijn Soraya? Hoe verzint u het?' had ze verontwaardigd gesnoven. Maar de herbergier had onverstoorbaar doorgepraat.

'Op de dag dat de twee jongens met een gezant van de koning naar Tabriz waren vertrokken, stond ik voor de ingang van de herberg wat om me heen te kijken. Toen kwam er een bedelaarsjongen naar me toe die zei: "Als ik u een geheim vertel, krijg ik dan een zilverstuk?" Natuurlijk ging ik daar niet op in. Ik werd boos en maande hem om weg te gaan; de nabijheid van bedelaars doet de naam van de herberg geen goed, weet u. Maar de jongen bleef aanhouden dat het belangrijk was. Het ging over die twee rare jongemannen, zei hij. Toen was mijn nieuwsgierigheid gewekt. Vooral omdat ik steeds het idee had ze misschien te kennen, maar ze toch niet te kunnen plaatsen. Ik gaf die jongen dus zijn zilverstuk en hij vertelde me hoe de ene jongeman hem opdracht had gegeven om naar het Huis der Krachten te gaan en daar aan ene Iman te zeggen dat zijn nachtegaal naar het koningshof in Tabriz was gevlogen.

Aanvankelijk wist ik niet wat ik met deze informatie moest, maar een week of twee later stonden plotseling Mohsen aga, de stoffenhandelaar, en diens zoon Kouros, voor de deur. Ze vertelden me dat Kouros' vrouw Soraya was verdwenen, samen met hun dochter en zuster Adileh. Ze vroegen zich af of de meisjes hier misschien hadden geslapen. Ze vertelden me dat Soraya op de dag van haar vlucht eigenlijk gestenigd had moeten worden omdat ze overspel had gepleegd met ene Iman, eigenaar van het Huis der Krachten. Toen ik dat hoorde, wist ik het zeker. Ik had Soraya een keer ontmoet in de stoffenwinkel toen ik daar nieuwe gordijnstoffen ging uitzoeken. Daarom kwam haar gezicht me zo bekend voor toen ze hier in de herberg verscheen, ook al was ze als jongen verkleed.'

Melika had geen woord uit kunnen brengen. Haar Soraya zou gestenigd worden omdat ze overspel had gepleegd? Ze was ineens getrouwd? En nu zou ze een als jongen verklede schilder zijn aan het hof van koning Ismaïl in Tabriz? Ze wist dat door de hand van God veel mogelijk was op aarde, maar dit klonk absurd.

'Wat hebt u tegen die mensen gezegd?' had Melika hijgend gevraagd.

'Ik heb gezegd dat ze hier niet zijn geweest. Ik zag telkens de gezichten van de twee meisjes voor me. Vol angst, maar ook met een sprankje hoop op een nieuwe toekomst. Ik kon het niet over mijn hart verkrijgen om dat kapot te maken.'

Melika had de herbergier eerst om een glas water gevraagd en hem toen gezegd dat ze die Mohsen aga beslist moest zien. De herbergier had dat aanvankelijk geen goed idee gevonden, uit angst dat zijn verraad uit zou komen. Melika had hem echter gesmeekt Mohsen aga te laten halen, en uiteindelijk had hij erin toegestemd.

En nu wachtte ze al enkele uren. De herbergier had een knecht erop uitgestuurd om naar het stoffenwinkeltje te gaan en er bij Mohsen aga op aan te dringen zo vlug mogelijk naar herberg De Hemel te komen. De knecht was na een uur teruggekomen met de mededeling dat de man niet eerder dan die avond tijd had. Dit frustreerde Melika enorm, maar wat kon ze doen? Het liefst was ze zelf naar de bazaar gerend, maar haar been verhinderde dat. Ze moest eerst aansterken. Maar ze kon het zich niet permitteren om kostbare tijd te verspillen nu ze Soraya wellicht op het spoor was gekomen. Haar been moest zo gauw mogelijk genezen. Opnieuw zette ze haar linkervoet op de grond, en een nieuwe pijnscheut volgde. Weer een die haar hersens leek te vermorzelen.

'Ik ben niet gek,' mompelde Melika. 'Ik ben volkomen helder.'

'Bij de heilige Maryam, ik ga vannacht niet nog een keer in die moskee slapen, hoor.' Hassans stem klonk fermer dan hij zich voelde. Waarom werd het bij hem altijd zo'n toneelstuk als hij een zelfverzekerde opmerking maakte? Het was al zolang Hassan zich kon herinneren zijn grote wens geweest om net als zijn oudste broer over een aangeboren brutaliteit en dapperheid te beschikken die hem aanzien zou geven in de wereld en het leven minder moeilijk zou maken.

'We hebben geen keus,' bromde Ali-Reza chagrijnig. Uren hadden ze door de stad gelopen en ontelbare mensen gevraagd of ze misschien ook een oudere, verdwaald ogende vrouw in een chador hadden gezien. Een miserabele beschrijving en het antwoord was tot nu toe steeds ontkennend geweest. De schemer kondigde zich aan en de jongens waren uitgeteld. Vooral Hassan, die de hele nacht niet had kunnen slapen, was misselijk van moeheid en verlangde slechts naar een fatsoenlijke slaapplaats voor de nacht. Zijn grote broer vond echter dat er geen geld verspild moest worden en stelde voor om de nacht opnieuw door te brengen in de moskee. Hossein, die zich meestal neutraal opstelde, koos nu echter partij voor zijn jongere broer.

'Laten we één keer geld uitgeven voor een goede nachtrust. Kijk naar Hassan. Als hij nog een nacht in die koude moskee moet slapen, is hij morgen doodziek en dan kunnen we onze zoektocht helemaal vergeten. Eén nacht maar, in een fatsoenlijke herberg met een behoorlijke maaltijd, dan zijn we morgen weer aangesterkt en kunnen we de nacht erna eventueel weer naar de moskee gaan.' Het gaf Hossein op een vreemde manier bevrediging om voor zijn jongste broer op te komen, met hem samen te spannen tegen Ali-Reza. Als hij er goed over nadacht had hij al zijn hele leven de bescheiden rol van bemiddelaar gespeeld tussen de gevoelige Hassan en de bijdehante Ali-Reza. Zijn vrouw Wafa had hem echter aangespoord zich brutaler op te stellen en hem geadviseerd zijn jonge broer niet altijd in bescherming te nemen. Dan zou er nooit een echte man uit hem kunnen groeien. Hossein wist dat zijn Wafa gelijk had, maar het was moeilijk om niet voor Hassan in de bres te springen. Sinds het overlijden van vader voelde hij zich verantwoordelijk voor zijn broertje.

Ali-Reza zuchtte. Wat was dat de laatste tijd toch met die broertjes van hem? Ze luisterden minder, wilden constant dwarsliggen. Goed, hij moest het toegeven: het vooruitzicht op een warme maaltijd, desnoods zonder vlees, en een zachte, warme slaapplaats leek hem ook wel aanlokkelijk en hij had natuurlijk nog het zilveren halssnoer dat hij gisteren op de bazaar wist mee te smokkelen uit de zilverwinkel. God zou hem daarvoor vergeven, het was immers een zaak van overleven.

'Goed dan,' zei hij terwijl hij het halssnoer triomfantelijk uit de zak van zijn tuniek haalde. 'Weten jullie een herberg?'

'Wat is dat nou? Hoe kom je daaraan?' vroeg Hossein ongelovig. Het gevoel van voldaanheid dat hij kort had gevoeld over het feit dat hij zijn oudere broer van zijn standpunt had kunnen overtuigen, verdween onmiddellijk bij de aanblik van het halssnoer. Zijn gezicht stond afkeurend. Zijn broer moest die ketting gestolen hebben toen ze op de bazaar navraag deden naar hun moeder.

'Niets vragen. Willen jullie in een herberg overnachten of niet?' zei Ali-Reza afgemeten. Natuurlijk klonk het onvriendelijk, dat wist hij zelf ook wel. Vrijwel alles wat hij zei klonk altijd onvriendelijk. Fatimeh klaagde er ook regelmatig over; dat hij in wezen een goede man was maar zich zo bot gedroeg dat hij de mensen van zich af stootte. Een goede man: ze moest eens weten. Hij kón zich eenvoudigweg niet vriendelijk opstellen. Dan zouden de mensen zich tegen hem immers ook aardig gaan gedragen, en dat mocht niet. Hij verdiende geen vriendelijkheid of liefde van zijn medemens. Niet na wat er was gebeurd. Niet na wat hij had gedaan.

'Natuurlijk willen we in een herberg overnachten. We zijn er een kwartier geleden een gepasseerd,' zei Hassan opgelucht.

'Waarom heb je dat toen niet gezegd dan?' mopperde zijn oudste broer.

Hassan hield wijselijk zijn mond, terwijl het drietal rechtsomkeert maakte. En inderdaad: na een klein kwartier werd het bord van herberg De Hemel al zichtbaar. Hossein was nog steeds in gepeins verzonken. Hoe had Ali-Reza het in zijn hoofd gehaald om een halssnoer te stelen? Het was alsof hij een nieuwe kant van zijn broer had gezien, een kant die hem totaal niet aanstond. Toen de broers met hun paarden voor de brede ingang stonden, begon Ali-Reza opnieuw te mopperen.

'Dit moet enorm duur zijn, dat zie je zo. Niet weggelegd voor dorpsjongens als wij.'

Hassan keek bezorgd naar Hossein. Zou het plan alsnog van tafel worden geveegd? Zouden ze toch weer in die ellendige moskee terechtkomen?

'Kom op, Ali-Reza, we zijn echt kapot. Nu je dat halssnoer toch gestolen hebt, kun je het maar beter gebruiken voor het welzijn van ons drieën, anders trek ik het eigenhandig uit je zak,' siste Hossein.

'Of we vertellen iedereen dat je het gestolen hebt,' voegde Hassan er opgewonden aan toe. Ali-Reza keek zijn broertjes ongelovig aan. Meenden ze dit nou?

'Kan ik u van dienst zijn?' De portier onderbrak het onaangename gesprek.

'We willen overnachten. Maar slechts één nacht,' zei Ali-Reza onwillig. De drie broers stegen van hun paarden af, gaven ze mee aan een knecht en betraden onwennig de veel te dure herberg.

Binnen werden ze begroet door de herbergier met het vlezige gezicht, die hen in ruil voor het halssnoer een kamer gaf.

'Wel een beetje zachtjes graag. Naast u ligt een zieke dame die veel rust nodig heeft,' zei hij met een glimlach.

Hassan en Hossein knikten afwezig maar op het gezicht van de oudste dacht de herbergier iets van ergernis te zien. De man haalde er slechts zijn schouders over op en liet zijn gedachten de vrije loop. Als vanzelf leidden ze naar de ontmoeting met de vrouw die hem voor het eerst sinds lange tijd weer het gevoel had gegeven dat hij iemand was die betekenis kon hebben in de wereld. Nadat hij de dokter had laten komen die Melika had gerustgesteld met de mededeling dat haar been niet was gebroken, had hij haar gemaand het goed te laten rusten. En hij had een van de dienstmeiden opgedragen Melika een mooie katoenen tuniek te geven en een nieuwe chador, want haar oude moest gewassen worden. Eigenlijk was ze helemaal niet zo'n lelijke, dorpse vrouw als hij aanvankelijk had gedacht. Ze had een heel lief gezicht dat hem deed denken aan dat van zijn vrouw, God beware haar ziel. Was dat de ware reden waarom hij haar had aangeboden zolang te blijven als ze wilde, zonder te betalen? Hij wist het niet. Feit was dat hij zich zorgen maakte om haar. Ze had zo'n haast om naar Tabriz te gaan, maar dat kon gewoon niet met dat been. Had hij er wel goed aan gedaan haar de waarheid te vertellen? Een vrouw van die leeftijd in zo'n toestand kon toch onmogelijk alleen naar Tabriz reizen? Als er onderweg iets met haar zou gebeuren, zou hij daar toch min of meer voor verantwoordelijk zijn. Natuurlijk kon hij een knecht meesturen, maar dan nog. En waar bleef die Mohsen aga nou toch? Melika zou voorzichtig moeten opereren en niet moeten vertellen dat zijn dochter waarschijnlijk met de hare aan het hof in Tabriz zat, verkleed als jongens. Maar hij kon zich voorstellen dat ze niet wachten kon om Mohsen aga allerlei vragen te stellen om zekerheid te verkrijgen over de vraag of het meisje dat maandenlang onder het dak van de stoffenhandelaar had verbleven, getrouwd was met zijn zoon, en ontucht had gepleegd met een pahlavan, daadwerkelijk haar Soraya was. En of die Mohsen aga verantwoordelijk was geweest voor het besluit tot steniging. Dat waren belangrijke vragen.

17

'Waar zijn ze, Kouros? Waar hebt u ze gelaten?' Sultan Mohammed keek me wanhopig aan. Ik had liever gezien dat hij boos op
me was zoals de vorige keer, toen ik in zijn ogen een miniatuur
had verpest, maar mijn leermeester leek de boosheid voorbij. Zijn
gezicht vertoonde een beangstigende combinatie van teleurstelling, verdriet en radeloosheid. Voor de zoveelste keer probeerde ik
hem aan zijn verstand te brengen dat ik niets te maken had met
de verdwijning van de drie miniaturen, waaronder de sleutelminiatuur van de strijd tussen Sohrab en Roestam waaraan mijn ri-
vaal de laatste tijd onophoudelijk had gewerkt. Sultan Mohammed zeeg op zijn knieën en liet zijn hoofd tussen zijn armen
rusten. Het was de eerste keer dat ik hem zag huilen.

'Bij de heilige imams, doe me dit niet aan, Kouros. Bespaar me
de vernedering om tegen de koning te moeten zeggen dat er drie
kostbare miniaturen zijn gestolen. Hij houdt mij verantwoordelijk voor de beveiliging. Ik weet dat u boos op me was omdat ik de
opdracht voor de sleutelminiatuur aan Sohrab heb gegeven en
niet aan u. U hebt het recht om daarover verbolgen te zijn. Maar
geloof me: het was op aandringen van de koning zelf dat ik de opdracht aan Sohrab heb gegeven. Als ik het voor het zeggen had gehad, had u de opdracht gekregen. Ik begrijp uw woede hierover

best, maar het is geen excuus om miniaturen te stelen. We zijn allemaal broeders in de kunst en we dienen hetzelfde belang. Met de verdwijning van deze miniaturen lopen we een vertraging van maanden op.

En wat zal de koning zeggen als hij dit hoort? Het schijnt dat Sohrab al woedend bij hem op audiëntie is gegaan om zijn beklag te doen over u.'

'Over mij?' riep ik verontwaardigd uit. 'Maar er is geen enkel bewijs voor de aantijging dat ik de miniaturen heb gestolen! Ik zou nooit zo'n verachtelijke daad kunnen plegen!' Mijn stem trilde en ik kon ieder moment in huilen uitbarsten. Na alles wat mij de laatste tijd was overkomen, zou ik misschien gehard moeten zijn tegen dit soort beschuldigingen. Maar niets was minder waar. En het onrecht vond ik nog wel het meest onverdraaglijk. Ik besloot mijn vermoeden tegen sultan Mohammed uit te spreken.

'Het lijkt mij heel waarschijnlijk dat Sohrab het zelf heeft gedaan om mij weg te jagen van het hof en zelf rijk te worden van de verkoop van de miniaturen.'

'Spreek alstublieft niet zo dwaas. Sohrab zou zoiets nooit doen.' Sultan Mohammed stond op en hief waarschuwend zijn vinger.

'Sinds u aan het hof bent verschenen, gebeuren er allemaal dingen die ik vroeger voor onmogelijk zou hebben gehouden. De geest van broederschap is verdwenen.'

Ik zweeg en dacht opnieuw aan de voorspelling van de hadji in ons dorp. Droeg ik een vloek met me mee die iedereen in mijn buurt in het ongeluk stortte? Plotseling verscheen er een man die sultan Mohammed zachtjes een boodschap influisterde. Ik kon niet verstaan wat hij zei, maar vrijwel direct verscheen er een blik van afgrijzen op sultan Mohammeds gezicht.

'Dat kan de sjah niet menen!' riep hij uit. De boodschapper knikte met een serieus gezicht en sprak nog verder.

'Nee, hij komt niet direct met u mee. Ik stuur hem dadelijk wel.' De stem van mijn leermeester klonk onvast. Toen de boodschapper was verdwenen, draaide sultan Mohammed zich meteen naar me toe.

'De sjah is woedend en dreigt u te laten onthoofden als u niet dadelijk met de miniaturen op de proppen komt. U hebt ze echt niet?' Smekend keek sultan Mohammed me aan. Mijn benen begonnen zo te trillen, dat ik amper kon blijven staan.

'Nee,' fluisterde ik.

'Dan zult u moeten vluchten. Nu meteen. Maak dat u wegkomt van hier en vertoon u nooit meer aan het hof. De sjah zal laaiend op me zijn dat u onder mijn toezicht hebt kunnen ontsnappen, maar dat moet dan maar. U moet verdwijnen voordat de wachters naar u op zoek gaan.'

De tranen liepen over mijn wangen. Wat was dit voor een aftocht? Dit had ik toch niet verdiend? Sultan Mohammed trok me nog een laatste keer vaderlijk naar me toe en kuste me op mijn voorhoofd.

'Het spijt me verschrikkelijk. U hebt zoveel talent.'

'Dank u. U hebt me alles geleerd,' snikte ik.

Met een resoluut gebaar duwde mijn leermeester me van zich af.

'Ga nu,' zei hij. 'Moge God u begeleiden.'

Ik haastte me naar buiten terwijl mijn hart in mijn keel klopte. Wat als ik nu Sohrab tegen het lijf liep of een van de andere hofschilders? Ik kon niet meer naar de slaapzaal gaan om mijn spullen te pakken, dat was veel te riskant. Spiedend liep ik door de gangen naar buiten, tot bij de poort. Daar stond een wachter die me wel kende. Soms maakte hij zelfs een praatje met me.

'Vrede zij met u,' zei hij. Zou hij het weten? Ik knikte beleefd en groette hem terug. Snel liep ik de poort door.

'Kouros!' riep hij plotseling. Mijn lichaam werd helemaal

warm. Zou hij me inhalen als ik het nu op een rennen zette?

'Hoe is het eigenlijk met uw broer? Die zien we nooit meer.'

'Goed, heel goed,' mompelde ik opgelucht en toen liep ik door. Nadat ik de hoek om was, holde ik zo hard ik kon naar het huis van Adileh en Iman.

Twee dagen later ging ik, nog altijd zwaar overstuur, naar het huis van Ardeshir. Ik had hem immers beloofd om bij het bezoek van zijn huwelijkskandidate en haar vader aanwezig te zijn. Adileh had me op het hart gedrukt niet te gaan. Het was te gevaarlijk, vond ze, omdat de koning op het idee zou kunnen komen me daar te laten opwachten. Maar dat risico moest ik nemen. Ik dacht niet dat de koning direct op zo'n briljant idee zou komen. Ik wist niet eens zeker of hij op de hoogte was van mijn privéopdracht. Bovendien moest ik Ardeshir dringend spreken over mijn probleem en hem vragen of hij voortaan in het huis van Iman en Adileh kon komen om voor de miniatuur te poseren. Als hij me tenminste nog zou willen zien. Het zou kunnen dat hij dat te gevaarlijk zou vinden. Hoe loyaal was hij eigenlijk aan de koning? Ik had geen idee. Maar Ardeshir was op dit moment de enige die mijn leven zin gaf, zonder hem zou het leven geen waarde meer hebben.

Hij had meer werk van zijn uiterlijk gemaakt dan anders. Zijn snor glom van het vet en hij droeg een zwarte mantel van glimmende zijde. Omdat het de rouwmaand was, had hij zijn goudkleurige tulband verruild voor een donkerblauwe, wat hem zeer gedistingeerd stond. Toen ik binnenkwam, begon hij vrolijk te vertellen; opgewonden over het bezoek dat die middag zou komen, maar ik reageerde er nauwelijks op.

'Je ziet er vandaag niet erg blij uit,' merkte hij ten slotte op. 'Is er iets aan de hand?' Ik zuchtte.

'Ik ben vals beschuldigd. Ze denken dat ik drie miniaturen heb gestolen. Maar ik zweer op de ziel van mijn moeder dat ik ze met geen vinger heb aangeraakt. Het is Sohrab, hij is zo jaloers op me dat hij er alles voor overheeft om mij weg te jagen van het hof...'

Bezorgd kwam Ardeshir voor me zitten.

'En nu, wat zijn ze van plan?'

Ik slikte de opkomende tranen weg. Ik was een man. Ik kon hier niet gaan huilen, al wilde ik niets liever dan me laten gaan, me huilend in de schoot werpen van Ardeshir, die me zou troosten. Net toen ik hem wilde vertellen over het verschrikkelijke doodvonnis dat sjah Ismaïl had geveld en over mijn gedwongen vlucht, werd er op de deur geklopt.

'Uw bezoek is gearriveerd,' meldde de dienstmeid. Ardeshir stond op en schikte zijn mantel. Ook ik ging staan. Waarom kwam dat bezoek zo vroeg? Ik was nog lang niet uitgepraat en had Ardeshir ook het voorstel nog niet gedaan om voortaan in het huis van Iman en Adileh af te spreken. De deur ging open en een moellah, klein van stuk, kwam binnen. Hij had een serieus gezicht en een enorm lange baard. Achter hem volgde een jonge vrouw, van top tot teen gehuld in een zwarte, glimmende chador. Haar gezicht was bedekt door een picheh maar door het gaas zag ik dat ze schitterende, turkooizen ogen had. Haar huid moest zo wit zijn als ivoor, haar haren als goud. Hoe kon Ardeshir niet voor haar vallen? Ze werd door haar vader aan mij voorgesteld als Sjirien. Beleefd stelde Ardeshir mij voor als zijn huisvriend. Over mijn schildersactiviteiten zei hij geen woord. Ik boog plichtmatig, maar kon het niet opbrengen mijn lippen in een vriendelijke glimlach te plooien. Wat deed die vrouw hier? Ze wilde mijn Ardeshir inspecteren. En als hij naar haar zin rijk genoeg was – dat was hij ongetwijfeld – kwam ze hem inpikken. Een boze hitte sloeg door mijn lichaam. Als Ardeshir wist dat ik een vrouw was, zou ik dan een kans maken? Zou ik deze rivale kunnen verslaan? Onze vriendschap betekende toch wel iets? Na de wederzijdse begroetingen namen de gasten op de sierlijke kussens plaats, terwijl de meid met het pokdalige gezicht thee met *halva* serveerde. Algauw ontspon zich een gesprek waaraan ik lusteloos deelnam. Ik was in mijn eigen sombere gedachten verzonken en maakte me steeds bozer over mijn onrechtvaardig lot. Vandaar dat Ardeshir en de moellah mij steeds meer negeerden en een tweegesprek begonnen. Ze hadden zich zelfs een beetje van ons weggedraaid, zodat de moellah met zijn rug naar Sjirien zat maar Ardeshir haar goed kon zien. De jonge vrouw staarde zwijgend voor zich uit, terwijl ze af en toe met een koket gebaar haar picheh schikte, en wel op zo'n manier dat Ardeshir een glimp van haar gezicht zou opvangen. Ik had me niet vergist. Haar huid was witter dan sneeuw en haar verleidelijk lachende lippen waren vol en rood. De mannen converseerden verder, eerst nog luid, daarna steeds zachter. Toen ik opschrok uit mijn overpeinzingen en me op hun woorden concentreerde, merkte ik dat ze het hadden over het aantal goudstukken dat Ardeshir Sjirien zou schenken bij het huwelijk. Dit ging wel erg snel. Ik dacht dat Ardeshir nog grote twijfels koesterde en eerst met mij had willen overleggen. Waarom nodigde hij mij hier uit als hij de beslissing al had genomen? Een enorme woede, zoals ik die nog maar zelden gevoeld had, nam bezit van me en legde mijn hersens volledig lam. Maar ik zei niets en bleef gewoon zitten waar ik zat. Toen het tijd werd om afscheid te nemen, stond ik op. Sjirien knipperde een paar keer verleidelijk met haar ogen. Ik bleef in de kamer achter terwijl Ardeshir zijn gasten uitgeleide deed.

'Nou? Wat vond je van haar?' vroeg hij nieuwsgierig zodra hij weer binnenkwam.

'Je moet het niet doen. Ze is geen goede vrouw,' zei ik resoluut. Ik kon mijn jaloezie nauwelijks verbergen en Ardeshir keek me geschrokken aan.

'Maar ik vond haar vandaag juist aardig, minder hautain. Haar vader en ik hebben zelfs al voorzichtig de financiële aspecten van de bruiloft doorgenomen.'

'Dat heb ik gemerkt,' zei ik koeltjes. 'Maar waarom nodig je me uit om mijn mening te geven als je de beslissing blijkbaar al genomen hebt?'

Ardeshirs gezicht kleurde lichtrood.

'De beslissing is nog niet genomen en natuurlijk stel ik je mening zeer op prijs...' stamelde hij.

'Nou, luister dan naar de raad van een intuïtief kunstenaar!'

Ardeshir zweeg en keek me onderzoekend aan.

'Ardeshir, ik wil het nog even over mijn probleem hebben.' De overgang was nogal abrupt, maar ik hield het niet meer. 'Ik heb een probleem. De koning denkt dus dat ik drie miniaturen heb gestolen en heeft een doodvonnis over me uitgesproken. Om geen risico te lopen, moeten we voortaan ergens anders afspreken.'

Ardeshir schudde ongelovig zijn hoofd en ik vertelde hem het hele verhaal. Uiteindelijk zei Ardeshir: 'Ik weet het niet, Kouros. Misschien zouden we in deze omstandigheden het werk aan de miniatuur moeten staken. Het is te gevaarlijk.'

'Nee, het is niet gevaarlijk,' riep ik snel. 'Kom in het vervolg naar het huis van mijn vriendin Adileh en haar man. Het is het kleine huis met de donkergroene deur op de hoek van het Plein van de Vier Poorten. Alsjeblieft Ardeshir.' Ik kon me nauwelijks inhouden.

Ardeshir moest gezien hebben dat mijn ogen nat waren van opkomende wanhoopstranen. Misschien was dat de reden dat hij zei dat hij erover na zou denken.

18

Maraqeh, november 1522

Schuifelend kwam Melika de trap van de herberg af. Ze hield het geen moment langer meer uit, boven. Wat duurde het lang voor die Mohsen aga zich meldde! Beneden zou ze hem tenminste direct binnen zien komen. Ze had het gevoel dat ze vanaf deze positie wat meer controle over haar lot kreeg. Er waren inmiddels meer gasten gearriveerd. Aan een tafel in de hoek zag Melika een paar jonge mannen zitten eten. Zij lustte ook wel wat. Zou de herbergier weer een praatje met haar maken? Ze hoopte van wel. Zijn aanwezigheid gaf haar steun; het was ongelooflijk aardig van hem dat ze hier zolang gratis mocht verblijven. Terwijl ze zich op een groot zitbed liet zakken, keek ze nog eens goed om zich heen. De mannen in de hoek... dat kon niet waar zijn. Ze leken op Ali-Reza, Hossein en Hassan. Deze keer moest ze het wel toegeven: haar geest speelde een lelijk spelletje met haar. Melika knipperde een paar keer met haar ogen om scherper te kunnen zien. Op hetzelfde moment ving Hassan haar blik.

'Maman!' riep hij in opperste verbazing. Gekletter van een bord volgde. De drie broers veerden op van hun aanligbed en liepen met haastige passen naar hun moeder. Die deed haar best op te staan om haar jongens te omhelzen. Hassan was de eerste, toen volgde Hossein. Toen die zich uiteindelijk uit de omhelzing had losgemaakt, stonden Ali-Reza en zijn moeder onwennig tegen-over elkaar. Ali-Reza mompelde wat verontschuldigingen waarna ook hij door zijn moeder in haar armen werd genomen.

'Maman, we waren zo ongerust,' zei Hassan even later toen de jonge mannen op het grote zitbed bij hun moeder waren gaan zitten.

'Ik ben op zoek naar jullie zus en niemand houdt me daarvan af,' zei Melika resoluut terwijl ze een traan wegpinkte. 'En ik denk dat ik haar op het spoor ben,' voegde ze er op geheimzinnige toon aan toe. Ineens lachte ze triomfantelijk. De jongens keken ver-baasd naar hun moeder. Ze leek een ander mens.

'Vertel ons meer. Waar zit Soraya? Hier in de buurt?' vroeg Hossein gehaast.

'Nee, niet in de buurt. Maar ik twijfel of ik het jullie wel zal ver-tellen. Ik wil eerst de belofte van Ali-Reza dat hij haar geen kwaad zal doen.'

'Ik beloof het,' zei Ali-Reza met tegenzin.

'Goed dan,' zei Melika en ze begon te vertellen over haar zoek-tocht en hoe ze uiteindelijk in deze herberg was beland. Wat de herbergier haar verteld had, dat Soraya te gast was geweest bij de familie van een stoffenhandelaar die Mohsen aga heette, hoe ze met de dochter des huizes was gevlucht omdat ze beschuldigd werd van overspel met een pahlavan. Toen Melika bij dit gedeelte van haar verhaal was aangekomen, gingen de monden van Hos-sein en Hassan open van ongeloof en schrik. Ali-Reza verslikte zich in de rijst en begon luid te hoesten. Hossein sloeg zijn broer op de schouder en bood hem wat water aan. Toen Ali-Reza weer kon spreken, was zijn gezicht rood.

'Wat zegt u moeder? Soraya? Beschuldigd van overspel? Moge de engelen haar vervloeken, moge ze branden in de hel. Ik dacht dat ze niet meer schande over de familie kon brengen dan ze al had gedaan.' Sissend richtte hij nog wat vervloekingen aan het adres van zijn zusje.

'Zo is het wel genoeg,' zei Hossein afgemeten, en Hassan wierp zijn oudste broer een vernietigende blik toe. Angstig sloeg Melika haar ogen neer. Ze had gehoopt dat de verontschuldigingen die Ali-Reza had uitgesproken niet alleen golden voor zijn gedrag jegens zijn moeder, maar ook voor zijn hatelijke denkbeelden over Soraya. Ze had gedacht dat deze verdwenen waren, weggespoeld door zorgen en ongerustheid over Soraya's lot. Maar niets bleek minder waar. Ali-Reza haatte zijn zusje nog steeds. Melika richtte haar waarschuwende blik op haar oudste zoon.

'Gedraag je. Anders weet ik nog wel wat over jou te vertellen, Ali-Reza.'

Ali-Reza's gezicht werd plotseling asgrauw. Verbaasd keken zijn twee jongere broers hem aan.

'Is er iets wat we moeten weten?' vroeg Hossein brutaal.

Geïrriteerd keek Ali-Reza hem aan.

'Laat moeder haar verhaal afmaken, goed?' Melika ging verder, haar dreigement had gewerkt. Ze legde uit dat Soraya en de dochter van de stoffenhandelaar zich waarschijnlijk als jongens hadden verkleed en met de gezant van de koning waren meegegaan naar het hof van sjah Ismaïl in Tabriz zodat Soraya daar opgeleid zou kunnen worden als miniatuurschilder.

'Dat bestaat niet!' zei Ali-Reza, nog steeds geïrriteerd.

Hassan floot zachtjes bewonderend door zijn tanden. De gedachte dat Soraya als kunstenaar voor de koning werkte, vervulde hem met trots.

'We zullen het spoedig zeker weten. De stoffenhandelaar is naar mij onderweg. We zullen vanavond nog zijn kant van het verhaal horen.'

Opeens stond de herbergier naast het aanligbed. Zijn ogen stonden bezorgd. Wat moesten die jonge gasten rond Melika ganoem? Snel stelde de vrouw hem voor aan haar zonen. De bezorgde blik verdween daarmee nog niet uit zijn ogen, want het verhaal dat een van haar zonen haar dochter Soraya wilde vermoorden, lag nog vers in zijn geheugen. Toch was hij ook blij dat ze nu niet meer alleen was. Als God het wilde, zouden de knapen haar helpen Soraya terug te vinden. Hij legde uit dat de verklede mannen in zijn herberg echt Soraya en de dochter van de stoffenhandelaar moesten zijn geweest.

'Alles klopte gewoon. Het schilderen, de boodschap die nog even overgebracht werd aan die man in het Huis der Krachten. Het kan niet anders of uw zusje leidt nu een prinsessenbestaan aan het hof van de koning. Of moet ik zeggen: een prinsenbestaan?'

Na nog even met de broers gepraat te hebben, verschenen eindelijk Mohsen en zijn zoon Kouros in de herberg. Met zijn magere, tandeloze gezicht keek Mohsen hulpeloos om zich heen, Kouros had een afwachtende blik in zijn ogen. De herbergier verwelkomde hen en stelde hen voor aan Melika en haar zonen. Melika nam Mohsen nieuwsgierig op. Dit was geen man die ze wrede bevelen tot steniging zag uitdelen. Maar die zoon vertrouwde ze niet zo. Hij leek wat achterbaks. Onwennig schoven de nieuwe gasten aan op het grote zitbed. Ali-Reza besloot meteen ter zake te komen.

'Is het waar dat Soraya en uw dochter zich als jongens hebben verkleed en met een afgezant van de koning naar het hof in Tabriz zijn gevlucht?' Mohsen en Kouros keken Ali-Reza ongelovig aan terwijl ze de informatie lieten bezinken.

Melika riep nog dat het niet waar was, dat haar zoon de dingen verkeerd had begrepen, maar niemand luisterde naar haar. Hoe had ze kunnen vergeten haar zonen te vertellen dat Mohsen en Kouros niets wisten over de vlucht van de twee meisjes naar Tabriz? Nu was het te laat. 'Jafari aga!' riepen Mohsen en Kouros vrijwel tegelijk. Opeens werd voor hen alles helder. Adileh en Soraya hadden het aanbod van de afgezant van de koning gebruikt om te kunnen vluchten naar het hof in Tabriz, waar Soraya zich tot miniatuurschilder zou laten opleiden. Hoe was het mogelijk dat ze daar niet eerder aan hadden gedacht? Mohsen herinnerde zich weer de blik in Soraya's ogen toen hij vertelde over het aanbod van Jafari aga om Kouros mee te nemen naar Tabriz. Er had een wazig verlangen in Soraya's ogen geblonken, met iets van jaloezie, al had hij die emotie op dat moment niet als zodanig herkend.

'De herbergier heeft tegen ons gelogen!' brulde Kouros. 'Laat hem hier komen!' De bediende aan wie die laatste opmerking gericht was, knikte en haalde de herbergier, die op zijn hoede naast het zitbed kwam staan.

'U hebt tegen ons gelogen!' beschuldigde Kouros hem. 'Mijn zus en Soraya zijn met een gezant van de koning naar Tabriz gevlucht, verkleed als jongens.'

De herbergier keek hulpeloos naar Melika, die er verslagen bij zat. Wat moest hij zeggen?

'Ik had ze niet herkend,' mompelde hij ten slotte. 'Hoe kon ik ook, als ze als jongens verkleed waren?'

Melika zuchtte.

'Het heeft geen zin om de waarheid te ontkennen. Het lijkt er inderdaad op dat Soraya en Adileh naar Tabriz zijn gegaan. De meisjes voelden zich daartoe blijkbaar gedwongen. Daarom wil ik graag van u weten, Mohsen aga: hoe komt u erbij mijn dochter te beschuldigen van overspel? En hoe haalt u het in uw hoofd om een bevel tot steniging uit te vaardigen? Bij imam Hoessein, hoe durft u?' Melika's blik was nu fel geworden.

Mohsen aga sloeg zijn ogen neer.

'Ik schaam me erg en u hebt alle recht om deze vraag te stellen. Mijn zoon Kouros heeft de rechtsgeleerde zover weten te krijgen. Ik heb geprobeerd hem tegen te houden maar zijn eer was zo erg aangetast dat hij niet meer bij zinnen leek.'

Kwaad keek Kouros zijn vader aan. Toen richtte hij zich tot Melika en deed het hele verhaal uit de doeken: van de sigeh en Soraya's beledigende weigering om een vast huwelijk met hem aan te gaan, haar onvermogen om haar echtgenoot te bevredigen en ten slotte de avond waarop hij haar betrapte met de pahlavan in het Huis der Krachten.

'Zulk gedrag kan een echtgenoot onmogelijk over zijn kant laten gaan. Ze moest gewoon gestraft worden.' Ali-Reza knikte instemmend. Maar Melika zei alleen maar:

'Het beeld dat je van Soraya schetst, klopt niet. Zij zou zoiets nooit doen. Er moet een misverstand in het spel zijn. Maar vertel mij nu eens: wat zou je doen als Soraya nu voor je stond?' De vraag overrompelde Kouros al had hij er al verschillende malen over gefantaseerd; hoe hij haar zou afranselen, aan haar haren zou trekken terwijl zij hem gillend om vergiffenis smeekte. Hij had er het volste recht toe, zij was immers nog steeds zijn vrouw. En uiteindelijk zou hij Soraya mee naar huis nemen, waar hij bezit van haar lichaam zou nemen, of ze het nu wilde of niet, ruw, zoals beesten dat deden. Het leek Kouros echter geen goed idee dit voornemen met Melika ganoem te delen. Daarom zei hij op zoete toon:

'Ik zou verheugd zijn als Soraya voor me stond. Onze problemen zouden we wel uitpraten.'

'Dus je zou haar nooit meer iets aan willen doen?' Melika's ogen waren samengeknepen alsof ze op die manier beter kon inschatten of Kouros de waarheid sprak.

'Iets aandoen? Nee, ik heb mijn woede achter me gelaten.'

Ali-Reza keek Kouros verwonderd aan. Hoe deed hij dat: zijn woede achter zich laten?

De hele avond bleven ze doorpraten. Melika wilde weten hoe haar dochter haar tijd had doorgebracht bij haar pleegfamilie in Maraqeh. En toen het bij twaalven was, restte het gezelschap maar één conclusie: ze moesten zo gauw mogelijk naar Tabriz om Soraya en Adileh te vinden.

Het was een hele stoet die tien dagen later in Tabriz arriveerde: Ali-Reza, Hossein, Hassan, Melika, Kouros en Maryam. Mohsen aga was in zijn stoffenwinkel gebleven. Ze hadden nog enkele dagen gewacht tot Melika's been goed genoeg was om te kunnen reizen. Intussen hadden Mohsen aga en Kouros Maryam ganoem natuurlijk alles verteld over het vermoedelijke lot van haar dochter en Soraya. Zij stond er vervolgens op om ook mee te gaan. De twee vrouwen waren tijdens de reis zeer op elkaar gesteld geraakt. Maryam vertelde Melika onvermoeibaar alle anekdotes over Soraya's verblijf in haar huis. Ze had Melika ook om vergeving gevraagd voor het feit dat ze niet had ingegrepen nadat het bevel tot steniging was uitgevaardigd.

'Echt, dat heb ik me na de verdwijning van de meisjes pas gerealiseerd: ik had in moeten grijpen. Ik had ze kunnen laten ontsnappen en tegen Kouros kunnen zeggen dat het een ongeluk was. Natuurlijk was hij dan woedend geworden maar dat had ik ervoor over moeten hebben. Ze waren niet gevlucht dankzij mijn hulp, ze waren gevlucht ondanks mijn aanwezigheid. Het is onvergeeflijk, maar weet u: wij vrouwen hebben op zulke momenten zo weinig macht. We moeten elkaar de hand reiken, solidair zijn met elkaar. Wel heb ik na de verdwijning een grote ruzie gemaakt met Kouros. Hij durfde mij ook nog de schuld te geven van de verdwijning maar hij moest uiteindelijk wel toegeven dat Adileh een slaapopwekkend middel in mijn thee heeft gedaan. Er lagen nog resten van op de vloer. God is groot en we zullen onze meisjes thuisbrengen.' Melika had haar in haar hand geknepen en gezegd:

'Wij vrouwen hebben meer macht dan we zelf denken. Alles hangt af van de keuzes die we maken.'

De hemel stond al vol sterren, maar de vier mannen en twee vrouwen togen zodra ze Tabriz bereikten, direct naar het paleis van sjah Ismaïl. De gedachte dat ze dicht in de buurt van Soraya en Adileh waren, maakte het ondanks de vermoeidheid onmogelijk om te gaan slapen. Ze moesten zekerheid krijgen; nu, meteen. Dat was echter nog niet zo eenvoudig. De paleiswachten riepen onvriendelijk dat het te laat was, dat ze morgen maar terug moesten komen. Maar zo makkelijk lieten de mannen zich niet afschepen.

Ali-Reza keek de paleiswachten recht in de ogen en zei: 'Wij zijn helemaal uit Maraqeh gekomen met maar één doel: we zoeken onze familieleden Soraya en Adileh. Soraya zou hier aan het hof als schildersleerling werken.'

'Hoe komt u daar nu bij?' zei de paleiswacht wrevelig.

'Alsof wij vrouwen zouden hebben in ons atelier.'

Hiermee hadden ze rekening gehouden. Soraya en Adileh hadden hun vermomming waarschijnlijk in stand gehouden en jongensnamen aangenomen. Onderweg hadden ze druk gespeculeerd en de enige conclusie die ze hadden kunnen trekken was dat een van de twee namen waarschijnlijk Kouros was omdat Mohsen die naam had genoemd toen hij met Jafari aga had gesproken.

'Ze zijn verkleed als jongens. We denken dat een van hen zich Kouros laat noemen.'

Nu begonnen de ogen van de paleiswacht te glimmen. Kouros kende hij wel. Het nieuws had zich als een lopend vuurtje verspreid: hoe Kouros ter dood was veroordeeld door de koning omdat hij miniaturen had gestolen, en hoe hij was gevlucht. De koning had speciale troepen erop uitgestuurd om hem te zoeken, maar dat had niets opgeleverd. De namen Soraya en Adileh kwamen de wachter ook bekend voor. Er was een tijd geleden ook al een jongeman aan het hof verschenen die deze namen had genoemd. Maar dat Kouros een verkleed meisje was geweest, leek de wachter absurd. Hij vroeg daarom door naar uiterlijke kenmerken, lengte en lichaamsbouw.

'Het zou Kouros kunnen zijn,' zei hij ten slotte verbouwereerd. 'Maar die is van het hof weggevlucht. De koning heeft hem ter dood veroordeeld omdat hij kostbare miniaturen heeft gestolen.'

Het kwam Melika voor alsof de nacht plotseling alle sterren van zich af schudde en er slechts complete duisternis overbleef.

19

Tabriz, oktober 1522

'Onze geliefde imam Hoessein, kleinzoon van de profeet Mohammed, vertrekt in de late zomer van het jaar 680 met een groep volgelingen uit Mekka naar Koefa in Irak. Na de dood van Hoesseins vader Ali in 661, stond Hoesseins broer Hassan zijn macht tijdelijk af aan Moe'awija, de eerste kalief der Oemajjaden. Het was de afspraak dat deze macht na diens dood weer teruggegeven zou worden aan een afstammeling van Ali, maar dat weigerde Moe'awija. In plaats daarvan maakte hij zijn zoon Jazid kalief. De inwoners van Koefa kwamen in opstand tegen deze onrechtvaardige beslissing. Zij steunden de lijn van Ali en benoemden Hoessein als hun leider in de strijd tegen de Oemajjaden, maar eenmaal op weg hoort hij dat de stemming in Koefa is omgeslagen. Kalief Jazid heeft het volk zoveel beloften gedaan, dat het aan zijn kant staat. Toch is Hoessein van plan zijn missie te vervullen. Hij is zo standvastig dat hij de verschillende hindernissen die hij onderweg tegenkomt, weet te overwinnen. Zo dreigt het duizendkoppige leger van Al-Hoerr Hoessein en diens mannen hem te onderscheppen. Uiteindelijk mag Hoessein toch verder trekken, op voorwaarde dat hij alleen zijn kamp opslaat op plekken waar geen water is. Op 2 oktober 680 slaat Hoessein zijn kamp op in de vlakte van Kerbela, waar de volgende dag een leger verschijnt van vierduizend man, met Oemar ibn Sa'd als leider. Dit leger omsingelt Hoessein en zijn manschappen zodanig, dat ze in de val zitten en het gebrek aan water nijpend wordt. Op 9 oktober trekt Oemars leger op naar het kamp van Hoessein en op 10 oktober stelt die zijn karige leger op dat slechts tweeënzeventig manschappen telt. Gevechten breken uit. De manschappen van Hoessein sneuvelen in de loop van de dag vrijwel allemaal, terwijl hun vrouwen en kinderen vanuit de tenten wanhopig toekijken. Alleen Hoessein en zijn halfbroer Abbas zijn nog over. Maar Abbas sneuvelt ook. Hoessein loopt nog één keer naar zijn tent om zijn jongste zoontje, een zuigeling, in de armen te nemen. De baby wordt getroffen door een pijl. Hoessein wordt uitgeput en weeklagend direct daarna ingesloten door een groep soldaten onder bevel van Sjimr. Tevergeefs probeert Hoessein nog strijd te leveren tot Sjimr hem onthoofdt, waarna zijn lichaam onder paardenhoeven wordt vertrapt. Sjimrs soldaten plunderen alle tenten en nemen de vrouwen en kinderen gevangen. De enige mannelijke overlevende is Hoesseins zoon Ali, die door ziekte niet mee kon vechten. Twee dagen later brengt het leger de op lansen gespietste hoofden van Hoessein en diens manschappen naar Koefa, om ze aldaar tentoon te stellen.

Het publiek klapte luid toen het passiespel in de *hosseinije* was afgelopen. De toneelspelers bogen een voor een terwijl de toeschouwers tranen depten. Het kleine gebouwtje dat speciaal tijdens de rouwdagen voor het passiespel was opgetrokken, bevond zich recht tegenover de koninklijke kunstenaarsvertrekken.

De trommels deden de grond trillen, mijn oren bonzen. Het was Ashura, het hoogtepunt van de rouwmaand waarin sjiieten de tragische dood van imam Hoessein en diens mannen in Kerbela herdenken. Ik stond al voor de derde dag achtereen met Iman bij de uitgang; met een goed zicht op de kunstenaarsvertrekken, maar op een veilige afstand, al was ik ervan overtuigd dat niemand me zou herkennen nu ik weer gewoon het uiterlijk van een jonge vrouw had en een picheh droeg. Lange stoeten mannen trokken langs, onder het eentonige geroffel van de trom klaagliederen zingend over het lot van imam Hoessein in Kerbela. Sommige mannen liepen in rijen met op hun schouders een enorme ijzeren constructie waaraan grote emblemen hingen. De mannen die niets droegen, geselden zichzelf met kettingen en sommigen zelfs met zwaarden. Ik sloeg vol afgrijzen mijn ogen neer toen een man ons passeerde die op het ritme van de trom zijn zwaard in zijn achterhoofd joeg; het bloed liep in golfjes van zijn hoofd. Maar lang kon ik niet kijken, ik moest mijn blik gericht houden op de kunstenaarsvertrekken: uit de deur zou ieder moment Sohrab kunnen komen. Het was vreemd weer zo dicht bij mijn oude werkplaats te zijn. De aanblik van het gebouw waar ik zo lang had gegeten en geslapen had me een misselijk gevoel van melancholie in mijn buik bezorgd. Ik had verschillende oude bekenden naar buiten zien komen, onder wie Fazollah. Maar groeten kon ik hen niet. Ik miste het leven aan het hof, en het schilderen in het bijzonder. Zonder dat was mijn leven leeg en doelloos, als een tuin waarin slechts een laagje dorre aarde lag, ongeschikt om rozen tot bloei te laten komen. De taak om Sohrab te herkennen en aan te wijzen was de mijne, Iman had hem immers nog nooit gezien. Maar ik werd moe van het turen naar de deur. Mijn benen deden pijn van het lange staan en eigenlijk wilde ik niets liever dan aan Adilehs voeten zitten, luisterend naar haar verhalen die opgewekter werden naarmate haar zwangerschap vorderde. Maar Sohrab was mijn enige kans om de verdwenen miniaturen terug te vinden en mijn reputatie aan het hof te herstellen.

Drie uur stonden we er al op de uitkijk toen ik een ongecontroleerde kreet slaakte.

'Dat is hem!' fluisterde ik opgewonden.

'Welke?' vroeg Iman. Er waren immers twee mannen de deur uit gekomen.

'De linker, die met het muizengezicht,' siste ik. 'Die andere is Ebrahim. Hij is blind.'

'Kom, we gaan achter hen aan,' zei Iman zacht. Voorzichtig bewogen we ons door de menigte waarin Sohrab en Ebrahim waren verdwenen. Het feit dat iedereen in de rouwmaand op straat zwart droeg, maakte het extra moeilijk om hen te blijven herkennen. In een hoger tempo schoten we langs baardige mannen en kleine jongetjes die zichzelf met geselkettingen ritmisch op de borst sloegen, en langs een groep vrouwen die de stoet afsloot. In de verte meende ik Sohrab te herkennen, maar toen ik dichterbij kwam, bleek het iemand anders te zijn.

'We zijn hem kwijt!' riep ik wanhopig naar Iman. Die schudde teleurgesteld zijn hoofd. Hadden we daar drie dagen voor gepost? Ik tuurde om me heen. Plotseling zag ik iemand met een stok, de stok van Ebrahim.

'Deze kant op,' commandeerde ik. Het verbaasde me dat Ebrahim met Sohrab was meegekomen, juist in deze tijd. Ik had altijd de indruk gehad dat Ebrahim zich buiten slecht kon redden en daarom meestal de relatieve rust van het hof opzocht. Toen we dichter bij de man met de stok waren gekomen, zag ik dat Ebrahim zich voor een blinde in een bewonderenswaardig hoog tempo voortbewoog door de overwegend vrouwelijke massa en Sohrab liep vlak voor hem! Ik wees hen zwijgend aan en Iman knikte ter bevestiging. Toen we de massa verlieten, volgden we de twee mannen door ontelbare straatjes tot ze halt hielden in een doodlopende steeg waar een groepje mannen bezig was een schaap te slachten. Drie hielden het spartelende en luid blatende dier vast terwijl een vierde zijn mes in de hals zette. Toen ze Sohrab ontwaarden, stopten ze om hem te omarmen en te kussen. Het was duidelijk dat ze elkaar lang niet hadden gezien. Daarna liepen Sohrab en Ebrahim een paar meter verder naar een oud, klein huis dat op instorten leek te staan en waarvoor een wilde, witte hond lag te slapen. Iman en ik draaiden onze ruggen naar de mannen toe opdat ze geen argwaan zouden krijgen, en Iman deed alsof hij iets uit zijn leren tas wilde halen. Ik draaide me even later weer om. De plek was leeg; ze moesten naar binnen zijn gegaan.

'Kom,' zei ik zacht. 'Ze zijn dat huis binnengegaan.'

Iman keek me weifelend aan.

'Die hond...' zei hij voorzichtig. Ik moest een lach onderdrukken, de pahlavan was bang voor een hond.

'Hij doet vast niets,' zei ik luchtig. Maar toen we dicht bij het huis waren, stond het dier op en begon fel te blaffen, waarbij zijn scherpe tanden goed zichtbaar werden. Ik keek om en zag dat de ogen van de slachters op ons gericht waren. Straks kwamen Sohrab en Ebrahim nog naar buiten om te kijken wat er aan de hand was! Plotseling vloog er een steen door de lucht, die de hond op zijn kop raakte; jankend rende hij weg.

'Wees welkom! Zoekt u iemand?' klonk de stem van een van de slachters, die naar ons toe kwam. Hij had een korte baard, grove trekken en kleine ogen die straalden alsof het Suikerfeest was in plaats van Ashura. Hij leek tevreden met het feit dat hij ons had geholpen door de hond te verjagen. Angstig keek ik naar Iman.

'Woont hier ene Sohrab?' vroeg die voorzichtig.

'Jazeker!' zei de man, terwijl hij Iman joviaal een klap op de schouder gaf. 'Of liever gezegd: zijn ouders wonen hier. Zelf woont hij aan het hof, hij is kunstenaarsleerling. En hij is de beste daar, dat kan ik u verzekeren! Maar met de rouwdagen is hij bij zijn ouders op bezoek. Hij is net naar binnen gegaan, hebt u hem niet gezien?'

'Nee, nee, we hebben hem niet gezien. Wat toevallig nu toch,' hakkelde Iman ongemakkelijk. Ik was nog steeds de informatie aan het verwerken die ik zojuist had gekregen. Iedereen aan het hof wist niet beter dan dat Sohrabs moeder in het kraambed was gestorven, en daarmee had hij een onuitgesproken recht op medelijden verworven maar deze man vertelde ons dat Sohrabs beide ouders hier woonden?

'Weet u wat?' ging de slachter verder. 'Ik breng u wel even naar binnen. Bent u een vriend van Sohrab aga?' Imans gezicht werd nu granaatappelrood.

'Nee, en ik denk dat als hij juist op bezoek bij zijn ouders is, we hem niet moeten storen. We komen een andere keer weleens terug.'

Iman trok haastig aan mijn bovenkleed ten teken dat we weg moesten gaan, maar het was al te laat. De slachter had zich als een wurgslang om Imans lichaam gewikkeld en duwde hem en daarmee ook mij vriendelijk doch dringend naar binnen.

'Onzin, bij Sohrabs familie staat de deur altijd open, ziet u wel. Het zou mij een schande zijn om een vriend van de familie weg te sturen, dat kan ik niet toestaan. Kom, wees niet verlegen en vereer deze mensen met uw bezoek.'

Iman keek me hulpeloos aan en voor we het wisten stonden we in een schimmig, stinkend vertrek waar een dikke vrouw walnoten zat te hakken en een kale man met een pukkelig gezicht met Sohrab en Ebrahim thee zat te drinken.

'Ik heb bezoek voor u,' meldde de slachter. 'Mijnheer zegt dat hij een goede vriend van Sohrab is.' Hij maakte nog een korte buiging, mompelde 'met uw toestemming' en verliet de dompige kamer.

Vier gezichten keken ons sprakeloos aan. Ik kreeg jeuk over mijn hele lichaam en ik was dankbaar voor mijn verfoeide picheh.

'Kennen we elkaar?' klonk Sohrabs stem scherp. Voor zover ik in de schemering van de kamer kon zien, was Imans gezicht nog roder dan zonet. We waren van plan geweest om Sohrab te bespioneren en zo een aanknopingspunt te vinden voor de verdwenen miniaturen, maar in plaats daarvan stonden we oog in oog met hem. Wat moesten we doen?

'Nee, we kennen elkaar niet, maar ik ben gekomen om een nogal delicaat onderwerp met u te bespreken,' zei Iman tot mijn verrassing. Ik begreep niet waar hij naartoe wilde, maar besloot me er geheel buiten te houden en de rol van onderdanige echtgenote aan te nemen. Zo zou ik niets kunnen verpesten. Sohrab trok zijn wenkbrauwen op.

'Zo, zo. En wat voor onderwerp mag dat dan wel zijn?' vroeg hij spottend.

Ongemakkelijk keek Iman naar de twee oude mensen en Ebrahim, wisten zij ervan? Sohrab pikte het gebaar direct op en kwam dicht bij Iman staan. Ik zag even een aarzeling in Imans beweging, maar toch boog hij zich voorover en fluisterde iets in Sohrabs oor. Het leek eeuwen te duren. Ik hield mijn ogen op de muur tegenover me gericht, waarop schimmel welig tierde. Toen Iman was uitgefluisterd, boog hij schaamtevol zijn hoofd alsof hij verwachtte ieder moment gestraft te kunnen worden voor wat hij had gezegd.

Sohrab leek compleet uit het veld geslagen. De spieren rond zijn ogen trokken zich samen van de zenuwen en zijn gezicht was even rood als dat van Iman.

'Van wie weet u dat?' bracht hij ten slotte uit. Sohrabs ouders keken hem gespannen aan, maar durfden niets te zeggen. Ook Ebrahim zweeg. Iman wilde zich weer vprooverbuigen om het antwoord in Sohrabs oor te fluisteren, maar die snauwde dat Iman gewoon hardop kon praten. Hij had immers geen geheimen voor zijn ouders, noch voor Ebrahim.

'Van een kennis van mijn familie.'

Nu werd Sohrab lijkbleek.

'Vertel me zijn naam,' stamelde hij. 'Ik heb het nooit aan iemand verteld. Hoe kan dit nu?' Iman haalde luchtig zijn schouders op.

'Zijn naam kan ik me echt niet meer herinneren, maar hij droeg een witte tulband.'

Langzaam draaide Sohrab zijn hoofd in de richting van Ebrahim, die onverstoorbaar van zijn thee zat te slurpen.

'Ebrahim, weet jij hier meer vanaf? Heb jij je mond weer niet kunnen houden?' klonk Sohrabs stem dreigend.

'Bij de ziel van mijn moeder, ik heb het niemand verteld,' riep die geschrokken.

Ik hapte naar adem. Ebrahim zat ook in het complot. Hoe was het mogelijk? Ebrahim, die ik altijd vertrouwd had, die ik als een vriend beschouwde, had samen met Sohrab de miniaturen gestolen en mij er nog van durven beschuldigen ook.

Gespeeld laconiek haalde Iman zijn schouders op.

'Zo gaan die dingen. Je denkt dat niemand het weet en dan blijkt de halve wereld ervan op de hoogte te zijn.'

Sohrab, nog steeds zichtbaar boos over het vermeende verraad van Ebrahim, gebood ons te gaan zitten terwijl hij zijn moeder vroeg thee voor ons in te schenken. De dikke vrouw kwam met grote moeite overeind. Toen ze de theepot pakte, zag ik dat haar hand hevig trilde.

'Hoeveel wilt u ervoor hebben?' vroeg Iman na een tijdje op mierzoete toon. Sohrab nam snel een slok thee.

'Voor alle drie?' vroeg hij toen. Iman knikte. Sohrab boog zich over naar zijn vader en Ebrahim, en begon op gedempte toon met hen te overleggen.

'Vijfhonderd zilverstukken per miniatuur,' zei Sohrab ten slotte. Ik schrok. Het was een gigantisch bedrag.

Iman keek echter onverstoord.

'Prima,' zei hij. 'Geen probleem.'

Onmiddellijk kwam er een triomfantelijke grijns op Sohrabs gezicht. Had hij dat even mooi geregeld!

'Maar ik wil ze wel snel hebben,' zei Iman. 'Morgen!'

Sohrab knikte en zei dat dat kon.

'Maar hoe weet ik of u echt over zoveel zilverstukken beschikt?' voegde hij er verlegen aan toe.

'U zult het morgen zien,' antwoordde Iman vol zelfvertrouwen. 'We steken eerlijk over. Ik de drie miniaturen, u vijftienhonderd zilverstukken. Laten we morgenavond afspreken bij het Huis der Krachten achter de Goudsteeg. U klopt gewoon op de deur. Ik ben er alleen. En... neem Ebrahim aga ook mee, dan kunnen we daarna de zaak beklinken.'

Sohrab knikte. Zijn ogen glommen alsof hij de zilverstukken al in handen had. Zijn familie zou in weelde kunnen leven. Nu we zulke goede klanten bleken, wilde Sohrabs moeder ons van alles aanbieden: noten, halva en dadels. We bedankten haar en met veel buigingen en beleefdheidsfrasen verlieten we het krot.

'Hij droeg een witte tulband!' giechelde ik toen we het doodlopende steegje uit waren. 'De halve stad draagt een witte tulband.'

'Dat weet ik. Ik wilde het hun niet te gemakkelijk maken,' antwoordde Iman met een glimlach.

'Maar wat ben je nu precies van plan?' vroeg ik toen onze ergste lachkriebels wegebden.

'Er rest ons nu nog één ding: we moeten de sjah inlichten. Om te kunnen bewijzen dat Sohrab en Ebrahim de miniaturen echt hebben gestolen, moeten er bij de overdracht getuigen van de sjah aanwezig zijn.'

Het was vijf minuten voor tien. Nog vijf minuten voordat Sohrab en Ebrahim zouden komen. Met de miniaturen, die ze ongetwijfeld hadden ingepakt om te voorkomen dat iemand ze als de gestolen kunstwerken van sjah Ismaïl zou herkennen. Er was immers veel ruchtbaarheid gegeven aan de verdwijning, het nieuws gonsde door de stad. Dat kon Sohrabs enthousiasme over Imans voorstel verklaren: het zou in Tabriz moeilijk zijn geweest een andere koper te vinden dan een echte liefhebber, en als zo'n klant had Iman zich gepresenteerd. De worstelaar had zijn beste kleding van zwarte zijde aangetrokken – waarin hij makkelijk voor een welgesteld man kon doorgaan – en was naar het paleis gegaan. Het was hem niet gelukt om de sjah zelf te spreken, maar met de nodige overtuigingskracht slaagde hij er wel in om Bozorgmehr Jafari te ontmoeten. Bozorgmehr, die altijd zijn twijfels had gehad over de beschuldiging van de sympathieke Kouros, liet zich graag overtuigen door Iman van het feit dat Sohrab en Ebrahim achter de gestolen miniaturen zaten, en dat ze ze die avond naar het Huis der Krachten achter de Goudsteeg zouden brengen in ruil voor vijftienhonderd niet-bestaande zilverstukken. Bozorgmehr had Imans informatie aan sjah Ismaïl overgebracht, die aanvankelijk woedend was geworden. Wie was die man om Sohrab, zijn lievelingsschilder, vals te beschuldigen? Het was immers die verdomde Kouros uit Maraqeh die erachter zat! Had Iman die miniaturen soms bij Sohrab gezien? Nee? Nou dan! Het moest gewoon Kouros zijn, dat kon niet anders! Toen Bozorgmehr terugkwam met deze reactie, had Iman tot zijn opluchting beseft dat de sjah nog niet op de hoogte was van het feit dat Kouros in werkelijkheid een jonge vrouw was die naar de naam Soraya luisterde. Het verzoek dat hij de sjah vervolgens via Bozorgmehr deed, was niet zonder risico: zou de koning bereid zijn die avond een aantal manschappen in het Huis der Krachten te stationeren, zodat die zelf konden zien dat Sohrab en Ebrahim de gestolen miniaturen in hun bezit hadden, en de mannen zouden kunnen overmeesteren, boeien en meevoeren naar het hof? De sjah moest dan maar beslissen wat er met hen zou gebeuren. Maar sjah Ismaïl had hier weinig oren naar. Terwijl Bozorgmehr, overtuigd door Iman, verschillende argumenten voor dit plan aanvoerde, keek de koning strak voor zich uit en dacht na.

Uiteindelijk onderbrak hij Bozorgmehr Jafari midden in een zin en zei:

'Op één voorwaarde.' Bozorgmehr had verbaasd opgekeken en de koning had opnieuw gezegd:

'Op één voorwaarde ben ik bereid mee te werken en manschappen te sturen. Mocht blijken dat Sohrab en Ebrahim daadwerkelijk de miniaturen hebben gestolen, dan zal ik ze persoonlijk straffen.' Bozorgmehr had geluidloos gezucht terwijl het kippenvel over zijn armen liep. 'Als ze niet op komen dagen,' besloot de sjah, 'moet de valse beschuldiger hangen.'

Strak van de zenuwen lag ik op mijn buik verstopt op de zoldering van het Huis der Krachten te wachten op de verlossende klop op de deur. Als Ebrahim en Sohrab niet kwamen opdagen, zouden sjah Ismaïls mannen Iman zonder pardon meenemen, en ik twijfelde er niet aan dat de koning de doodstraf zou uitvoeren. Ik had al te veel gruwelijke verhalen gehoord om in dat geval nog hoop te koesteren op vergeving. Adileh was razend geworden toen ze de voorwaarde van de koning had gehoord.

'Jullie denken alleen maar aan die stomme schilderijen!' had ze huilend geschreeuwd. 'Waarom denken jullie voor de verandering niet eens aan mij en aan het kind in mijn schoot? Stel dat die kerels niet komen – en daar kunnen honderden redenen voor zijn – dan moet mijn kind opgroeien zonder vader!'

Iman had haar sussend in zijn gespierde armen genomen: 'Djoenam, mijn ziel, huil nou niet. Ze komen heus wel. Denk je dat ze vijftienhonderd zilverstukken laten schieten?'

'Je moet vluchten. Nu kan het nog. Ga gewoon niet en we zullen vluchten!'

'Nee, Adileh. Ik ben het aan Soraya verplicht, en jij ook. Door ons is zij in de problemen gekomen, waarvoor ze met haar leven dreigde te moeten betalen. Ik ben geen ware gelovige als ik haar nu niet help met wat het ook is dat zij vraagt. Ik leg mijn lot in de handen van God en de imams. Mocht het mijn voorbestemming zijn om te sterven, dan zal ik dat met trots doen.'

Adileh had onwillig geknikt. Ze wist dat ze bij Soraya in het krijt stonden en ook dat alles allang was voorbestemd. Ze zou het alleen niet kunnen verdragen als God had besloten dat Iman de ogen van zijn kind nooit te zien zou krijgen.

Er klonk een harde klop op de deur. Een warme golf van vreugde sloeg door mijn buik. Ebrahim en Sohrab waren gekomen! Iman was gered en de miniaturen zouden weer terugkeren naar waar ze hoorden. Toen klonk er een energieke stem die leek toe te behoren aan een jonge man, maar het was noch de stem van Sohrab, noch die van Ebrahim. Ik spande me in om iets van het gesprek, dat ver onder mij gevoerd werd, op te vangen. Ik hoorde Iman op nerveuze toon praten, maar verstond alleen 'vanavond niet' en 'vergissing'. Waarschijnlijk stond er aan de deur een jonge pahlavan die dacht dat hier vanavond een training zou plaatsvinden. Mijn adem stootte met moeite uit mijn mond. De spanning was onverdraaglijk. Het was heel goed mogelijk dat Sohrab en Ebrahim nu argwaan hadden gekregen. Was het allemaal niet wat te gladjes verlopen tijdens ons onvoorbereide bezoek aan het huis van Sohrabs ouders? Was het niet beter geweest als Iman tenminste een poging had gedaan om te onderhandelen over de prijs van de miniaturen?

Toen de pahlavan weer was vertrokken, verstreek de tijd zonder dat er iets gebeurde. Ik stelde me voor hoe Iman zich moest voelen. Vrezend voor zijn leven, terwijl de minuten weggleden... Hoeveel geduld zouden de mannen van de sjah op kunnen brengen? Ik begon *doe'a* te maken, een smeekbede aan God. Het zou zo oneerlijk zijn als Iman moest sterven voor drie miniaturen, voor de problemen die ik had veroorzaakt. Ter plekke bedacht ik een plan. Als de mannen Iman zouden willen meevoeren naar het hof, zou ik alle schuld op me nemen. In plaats van Iman zou ik sterven. Mijn leven had toch geen doel meer, maar in Adilehs buik groeide een kind dat een vader nodig had.

Voor mijn gevoel was er sinds de komst van de pahlavan aan de deur wel een uur verstreken. Ik hoorde dat de mannen van de koning met Iman in gesprek waren. Een onvriendelijk klinkend gesprek, dat ik weer niet goed kon verstaan. Ik hoorde Iman wel een paar keer smekend '*lotfan*', alstublieft zeggen.

De klop was veel zachter deze keer, haast schuw. Met mijn handpalmen open naar de hemel en mijn ogen dichtgeknepen bad ik dat dit Sohrab en Ebrahim waren. Ik hoorde echter geen stemmen. Opnieuw spande ik me in om iets te horen, maar zonder resultaat. Had ik me die zachte klop op de deur soms ingebeeld? Toen klonk er een zacht gemurmel. Ik besloot een stukje van de ladder af te dalen zodat ik meer zou kunnen horen. Opnieuw concentreerde ik me op het geluid onder me.

Heel zacht hoorde ik de onmiskenbare stem van Sohrab zeggen: 'Goed, Ebrahim, laat ze maar zien.'

Van vreugde viel ik bijna van de ladder. Ze waren echt gekomen! Ze zaten in de val, al wisten ze dat zelf nog niet. Ik besloot nog iets verder naar beneden te komen, zodat ik het tafereel ook zou kunnen zien. Om te voorkomen dat iemand mij zou zien, moest ik me bukken en alleen mijn hoofd naar beneden brengen. Ik hoorde Sohrab alle details van de afbeeldingen lovend beschrijven, vooral die van de miniatuur van de strijd tussen Roestam en Sohrab natuurlijk, die hij zelf had vervaardigd. Iman reageerde goedkeurend, zag ik. Op het moment dat Sohrab naar het geld vroeg, viel er een stilte.

'Het geld, ja,' mompelde Iman om tijd te winnen. Waar bleven de manschappen van de sjah nu?

'Je geeft ons nu die zilverstukken of ik snijd je keel door!' herhaalde Sohrab zijn verzoek. Het dunne laagje beleefdheid dat hij had weten op te brengen voor Iman was helemaal verdwenen.

Dat was het startsein voor de manschappen van de koning om in actie te komen. Ze hadden zich tot die tijd verscholen in een achterkamer maar nu kwamen ze met hun messen en knuppels in de hand naar de voorkamer terwijl ze riepen dat Sohrab en Ebrahim zich niet mochten verroeren. Ook klonken er naast woorden als 'verrader' en 'dief' flinke klappen en kreten van pijn.

Tevergeefs probeerde Sohrab nog om zijn mes te pakken maar hij werd direct door een van de mannen neergeslagen. Een ander bond zijn handen met een touw vast achter zijn rug.

'Vuile verrader!' siste de man terwijl hij daarmee bezig was. 'Je was de favoriete hofschilder van de koning. Hoe heb je hem zo kunnen verraden?'

Ik klom snel weer naar boven. Even later zag ik vanuit het zolderraam hoe op straat een groep gespierde mannen een zwak protesterende Sohrab en Ebrahim meevoerde.

20

Adileh was ons opgelucht in de armen gevallen toen Iman en ik die avond thuis waren gekomen. Iman vertelde haar in geuren en kleuren hoe Sohrab en Ebrahim uiteindelijk toch waren op komen dagen en hoe de mannen van sjah Ismaïl hen hadden overmeesterd en meegenomen naar het hof.

'Wat gaat er met hen gebeuren?' had ze eerder plichtmatig dan geïnteresseerd gevraagd. Eigenlijk kon het haar niet schelen. Het kind in haar schoot zou zijn vader kennen: dat was alles wat telde.

'Ze zullen gestraft worden. Hoe weet ik niet. Maar de mannen zeiden dat ze ons op de hoogte zouden houden.'

Er was nu al een maand verstreken en we hadden nog niets gehoord over het lot van Sohrab en Ebrahim. Wel had ik deze week een droom gehad. Ik zag Ardeshirs gewelfde lippen, zijn ogen die me stralend aankeken. Arme Ardeshir. Toen ik hem verteld had over de valse beschuldiging en het doodvonnis van de sjah, had hij een week moeten nadenken of hij me nog wel wilde zien. Iedere dag van die zwarte week smeekte ik God Ardeshir terug te brengen in mijn leven. Hij wist net als ikzelf niet of de sjah op de hoogte was van mijn privéopdracht, indien wel dan zou hij mogelijk een gezant naar Ardeshirs huis sturen om navraag te doen of hij mij nog gezien had of wist waar ik verbleef. Toen in die week niemand van het hof zich had gemeld, meende Ardeshir dat het veilig genoeg was om mij op te zoeken in het huis van Adileh en Iman. Nog nooit was ik zo blij als op de dag dat Ardeshir daar plotseling verscheen. Vanaf toen was hij iedere dag trouw komen poseren. Het werk was gestaag gevorderd en vorige week afgesloten. De miniatuur was mooi geworden, perfect zelfs. Toch zei ik Ardeshir dat ik nog tijd nodig had om de laatste details in alle rust af te ronden; dan zou ik de voltooide miniatuur zelf komen brengen. Voor één keer kon ik dat risico wel lopen, verzekerde ik hem. Ik was er immers steeds meer van overtuigd geraakt dat het veilig was bij Ardeshir thuis te komen; de hofkunstenaars wisten zijn adres immers niet. Sultan Mohammed wel, maar die zou er alles aan doen om mij te beschermen. Had hij mij immers niet laten vluchten? Bovendien verlangde ik zo vurig naar de aanwezigheid van Ardeshir. Weg van Adileh die tijdens de schildersessies aan één stuk door kwebbelde over haar zwangerschap. Maar als ik de miniatuur eenmaal had afgeleverd, zou ik geen excuus meer hebben om Ardeshir te zien. Die gedachte vervulde me met een donker verdriet, maar Ardeshir had niet door dat ik zo met ons aanstaande afscheid worstelde. Hij verkeerde nog steeds in tweestrijd over een huwelijk met Sjirien.

'Ik moet echt binnenkort een beslissing nemen, Kouros,' had hij me tijdens de laatste schildersessie gezegd. 'Ik merk dat het geduld van Sjiriens vader op begint te raken. Hij lijkt het beledigend te vinden dat ik zo lang na moet denken over de vraag of ik zijn dochter wil huwen. Mijn eigen ouders snappen ook niets van mijn twijfel.'

Ik wist dat die alles te maken had met mijn waarschuwing dat Sjirien niet zou deugen. Het was oneerlijk om hem zo voor te liegen, maar als ik kans wilde maken bij Ardeshir, zou ik mijn vermomming af moeten leggen. Anders zou ik hem moeten laten gaan, hem vrijlaten om een toekomst op te bouwen met Sjirien. Die gedachte was onverdraaglijk. Ik nam een besluit.

De meid was nog dezelfde en haar gezicht was nog even pokdalig. Of ze me herkende, gekleed als vrouw, weet ik niet. Of ze wist het goed te verbergen. Mijn pichch droeg ik niet, ik wilde dat Ardeshir mijn gezicht zou zien. In de hal hing een doordringende geur van uien en geroosterd lamsvlees. De meid leidde me zonder vragen naar de werkkamer van Ardeshir en klopte op de deur. Mijn mond was droog en mijn benen trilden. De voltooide miniatuur hield ik onder mijn arm geklemd.

'Ja?' klonk Ardeshirs stem. Mijn hart sloeg over.

'U hebt bezoek.'

'Laat hem binnenkomen.'

De meid hield de deur voor me open en daar stond ik in het vertrek waar ik zoveel heerlijke uren met Ardeshir had beleefd door hem te schilderen en met hem te praten. Ardeshir keek me aan en toonde geen enkel teken van herkenning. Toen kneep hij zijn ogen onderzoekend samen. Nu zou hij kwaad worden. Hij zou opstaan en me met luide stem bevelen om te vertrekken, want wat ik had gedaan was onvergeeflijk. Als ik zijn vergeving niet zou krijgen, dan zou ik hem mijn verontschuldigingen aanbieden en de miniatuur.

Het bleef lang stil, tot Ardeshir met aarzelende stem zei:

'Ben jij het, Kouros?'

Verlegen keek ik Ardeshir aan en knikte.

'Het spijt me,' begon ik met trillende stem, 'maar de omstandigheden dwongen me om me als man te verkleden.'

Ardeshir was sprakeloos. Zijn ogen stonden gespannen maar tot mijn opluchting las ik er geen oordeel in. Ik begon aan het lange verhaal over de dood van mijn vader, het gedwongen huwelijk met de oude Mahmoed, mijn verblijf bij de familie van Adileh, Kouros en de geplande steniging, onze vlucht naar Tabriz...

Ardeshir zweeg nog steeds.

'Nu ik toch niet meer aan het hof werk en ook mijn privéopdracht is afgerond, is er voor mij geen reden meer om mijn vermomming in stand te houden. Ik vind het verschrikkelijk dat ik niet eerlijk tegen je ben geweest, maar ik had geen keus.'

Ardeshir keek me aan.

'Je hebt altijd een keus,' zei hij vlak. Ik had hem gekwetst. 'Misschien kun je nu beter gaan.'

Toen ik thuiskwam, keek Adileh me nieuwsgierig aan.

'Je ogen zijn opgezet. Heb je gehuild?'

Ik beet op mijn lip en vertelde haar uitgebreid over mijn bezoek aan Ardeshir; hoe anders dat verlopen was dan ik had gehoopt.

'Hij heeft me min of meer weggestuurd. Hij wil me nooit meer zien,' besloot ik mijn verhaal. Adileh stond moeizaam op om haar armen troostend om me heen te slaan.

'Hij heeft gewoon wat tijd nodig om alles te verwerken. Het is ook niet niks als je erachter komt dat je vriend opeens een vrouw blijkt te zijn,' fluisterde ze.

'Laten we naar buiten gaan,' zei Adileh. 'Daar zul je van opknappen. Het is vandaag zo lekker weer en ik wil op de bazaar niertjeskebab kopen.'

Even later liepen we op de bazaar, waar we inmiddels al veel kooplui kenden. We liepen door de kleine straatjes, waar regelmatig de nasale stemmen van de bedelaressen klonken die hun sjerp op de grond hadden gelegd om er munten in te ontvangen. Toen we uiteindelijk op de vleesafdeling waren, had ik zo'n honger gekregen dat het water me ondanks de stank in de mond liep. Rijen karkassen waren opgehangen aan vleeshaken, terwijl de slagers in hun met bloed bespatte tunieken voor hun rijke klanten lamsbouten in stukken hakten en voor de armen botten apart legden om er stoofpot van te maken. Wij gingen als altijd naar de winkel van de dikke, halfdove Ghasem, een man met een vrolijk gezicht die ons bij onze bestelling dikwijls een extra bot gaf. Het was een drukte van belang, voor de vrijgevige Ghasem stonden de klanten immers graag in de rij. Ik voelde de dikke lijven van de luid met elkaar pratende vrouwen achter me ongeduldig in mijn rug drukken.

'Een pond nieren,' zei Adileh luid toen we eindelijk aan de beurt waren.

'Geen lekkere lamsbout?' vroeg de slager.

Adileh schudde haar hoofd.

'Niet als ik ervoor moet betalen. Als u mij er een schenkt, is dat prima!' grapte ze. Slager Ghasem overhandigde Adileh de niertjeskebab waarna ze hem betaalde.

Opeens klonk achter me een vrouwenstem.

'Adileh? Ben jij dat?' Adileh en ik draaiden ons tegelijk om. Op dat moment viel Maryam ganoem flauw. Mensen begonnen te gillen om een dokter en bogen zich over de gevallen vrouw heen. Door de gillende massa heen werkte zich een andere vrouw naar voren totdat ze vrijwel voor me stond. Ik keek in de ogen van mijn moeder. Vanwege mijn picheh, herkende ze me niet.

'Maman?'

'Soraya?' Sprakeloos vloog ik mijn moeder om de hals, en ik liet geluidloos mijn tranen stromen. Hoe was het mogelijk dat ik haar hier tegenkwam, zomaar, bij de slager op de bazaar van Tabriz? En hoe was ze in hemelsnaam in contact gekomen met Maryam ganoem? Maryam ganoem werd overeind getild door Ghasem en een andere slager, terwijl de vrouwen om haar heen water in haar gezicht gooiden om haar te laten bijkomen. Mijn moeder keek me aan.

'God is groot! Hij heeft mijn smeekbeden verhoord. Meisje toch, wat heb ik je gemist!'

Ik knikte snikkend.

'Ik moest wel vluchten...'

Mijn moeder knikte.

'Ik begrijp het. We hadden je nooit aan hem mogen geven.'

We liepen naar Maryam ganoem, die ondertussen bij was gekomen. Ze keek me wat wazig maar vriendelijk aan. Vervolgens nam ze haar dochter van top tot teen op.

'Ben je zwanger?' vroeg ze verbaasd. Adileh knikte blozend.

'Ik ben getrouwd,' fluisterde ze gespannen. Even bleef Maryam ganoem stil.

'Het is allemaal goed. Het belangrijkste is dat we jullie gevonden hebben,' zei ze uiteindelijk, terwijl ze Adileh liefdevol over haar rug streelde. We besloten de nieuwsgierige mensenmassa te ontvluchten. Onderweg naar huis vertelden Adileh en ik wat we allemaal hadden meegemaakt sinds onze vlucht. De liefde die onze moeders voor ons voelden, hing vrijwel tastbaar in de lucht en we wisten dat die geen plaats liet voor verwijten of woede. Mijn moeder bleef maar herhalen hoe trots ze was dat haar dochter, een simpel dorpsmeisje, aan het hof van sjah Ismaïl als miniatuurschilder had gewerkt.

'Tja, maar die tijd is nu helaas voorbij,' kon ik niet nalaten op te merken.

Ze vertelde me hoe teleurgesteld zij en Melika waren geweest toen ze aan het hof kwamen en hoorden dat ik gevlucht was. Toen hadden ze besloten een tijdje in Tabriz te blijven om Adileh en mij op te sporen. Ze hadden overal navraag gedaan, maar zonder resultaat. Tot mijn moeder had gesproken met een vrouw die meende Adileh te kennen. Ze had haar weleens gezien op de bazaar, en wachtend in de rij van slager Ghasem een praatje met haar aangeknoopt. Ze had Maryam ganoem en mijn moeder dan ook geadviseerd iedere dag naar de vleesafdeling van de bazaar te komen. Dan zou Adileh vroeg of laat zeker verschijnen. Adileh kon zich niet herinneren wie deze vrouw was – ze had tot mijn ongenoegen de neiging met alle vrouwen praatjes aan te knopen en op die manier veel prijs te geven over haar persoonlijke levensgeschiedenis – maar ik was deze onbekende vrouw innig dankbaar. Mijn moeder en Maryam ganoem deden hun verhaal over wat er aan hun komst naar Tabriz was voorafgegaan en hoe ze met elkaar in contact waren gekomen. Toen was het mijn beurt om me te verbazen. Wie had ooit gedacht dat mijn moeder het in zich zou hebben om Ali-Reza te trotseren en, strijdend tegen vermoeidheid en kou, in haar eentje naar mij op zoek te gaan? Toen mijn moeder echter vertelde dat ze met beide families naar Tabriz waren gekomen, inclusief Ali-Reza en Kouros, werden Adileh en ik bang.

'Ali-Reza en Kouros zullen me vermoorden,' fluisterde ik.

Adileh knikte instemmend.

'Kouros wilde haar laten stenigen. Denkt u echt dat hij haar nu zomaar zal laten gaan?'

'Kouros zal je niets doen, Soraya,' zei Maryam ganoem. 'Diep in zijn hart is hij niet slecht. Hij voelde zich alleen in zijn eer aangetast, maar daar moet hij zich overheen leren zetten. In ieder geval zal ik niet langer toestaan dat jullie leven wordt verpest door Kouros' eergevoel!'

Ook mijn moeder sprak ons sussend toe, maar in haar ogen zag ik dat ze er zelf ook niet helemaal gerust op was. We liepen naar onze straat, lieten onze moeders de buitenkant van ons huis zien en spraken af dat zij eerst met de mannen zouden praten. Alleen als Maryam ganoem en mijn moeder er absoluut van overtuigd raakten dat Kouros en Ali-Reza ons niets zouden doen, zouden ze vanavond met z'n allen een bezoek aan ons brengen, maar niet bij ons thuis: in het Huis der Krachten was het veiliger. We konden geen enkel risico nemen. Zouden Kouros en Ali-Reza zinnen op wraak, dan zouden onze moeders niet vertellen waar we woonden en ons later met z'n tweeën opzoeken. Adileh en ik stemden in met dit plan, al bleef ik angstig. Wat als Ali-Reza en Kouros de vrouwen zodanig onder druk zetten dat ze gedwongen werden hun te vertellen waar we woonden? Iman was er weliswaar om ons te beschermen, maar zijn aanwezigheid zou tegelijkertijd de woede van Kouros flink kunnen doen oplaaien. We moesten af-wachten, er zat niets anders op. Zeer tegen onze zin namen we af-scheid van mijn moeder en Maryam ganoem.

'Maken jullie je geen zorgen, we krijgen de mannen wel zover,' zei mijn moeder ferm en Maryam ganoem knikte.

'We blijven hun moeder.'

En terwijl ik toekeek hoe de twee vrouwen langzaam oplosten in de verte, dankte ik God met heel mijn hart dat Hij mijn moeder naar me toe had gestuurd.

Blij maar ook bang zaten Adileh en ik samen de niertjeskebab te bakken en we praatten onophoudelijk over de wonderlijke ont-moeting van vandaag. Plotseling kwam Iman binnen, met een opgewonden uitdrukking op zijn gezicht.

'Moeten jullie horen wat er vandaag is gebeurd! Ik was aan het werk in het Huis der Krachten toen er opeens een boodschapper van sjah Ismaïl aan de deur stond. Hij zei dat de sjah had beslo-ten dat Sohrab en Ebrahim volgende week zaterdag, om twee uur 's middags, zullen worden opgehangen in de paleistuin, en dat er voor mij en mijn verwanten ereplaatsen op de tribune zijn gere-serveerd. Het is in principe een besloten executie maar de sjah staat erop dat ik kom.' Ik voelde hoe gal zich vanuit mijn maag-streek een weg naar boven baande. Scherp brandde het zuur in mijn keel.

'Ophangen?' vroeg ik. Natuurlijk hoefde een dergelijk vonnis me niet te verbazen. Al was Sohrab dan de favoriete schilder van de sjah geweest, wat hij had gedaan was voor de heerser onver-geeflijk. Het gebeurde regelmatig dat lieden die de sjah onwelge-vallig waren, werden opgehangen. Sommigen ondergingen zelfs een langdurige marteldood. Maar ik had niet na willen denken over de mogelijkheid dat Sohrab en Ebrahim met de dood ge-straft zouden worden. Het was te afschuwelijk. Adileh keek me vol medeleven aan. Ze wist hoezeer ik harde straffen haatte en ze begreep hoe bedrukt ik was door het feit dat ik Sohrabs en Ebrahims dood op mijn geweten zou hebben. Onwillekeurig dacht ik terug aan het verhaal over de strijd tussen Sohrab en Roestam uit de *Sjahnameh*. Sohrabs droevige verwachting dat hem, net als zijn naamgenoot uit het Boek der Koningen, een vroege dood zou treffen, zou uitkomen. Maar in dit geval was het niet de hand van de vader die hem zou doden. Nee, ik was Roestam geworden, de ongewilde moordenaar van Sohrab.

'Wat heb je tegen die boodschapper gezegd?' vroeg ik Iman.

'Ik heb gezegd dat hij aan de sjah moest doorgeven dat ik er zeker zal zijn. Maar niet alleen. Dat er namelijk iemand is, die hij meer dankbaarheid verschuldigd is dan mij. Die er echt voor gezorgd heeft dat de miniaturen weer boven tafel zijn gekomen en die bovenal eerherstel behoeft.' Iman keek me grijnzend aan.

'Dat meen je niet. Waarom heb je dat gezegd?'

'Omdat het waar is.'

'Nee, het kan niet. Ik kan daar niet naartoe gaan om te zien hoe Sohrab en Ebrahim worden opgehangen. Het is te wreed. Die beelden raak ik nooit meer kwijt! Bovendien heb ik er geen zin meer in om als jongen verkleed te gaan, en ik ben er ook al niet zeker van dat ze me aardig zullen behandelen.'

'Natuurlijk zullen ze je aardig behandelen. Je bent een held! En als jij geen zin hebt om weer Kouros te worden, dan ga je toch als Soraya? Ze zullen je niet herkennen. Maar dan loop je natuurlijk wel een heldenontvangst mis.'

'Ik weet het niet, Iman. Ik moet erover nadenken.'

Maar nu viel Adileh ons in de rede. Ze stond te popelen om Iman te vertellen over hoe we onze moeders vandaag hadden teruggevonden, zomaar op de bazaar bij de slager! Half door elkaar pratend van opwinding vertelden we het hele verhaal. Iman schudde zijn hoofd vol ongeloof. Hij was zo blij voor ons dat onze moeders weer in ons leven waren. Maar toen we vertelden dat

Kouros en Ali-Reza ook in Tabriz waren en misschien die avond langs zouden komen in het Huis der Krachten, betrok Imans gezicht.

'Dat kan niet. Kouros zal me vermoorden als hij ziet dat ik zijn zusje zwanger heb gemaakt. En jou zou hij ook wat aan kunnen doen, je bent immers nog steeds zijn vrouw,' voegde hij eraan toe terwijl hij zijn bezorgde blik op mij richtte.

'Nee, dat ben ik niet meer, die periode is inmiddels verlopen. Ik ben weer vrij!' Maar deze triomfantelijke uitspraak kon Iman onmogelijk opbeuren. Het eten dat Adileh even later serveerde, raakten we nauwelijks aan. De niertjeskebab was niet mislukt en rook verrukkelijk, maar de zenuwen speelden ons parten.

'Ik kan het geen moment langer uithouden, hier. Ik breng jullie nu naar het Huis der Krachten en ga zelf wat dingen regelen,' zei Iman ten slotte.

'Regelen?' schrok Adileh. 'Wat moet je regelen? Zorg je wel dat je dan snel terugkomt? Soraya en ik willen niet alleen zijn, daar!'

Iman antwoordde niet eens, maar stond zenuwachtig op en haastte zich naar de deur. Hij maande ons ook te komen. Met snelle passen liepen we even later in de kille late novemberwind.

'Als er iemand op de deur klopt, doen jullie gewoon nict open,' was het enige wat Iman zei toen hij ons bij het Huis der Krachten afzette. Adileh en ik gingen zitten op wat kussens op de grond. We zwegen, beiden in onze eigen bezorgde gedachten verzonken.

Zouden ze komen of niet? Waar moesten we op hopen? Als ze niet kwamen, was dat makkelijker, maar het zou ook betekenen dat Ali-Reza en Kouros nog steeds wrokgevoelens koesterden en we dus nog steeds gevaar liepen. Vele minuten verstreken. Natuurlijk had ik in mijn geest al ontelbare keren een schilderij geschilderd. Een waarop we allemaal vreedzaam naast elkaar op de grond zaten, etend en lachend zoals normale families dat deden. Maar ik vreesde dat dit schilderij net zo weinig reëel was als dat waarop een Laila en Majnoen in het huwelijk traden.

Plotseling ging de deur open. Geschrokken keken Adileh en ik elkaar aan.

'Ik ben het, Iman,' klonk het. Hij had drie leerling-pahlavani meegenomen. Het zou me een veilig gevoel moeten geven, maar ik bleef ongerust. Als het maar niet uitliep op een vechtpartij.

Een uur lang gebeurde er niets. Het was om gek van te worden. Toen werd er op de deur geklopt.

'Jullie gaan daar in de hoek staan,' siste Iman terwijl hij een mes bij zich stak.

Snel trok ik Adileh overeind, die waggelend naar de hoek liep. Opnieuw werd er op de deur gebonsd, harder deze keer. Toen Iman de deur voorzichtig opendeed, drong direct de zware stem van Ali-Reza binnen.

'Waar zitten ze?'

'Je zou hen met rust laten!' klonk de stem van mijn moeder vanachter de deur. Maryam ganoem begon boos te schreeuwen. Adileh en ik kropen verder in de hoek en hielden elkaar angstvallig vast. Ali-Reza wilde de kamer binnendringen, maar Iman hield hem tegen.

Met het mes voor Ali-Reza's gezicht schreeuwde hij:

'Je blijft uit de buurt van Adileh en Soraya, anders ben je er geweest!'

Omdat hij zo geconcentreerd was op Ali-Reza, zag Iman niet dat Kouros langs hem heen schoot en met een paar grote passen voor ons was komen staan. Ik voelde hoe Adileh sidderde en ik vouwde mijn armen beschermend om haar buik. Maar ik werd ruw naar voren getrokken, Kouros' gezicht was vlak voor het mijne. Nog nooit had ik er zoveel haat in gezien als nu.

'Hoe durf je te vluchten voor je verdiende lot en hier samen met mijn zus de hoer voor die pahlavan te spelen? Je bent mijn vrouw, verdomme. Heb jij dan helemaal geen eer?' De drie pahlavani renden op Kouros af om hem met hun knuppels te bewerken. Maar Kouros zag nog kans om mij een klap in het gezicht te geven, die zo hard was dat ik kreunend van de pijn op de grond zakte. Ook Adileh wist hij nog te treffen. Hij nam niet eens de moeite iets tegen haar te zeggen en schopte haar recht in haar buik. Adileh begon te gillen. Toen werd Kouros bedolven onder de meedogenloze slagen die de pahlavani met hun knuppels uitdeelden. Kouros' tulband viel af en ik begon als een bezetene aan zijn haren te trekken, zodat hij het uitschreeuwde van de pijn.

'Ik ben je vrouw niet meer!' beet ik hem toe toen hij verslagen op de grond lag. Ongelovig draaide Kouros zijn hoofd om en staarde me aan. Zijn ogen stonden koud, bloed sijpelde langs zijn slapen. Hij wist niets meer te zeggen.

Adileh was ondertussen overeind gekomen en werd door haar moeder in haar armen genomen. Ik draaide me om en zag hoe mijn broers Hassan en Hossein Ali-Reza tot bedaren hadden gebracht. Die keek nog steeds kwaad maar leek te begrijpen dat hij zich beter in kon houden met die pahlavani hier om zich heen. Hassan en Hossein kwamen zwaar geëmotioneerd op me af en omhelsden me. Hassan kreeg het helemaal te kwaad.

'Ik dacht dat ik je nooit terug zou zien,' huilde hij. Ik streelde hem over zijn schouder. Mijn moeder kwam naast me staan en kuste me op de wang.

'Het komt allemaal goed,' zei ik. Onwillekeurig dacht ik aan het sombere gesprek dat ik met Ardeshir had gevoerd en ik twijfelde er opeens aan of mijn woorden wel waar waren.

'Laten we allemaal rustig gaan zitten,' riep Iman. Ik had hem nooit gezien in een leidersrol, maar die ging hem goed af.

'Ik weet dat er bij enkelen van ons nog heel wat woede en frustratie leeft, maar laten we ter ere van God en van de twee vrouwen, Melika ganoem en Maryam ganoem, die zo hebben geleden onder de afwezigheid van hun dochters, besluiten de strijdbijl te begraven en ons op de toekomst te richten.'

Maryam ganoem keek haar zoon afkeurend aan. Ze was niet langer bang voor hem. Het leek wel alsof de Maryam uit Maraqeh een totaal andere persoon was geweest dan de vrouw die ze nu was. Misschien kwam het door de inspirerende aanwezigheid van Melika ganoem, maar ze wist heel zeker dat ze nooit meer een jonge vrouw zou verraden ten behoeve van het mannelijk eergevoel. Of het nu ging om Soraya, haar dochter Adileh of een vreemde vrouw; ze zou hen verdedigen ook al betekende dit haar dood. Af en toe zond Kouros vijandige blikken richting Iman maar hij zweeg. Ali-Reza daarentegen begon op agressieve toon:

'Jullie kunnen nu wel doen alsof er niets gebeurd is, maar dan houden jullie jezelf voor de gek. Er is namelijk heel veel gebeurd. Dingen die het daglicht niet kunnen verdragen.'

Er klonk een moeizame zucht, en mijn moeder vroeg of Ali-Reza zijn toespraak wilde staken. Maar die wilde daar niets van weten en ging strijdlustig door.

'Soraya vond het niet genoeg om haar familie één keer in een poel van verderf te storten door een degelijk huwelijk met een welgestelde heer te verwerpen en te vluchten. Dat ze ons hierbij grote schande toebracht en haar moeder veel verdriet en zorgen, kon haar blijkbaar niets schelen, want alles draait om wat Soraya zelf wil.'

Ik begon te protesteren. Dat dat uithuwelijken niet eerlijk was, dat Mahmoed te oud was...

'Zie je wel?' zei Ali-Reza kwaad. 'Bovendien ben ik nu aan het woord. Soraya had in haar ogen nog niet genoeg zonden begaan, want toen ze bij haar gastgezin deze vriendelijke jongeman, Kouros, ontmoette en die haar voorstelde te trouwen, weigerde ze. Een normaal huwelijk is niet wat ze wil, daar voelt ze zich te goed voor. Pas na veel aandringen wilde ze instemmen met een tijdelijk huwelijk. Maar ook dat kon haar niet behagen, zodat Soraya, zodra ze de kans kreeg, het bed van deze verachtelijke pahlavan in sprong; dezelfde man die het op Adileh had voorzien.'

'Bij de ziel van mijn vader, dat is gelogen!' riep Iman woest. 'Soraya en ik hebben elkaar met geen vinger aangeraakt. Ze was bang en wilde zich verstoppen. Daarom lag ze op mijn bed.'

'Ali-Reza, houd hiermee op. Ik smeek je!' riep mijn moeder.

'Sst! Ik ben nog niet klaar met mijn verhaal!' siste Ali-Reza echter. 'Natuurlijk kon Kouros niet anders dan Soraya straffen voor deze verfoeilijke daad, en wel door steniging. En Soraya vluchtte opnieuw, deze keer Adileh meetrekkend in het ongeluk zodat de arme Maryam ganoem ook met duizenden zorgen maar zonder dochter achterblijft. De vrouwen deinzen er zelfs niet voor terug om de sjah van het Perzische rijk te bedriegen. En nu, na al die maanden, hebben wij deze zondaressen met veel moeite teruggevonden en het enige wat jullie weten te doen is hen om de hals vallen en doen alsof er niets aan de hand is. Maar Soraya heeft nog steeds haar straf niet ondergaan. Wat pleit haar nu opeens vrij? Het feit dat ze gevlucht is? Dat is toch waanzin! Het zou juist reden moeten zijn om haar straf te verzwaren. Ik heb mijn zwangere vrouw en twee zoontjes niet zo lang achtergelaten om met mijn huichelachtige zus te kunnen theedrinken. Ik wil haar straffen!'

Ik werd misselijk van mijn broers woorden, terwijl in de ruimte groot rumoer ontstond. Dat Kouros me dood had gewenst was al erg genoeg, maar mijn broer, mijn eigen vlees en bloed, wilde ook dat ik de doodstraf kreeg. Was ik hier wel veilig? Zou Ali-Reza echt stappen kunnen ondernemen om mij alsnog ter dood te laten brengen? Het leek me niet onmogelijk.

'Ik wil iets zeggen wat ik te lang heb verzwegen. Maar mijn zoon vraagt me er haast om, bekend te maken wat hij zo graag verborgen had willen houden,' zei mijn moeder plotseling.

Ali-Reza's gezicht vertrok. Zijn ogen schoten zenuwachtig heen en weer.

'Mijn zoon, die er zo goed in is te waken over andermans eer, heeft verzaakt dat voor die van zichzelf te doen. Ali-Reza heeft oneindig meer schande over de familie gebracht dan Soraya ooit heeft gedaan. Uiteindelijk was het ook zijn lot om gestenigd te worden, samen met zijn buurmeisje Mina. Hij had zijn vingers niet van haar af kunnen houden, hoewel hij wist dat zij pas was getrouwd.'

'Mina?' riep ik uit en ik keek ongelovig naar Ali-Reza. Die keek schuldbewust naar beneden. Verbaasd richtte ik me tot mijn moeder.

'Mina's dood... ze had iets gehad met een jongen... was het Ali Reza?' Mijn moeder knikte.

'Hij heeft het zelf aan je vader en mij toegegeven. Hij moest ook wel, want hij was op heterdaad door haar man betrapt. Het heeft ons veel moeite gekost om Mina's man en de geestelijke zover te krijgen dat ze Ali-Reza zouden ontzien en zijn aandeel in het verhaal stil zouden houden.'

Mijn hoofd tolde van de ongelooflijke feiten die me verteld werden. Nooit had ik me ook maar één moment afgevraagd of Ali-Reza betrokken was geweest bij Mina's dood. En toch had mijn eigen broer Mina's stem doen kermen, hij had het zand onder haar hoofd rood van het bloed doen kleuren. Hoe was Ali-Reza in staat geweest gewoon door te leven? Hoe moeilijk moest het voor mijn moeder zijn geweest om al die jaren zo'n zwaar familiegeheim mee te torsen? Er druppelden twee dikke tranen over mijn moeders wangen. Maryam ganoem gaf haar een bemoedigend klopje op haar rug.

'En uitgerekend hij heeft het lef om zo onvergeeflijk tegenover anderen te zijn,' zei Melika met gebroken stem.

'Je hebt het juiste gedaan door dit te vertellen,' zei Maryam zacht tegen Melika.

Er hing een vreemde stilte in de kamer.

Ali-Reza was verslagen en hij wist het.

21

Tabriz, december 1522

De rouwmaand was allang voorbij en de paleistuin was versierd met lampionnen alsof er feest werd gevierd. Er stond een stevige wind die onophoudelijk aan de boomtakken trok. Ik had de afgelopen tijd elke nacht wakker gelegen, niet in staat te besluiten wat te doen. Niet gaan was ongetwijfeld makkelijker, maar ook laf. Bovendien koesterde ik een onzinnige hoop dat ik misschien iets zou kunnen doen om de executies te voorkomen. Natuurlijk was het Sohrabs en Ebrahims eigen schuld geweest dat ze de doodstraf kregen. Ze hadden niet alleen kostbare miniaturen gestolen, maar er ook nog eens iemand anders de schuld van gegeven. Toch weet ik niet wat ik gedaan zou hebben als ik van tevoren had geweten dat mijn zoektocht naar de verdwenen miniaturen tot hun dood zou leiden. Was dat het allemaal waard? Eerherstel aan het hof was voor mij een belangrijk doel geweest, maar ik zou er toch niet meer kunnen werken. Ik wilde nog steeds dolgraag miniatuurschilder worden, maar dan wel als mijzelf. Met dit laatste, grimmige bezoek aan het hof zou ik mijn geheime leven af kunnen sluiten. Ik zou niet openlijk, maar wel in mijn hart afscheid kunnen nemen van iedereen die me dierbaar was.

In het midden van de paleistuin, naast een enorme fontein, was een platform opgesteld met daarop de twee galgen. Eromheen stonden twee tribunes, een voor de mannen en een voor de vrouwen. Niet iedereen mocht zomaar komen kijken. Deze besloten executie werd slechts bijgewoond door de hofhouding, vooraanstaande personen uit Tabriz en zij die op de een of andere manier bij de zaak betrokken waren geweest. Adileh en ik keken naar de herentribune. We overlegden zacht wie er was gekomen en wie niet, en ik wees haar enkele kunstenaars aan van wie ze de naam vaak had gehoord maar die ze nooit had gezien. Opeens gaf ze me een harde por in mijn zij.

'Kijk wie er is gekomen.' Ze wees met haar vinger ergens naar het midden in de tribune. Er ging een enorme schok door mijn lichaam. Ik keek. Ardeshir was gekomen. Was hij gekomen voor mij? Hij keek om zich heen, zoekend leek het wel. Hier had ik geen rekening mee gehouden, de executie zou besloten zijn.

'We moeten laten weten dat je er bent. Je bent onherkenbaar met die picheh, maar ik kan geen andere reden bedenken voor zijn komst dan dat hij jou wil spreken,' zei Adileh gehaast.

'Als hij mij had willen spreken, had hij toch naar jullie huis kunnen komen? Hij heeft me afgewezen en ik kan mezelf hier niet gaan vernederen,' fluisterde ik met een trillende stem.

'Hij kon waarschijnlijk niet zomaar bij ons langskomen, daarvoor is hij te veel een heer. Hij vindt dit vast een goede gelegenheid, op neutraal terrein. We moeten kenbaar maken dat je er bent voor de executie gaat beginnen. Laten we van de tribune afgaan en een boodschap aan Ardeshir overbrengen.'

Ik had nog steeds mijn twijfels, maar Adileh greep mijn hand en trok me haast van de tribune af. Onder het lopen keek ik opnieuw naar Ardeshir. Een paar rijen onder hem zaten Hassan, Hossein en Iman. Ali-Reza en Kouros waren onverzoenlijk gebleven, maar leken te hebben ingezien dat ze zich moesten neerleggen bij het lot. Er was niets wat ze nog konden doen nu de sigeh was verbroken en ik op de hoogte was van Ali-Reza's fatale misstap die tot Mina's gruwelijke dood had geleid. De dag na de grimmige ontmoeting in het Huis der Krachten waren ze beiden naar huis vertrokken.

Alle kunstenaars zag ik ook op de mannentribune zitten. Ze waren ongetwijfeld door sjah Ismaïl gedwongen dit afschrikwekkende schouwspel gade te slaan, opdat ze zelf nooit in de verleiding zouden komen miniaturen te stelen. Mijn oude leermeester sultan Mohammed zat op de eerste rij met een zorgelijk gezicht, zijn ogen half dichtgeknepen tegen de wind, naast Fazollah en prins Tahmasp, die als enige in een opperbeste stemming leek. Geen van allen zou vermoeden dat de vrouw die de tribune afliep, gehuld in een zwarte chador en een picheh, de schildersleerling Kouros was. Toen we beneden stonden, vroeg Adileh aan een langslopende hofdienaar of hij zo goed wilde zijn om een boodschap door te geven aan de man met de goudkleurige tulband die midden op de mannentribune zat.

'Zeg dat als hij Soraya wil spreken, hij naar de fontein bij de zuidelijke uitgang moet komen,' sprak ze. De hofdienaar keek ons vreemd aan maar toen ik hem een zilverstuk in de hand had gedrukt, knikte hij welwillend.

'Zeker mevrouw, ik zal het direct doorgeven.'

Adileh en ik schuifelden gespannen tegen de wind in naar de fontein bij de zuidelijke uitgang, waar het volkomen rustig was. Iedereen zat immers op de tribune in afwachting van het afgrijselijke schouwspel. Ik liep zenuwachtig heen en weer om mijn benen minder te laten trillen, en ging uiteindelijk onder een cederboom staan. Wat als Ardeshir helemaal niet was gekomen om mij te zien maar om een heel andere reden? Het duurde voor mijn gevoel uren voor Ardeshir kwam aanlopen.

'Ik ga iets verderop staan en zal jullie waarschuwen als er iemand komt,' zei Adileh op een samenzwerende toon.

Toen Ardeshir dichtbij was gekomen, vertraagde hij zijn pas. Ik besloot mijn picheh af te doen zodat hij me kon herkennen. Er was verder toch niemand. Met zijn hand op zijn borst groette Ardeshir me. Zijn ogen straalden.

'Waarom ben je gekomen?' vroeg ik zacht.

'Omdat ik antwoorden wens en hoopte je hier te zullen treffen om die antwoorden van je te krijgen.' Ardeshirs stem klonk hees. Het maakte dat ik me tegen hem aan wilde vlijen.

Maar in plaats daarvan vroeg ik slechts: 'Wat voor antwoorden zoek je?'

Ardeshir keek me een ogenblik indringend aan, kwam heel dicht voor me staan en boog zich voorover.

'Vertel het me alsjeblieft,' klonk zijn warme stem in mijn oor, 'was je jaloers? Was dat de reden waarom je me vertelde dat Sjirien geen goede vrouw was?'

Ik schrok van zijn vraag, maar er klonk zoveel geruststelling in zijn stem dat ik durfde te knikken, zonder hem aan te kijken natuurlijk. Plotseling lag Ardeshirs hand op mijn wang. Die dwong me hem aan te kijken, terwijl zijn vingers mijn huid streelden. Toen ik uiteindelijk schuchter in zijn ogen keek, vond ik daarin iets wat totaal nieuw voor me was, maar waarvan ik altijd onbewust had gehoopt dat het bestond. Ardeshir bracht mijn gezicht bij het zijne, bracht zijn lippen op mijn mond en begon me teder te kussen.

Fluisterend zei hij: 'Vandaag heeft God ons herenigd. Ik heb altijd een vrouw als jij gewild: een vrouw die als een vriend is, niet verwend maar stoer en mooi. Vanaf nu wil ik geen dag meer zonder je leven.'

Sprakeloos keek ik hem aan. Ardeshir wilde mij! Hij had het zojuist zelf gezegd. Hij wilde geen dag meer zonder mij leven. Het was alsof ik daar zelf niet stond in de wind onder die cederboom. Het was te veel geluk voor mij. Het moment had eeuwig mogen duren, maar opeens klonk Adilehs stem:

'Pst, er komt iemand aan.'

'Ik moet gaan,' fluisterde ik gespannen tegen Ardeshir. 'Maar kom vanavond naar het huis van Adileh en Iman, dan praten we verder.'

'Zeker, mijn liefste,' antwoordde Ardeshir teder terwijl hij even over mijn wang streek. Haastig schikte ik mijn picheh en holde naar Adileh.

Mijn lichaam was nog helemaal week van Ardeshirs zoen en de beelden van de romantische minuten bleven in mijn hoofd rondtollen terwijl Adileh en ik terugliepen naar de tribune waar mijn moeder en Maryam ganoem ons toeknikten. Tijd om iets te vragen hadden ze niet. Het werd immers stil toen er een geestelijke op het podium verscheen die enkele soera's uit de Koran citeerde. Daarna brachten twee enorme bewakers de geboeide Ebrahim en Sohrab naar voren. Ze werden ieder op een kruk onder een galg gezet en de lus van het touw werd om hun nek gelegd. Ebrahim jammerde om vergiffenis.

'Mensen, heb medelijden met mij! Ik ben onschuldig. Sohrab dwong me de miniaturen uit de kamer te stelen. Hij had de sleutel van sultan Mohammed gepikt! Hij wilde dat ik het deed omdat vanwege mijn blindheid niemand mij ooit zou verdenken!'

'Ach man, houd op!' schreeuwde Sohrab woedend. 'Je bent niet eens blind. Dat was maar een trucje om medelijden op te wekken!'

'Net als jouw verhaal zeker, dat je moeder gestorven is in het kraambed. Zijn ouders leven allebei nog! Ik heb ze zelf ontmoet!'

Dikke tranen rolden over Ebrahims gezicht. Sohrab beheerste zich, maar zag wel wit van angst en de levensglans was al uit zijn ogen verdwenen.

'Ik weet niet of ik hiertegen kan,' fluisterde Adileh in mijn oor terwijl ze mijn hand haast fijnkneep van de spanning.

'Ik had je gewaarschuwd: dit is geen goede plek voor een zwangere vrouw.' Ook ik werd misselijk bij de aanblik van mijn vijanden, die ik nooit de dood in had willen sturen. Het was onwerkelijk hoe in mijn hart de romantische gelukzaligheid en de walging over het wrede lot van Sohrab en Ebrahim om de voorrang streden.

'Ik laat je hier niet alleen. Als het te erg wordt, doe ik mijn ogen wel dicht.'

Er klonk een gong en sjah Ismaïl verscheen op het toneel. Iedereen ging staan. De sjah nam plaats op een troon die tussen de twee galgen was geplaatst. Zijn mantel wapperde in de wind – het was dit keer een bloedrode. Op zijn hoofd glansde een oranjebruine tulband in de zon.

'Ga zitten,' sprak hij tegen zijn gehoor. 'Wij zijn hier samengekomen om een gerechtvaardigde straf uit te voeren. De twee mannen die hier aan beide kanten wachten op hun dood, achtte ik heel hoog. Ik kan u eerlijk zeggen dat Sohrab zelfs mijn favoriete hofschilder was. Het viel me deze keer dan ook zwaar om tot het doodvonnis te komen, maar er is geen andere weg. Als hofkunstenaars het vertrouwen van hun koning beschamen door dure miniaturen te stelen, moet dat zwaar bestraft worden. Maar het ergste vind ik wel dat we Kouros uit Maraqeh, een andere, zeer getalenteerde hofschilder, valselijk beschuldigd hebben en hem hebben weggejaagd. Voor we tot de executie overgaan, wil ik vragen of Iman aga, die het verraad van Ebrahim en Sohrab aan het licht heeft gebracht, naar voren wil komen om de eer te ontvangen die hem toekomt.'

Alle aanwezigen begonnen te klappen en Iman keek verbaasd om zich heen.

'Doe wat je gevraagd wordt en ga naar de sjah!' riep Hassan hem toe. Weifelend stond Iman op en betrad het podium, waar hij neerknielde voor de troon.

'Ik ben u zeer dankbaar voor uw inzet om de gestolen miniaturen terug te vinden. Ik schenk u daarom een stuk grond aan de westelijke rand van Tabriz, ter grootte van twee hectare,' sprak sjah Ismaïl plechtig.

'Wat?' fluisterde Adileh opgetogen. 'Hoor je dat, Soraya? We krijgen een enorm stuk grond van de sjah. Moet je je voorstellen! We kunnen daar een mooi huis op bouwen. Ons kleintje zal straks in een grote tuin kunnen spelen!' Opeens keek ze me geschrokken aan.

'Maar eigenlijk heb jij er meer recht op dan Iman. We zullen het delen, is dat goed?'

'Dat hoeft niet,' glimlachte ik. Ik richtte mijn blik weer op het podium, waar Iman als dankbetuiging de handen van de sjah kuste.

'Ik heb nog één vraag aan u,' zei de sjah nu. 'Van mijn boodschapper hoorde ik dat u had aangekondigd dat u iemand zou meenemen vandaag. Iemand die u op het pad van de verdwenen miniaturen heeft geleid en die ook grote eer toekomt.'

Iman keek ongemakkelijk.

'Dat is waar. Zonder deze persoon had u de miniaturen nooit teruggekregen,' zei hij slechts.

'Nou, wie is het?' vroeg de sjah. 'Ik zou die man graag ontmoeten en persoonlijk willen bedanken. Ik verklaar bij dezen, met de menigte als mijn getuige, dat ik iedere wens die die persoon heeft, zal inwilligen.'

Ik kreeg een zenuwslopend gevoel in mijn buik. Iman zou me toch niet verraden? Langzaam draaide Iman zich echter naar de vrouwentribune en wees naar mij.

'Het is die vrouw daar, de derde van links op de tweede rij.'

Naast me onderdrukten Adileh, mijn moeder en Maryam ganoem kreten van opwinding en verbazing. Mijn hoofd begon te gloeien. Iedereen keek naar mij.

'Een vrouw?' mompelde sjah Ismaïl om daar na een korte aarzeling aan toe te voegen:

'Laat haar naar voren komen!'

Hulpeloos keek ik mijn moeder aan.

'Gehoorzaam de sjah!' siste ze. Met benen die trilden als gras in de lentewind klom ik het trappetje van de tribune af en liep het podium op waar ik, net als Iman had gedaan, voor de troon van sjah Ismaïl knielde. Ik had op die manier goed zicht op Sohrab en Ebrahim, maar ik zorgde ervoor dat mijn ogen vanachter het gaas van mijn picheh de hunne niet ontmoetten, zodat zij noch de sjah me zouden herkennen.

'Sta op, vrouw, en vertel ons hoe u betrokken bent geraakt bij de zoektocht naar de gestolen miniaturen.'

Ik probeerde iets te verzinnen, maar mijn hersenen weigerden dienst en mijn keel zat op slot. Iman zag het en antwoordde voor mij.

'Haar familie woont in de buurt van Sohrabs ouders en zodoende hoorde ze via via dat er zich gestolen miniaturen in het huis bevonden. Hierna riep ze mijn hulp in.'

De sjah knikte en haalde vanonder zijn mantel een enorm medaillon van goud.

'Neem deze gift aan van uw koning, u hebt die verdiend. Daarna kunt u uw wens kenbaar maken,' sprak hij vriendelijk. Ik knielde neer om het medaillon in ontvangst te nemen, maar toen trok de wind zo hard aan mijn picheh dat die volledig opwaaide en mijn gezicht blootlegde.

'Het is Kouros!' riep Sohrab direct. 'Het is Kouros uit Maraqeh!'

'Hij heeft gelijk! Het is Kouros!' schreeuwde Ebrahim ook. 'Hij heeft zich als vrouw verkleed!'

Op de tribunes brak paniek uit. De troon, het gezicht van de sjah, het medaillon in mijn hand: alles begon in een razendsnel tempo te draaien terwijl speeksel zich ophoopte in mijn mond. Ik had het kunnen weten. Sohrab en Ebrahim waren miniatuurschilders, meesters in het vastleggen van details. Hadden ze eenmaal mijn ogen, neus en lippen gezien, dan zouden ze die in elke omstandigheid herkennen. Waarom had die vervloekte wind de picheh voor mijn gezicht op laten waaien? Mijn ogen brandden van de opkomende tranen.

'Is dat waar?' klonk de stem van de sjah ongelovig. 'Ben jij Kouros uit Maraqeh?'

Ontkennen had geen enkele zin. Ik knikte woordeloos. Als de sjah ook mij wilde laten ophangen voor mijn verraad, dan moest ik dat maar accepteren. Blijkbaar kon ik mijn doodslot niet altijd blijven ontlopen.

'Waarom heb je je als vrouw verkleed?' vroeg sjah Ismaïl verbaasd. Ik keek naar beneden. Het gezicht van de sjah zou ongetwijfeld boos staan.

'Het is een lang verhaal,' zei ik zacht. 'Ik ben niet verkleed als vrouw, ik ben een vrouw. Ik had me verkleed als jongen zodat ik aangenomen kon worden als leerling-schilder. Ik noemde mezelf Kouros uit Maraqeh, hoewel ik daar niet vandaan kom. Ik wilde zo graag opgeleid worden tot miniatuurschilder en als u wist dat ik een vrouw was, had u me ooit geaccepteerd.' De sjah zweeg om de ongelooflijke feiten die ik hem zojuist verteld had, in zich op te nemen. Hij boog zijn hoofd alsof hij intens nadacht. Vanaf de tribunes klonk er opgewonden gemompel. Misschien duurde het minuten, misschien seconden, maar op een gegeven moment hief sjah Ismaïl zijn hoofd weer op en gebaarde Bozorgmehr, die op de eerste rij van de mannentribune zat, naar hem toe te komen. Toen deze bij de troon van de sjah was gekomen, stond sjah Ismaïl op en liep het podium af. Bozorgmehr liep achter hem aan. Het rumoer onder de menigte nam toe. Angstig keek ik naar Ardeshir. Toen naar mijn moeder. Ze riep iets; te zacht maar toen ook Adileh en Maryam ganoem de woorden herhaalden, kon ik ze verstaan. 'Je mocht een wens doen van de sjah!' riepen ze. Maar hoe kon ik een wens doen als er niemand meer was aan wie ik die kon richten? Sjah Ismaïl en Bozorgmehr waren verdwenen. Ze overlegden nu vast over de vraag wat ze met mij aan moesten. Het leek uren te duren. Toen verscheen Bozorgmehr weer op het podium. De sjah was niet meegekomen. Waarschijnlijk vond hij het beneden zijn eer om publiekelijk de wens in te willigen van een vrouw die hem had verraden. Verschillende mensen schreeuwden nu dat ik een wens moest doen. Bozorgmehr maande het publiek tot stilte en nam het woord.

'De sjah is ontstemd over uw verraad. Als hij had geweten dat u een vrouw was, had hij u inderdaad nooit aan het hof geaccepteerd. Aan de andere kant heeft het hof u onterecht beschuldigd van het stelen van de miniaturen. Daarom zou het onjuist zijn u nu te straffen.'

Hier pauzeerde Bozorgmehr, wat aan veel toeschouwers opnieuw de gelegenheid gaf om 'doe een wens!' te roepen, alsof de mensen bang waren dat Bozorgmehr de belofte van de sjah zou vergeten. Bozorgmehr keek, zijn smalle bruine ogen tot spleetjes geknepen tegen de wind, gespannen naar het publiek. Hij schraapte zijn keel en ging verder:

'Bovendien heeft juist u ervoor gezorgd dat de gestolen miniaturen weer terechtkwamen. Zeg me nu wat u wenst, en ik zal namens de sjah aan uw verzoek voldoen.'

Ik wist niet wat te zeggen. Zou ik het durven uitspreken? Ik riskeerde de woede van Bozorgmehr Jafari of de sjah, al was de laatste nergens te bekennen. Maar ik moest dapper zijn. Dit was te belangrijk.

'Mijn wens is dat Sohrab en Ebrahim worden vrijgesproken. Ze kunnen worden verbannen van het hof of zelfs uit de stad, maar laat hen alstublieft leven.'

Alle aanwezigen op de tribune begonnen opgewonden te praten. Sommigen riepen dat ik gelijk had, anderen riepen dat dit niet kon, dat Sohrab en Ebrahim gestraft moesten worden. Ik keek even naar de twee veroordeelde mannen. Hun ogen straalden ongeloof en voorzichtige hoop uit.

'Waarom wenst u dit?' vroeg Bozorgmehr geschokt. 'Het zijn uw vijanden, die bijna uw eigen dood hebben veroorzaakt, en nu wilt u ze redden?'

'Dit is voor mij belangrijker,' zei ik. 'Ik wil de dood van deze twee mannen niet op mijn geweten hebben en de last daarvan voor de rest van mijn leven meetorsen.'

Opnieuw zweeg Bozorgmehr.

'Dat zal echt niet gaan,' zei hij ten slotte, 'de executie moet worden uitgevoerd.'

Ik zuchtte en durfde niet meer naar de gezichten van Ebrahim en Sohrab te kijken. Het werd doodstil op de tribunes.

'Wens iets voor uzelf,' beval Bozorgmehr me.

'Nou...' begon ik en ik boog me voorover om mijn uiteindelijke verzoek in het oor van Bozorgmehr te fluisteren. Ongelovig schudde die zijn hoofd.

'Ik weet niet of de sjah daarmee akkoord kan gaan,' zei hij voorzichtig.

'U zei iedere wens,' antwoordde ik.

Bozorgmehr knikte beschaamd.

'Ik zal mijn best doen om de sjah te overtuigen,' zei hij. 'U hoort van mij.'

Toen ik weer plaatsnam op de tribune, vroegen de vrouwen om me heen nieuwsgierig wat ik had gewenst.

'Dat is geheim,' antwoordde ik slechts. Tijd om het mij te ontfutselen kregen ze niet, want de executie van Sohrab en Ebrahim stond op het punt te beginnen. De sjah was weer op het podium verschenen en had plaatsgenomen op de troon tussen de twee galgen. Ebrahim huilde en Sohrab vloekte toen ze op de krukken moesten gaan staan en het touw strak werd getrokken. Er was niets meer wat ik voor hen kon doen. Bozorgmehr telde tot drie, waarna twee mannen gelijktijdig de krukken onder Ebrahim en Sohrab vandaan trokken. Adileh kneep mijn hand fijn en had haar gezicht in mijn schoot geworpen, zodat ze niets van het verschrikkelijke tafereel hoefde te zien. Ik sloot mijn ogen terwijl de twee verraderlijke kunstbroeders hun laatste wanhoopskreten slaakten. De echo ervan leek duizenden malen na te klinken in de machteloze stilte die volgde.

EPILOOG

Tabriz, juni 1530

Zes meisjes – de jongste vijf, de oudste twaalf – zitten met gekruiste benen op de grond. Ingespannen turen ze naar de vaas met bloemen die voor hen staat. De rietpennen in hun handen verdwijnen keer op keer in de inktpot.

'Wanneer leren we verf mengen met goud en zilver, Soraya ganoem?' vraagt er een. Soraya glimlacht.

'Je moet niets overhaasten. Eerst de basis beheersen.'

'Ja, laat dat maar aan mijn moeder over!' zegt het kleinste meisje, Roedabeh, fel. 'Ze is de beste en beroemdste miniatuurmeesteres van het rijk! Ze verkoopt haar werk aan de rijkste edelen, werkt aan het Boek der Koningen en andere handschriften en geeft ons ook nog les!' Ze is trots dat haar moeder een schilderschool voor meisjes leidt aan het hof van sjah Tahmasp. Diens vader, sjah Ismaïl, is zes jaar geleden gestorven tijdens een pelgrimage naar Ardebil, dat heeft haar moeder Roedabeh dikwijls met een verdrietige stem verteld. Roedabeh is ook trots op haar eigen naam, die volgens haar moeder rechtstreeks uit het Boek der Koningen komt. Roedabehs eerste tekening was voor oma, die in een herberg woont in Maraqeh, samen met opa, de herbergier. De tweede was voor tante Adileh en oom Iman, die een mooi huis hebben met een enorme tuin, aan de rand van de stad. Maar tante Adileh krijgt natuurlijk ook tekeningen van haar eigen dochter, Zahra, die eveneens in het klasje zit.

'Ik ben moe van die stomme vaas met bloemen,' zucht het oudste meisje verveeld.

'Laten we iets anders tekenen. Iets wat alleen in ons eigen hoofd bestaat. Uit een verhaal of zo...' stelt Soraya ganoem voor.

'Ja!' gillen de meisjes enthousiast. 'Het verhaal van de miniatuurmeesteres... vertel het ons nog één keer!'

Soraya lacht, terwijl ze haar hand liefkozend over Roedabehs haar laat gaan. Als vanzelf gaan haar gedachten terug naar de gebeurtenissen van acht jaar geleden. Het had Bozorgmehr veel moeite gekost om sjah Ismaïl ervan te overtuigen Soraya's wens te vervullen en haar terug te laten komen als miniatuurschilder aan het hof. Uiteindelijk had hij ingestemd, omdat hij inzag dat het hof Soraya's talent nodig had. Maar wel op de voorwaarde dat ze in een aparte ruimte werkte, gescheiden van de mannen. Op de dag van de executie had ze 's avonds in het huis van Adileh en Iman met Ardeshir een lang gesprek gevoerd. Hij had tijd gehad om over alles wat er was gebeurd na te denken, zei hij, hij had haar vergeven en was tot de conclusie gekomen dat hij van haar hield. Het was zelfs nu nog moeilijk te bevatten voor Soraya dat Ardeshir, die door zijn positie en weelde vrijwel iedere welgestelde jonge vrouw had kunnen krijgen, haar had uitverkoren: een simpel meisje uit een dorp. Maar het waren juist haar vechtlust en doorzettingsvermogen die Ardeshir aantrekkelijk vond, had hij haar verteld. Zelf gaf hij niet veel om status. Zijn ouders helaas wel. Het had Ardeshir nog de nodige overredingskracht gekost om zijn ouders ervan te overtuigen dat hij met Soraya in het huwelijk wilde treden en niet met Sjirien. Hij had in het begin nog wel geworsteld met het feit dat ze hem zo lang had voorgelogen en zich soms afgevraagd of ze hem wel de waarheid vertelde. Dat vertrouwen was echter met de tijd gegroeid.

In dezelfde maand dat ze met Ardeshir trouwde, kreeg Soraya

haar positie als hofschilder terug. Sultan Mohammed was zeer verheugd geweest en had haar als een vader verwelkomd met dadelkoeken en kersensharbat. Na de dood van sjah Ismaïl was ze begonnen met het opleiden van meisjes, wat haar tot haar eigen verbazing evenveel voldoening schonk als het schilderen zelf. De jonge sjah Tahmasp had er geen bezwaar tegen gehad. En hoewel ze nog regelmatig leed onder nachtmerries over de executie van Sohrab en Ebrahim, was ze in staat te genieten van het leven in een mate die nauwelijks onderdeed voor die van haar vroege kindertijd, toen de dagen van goud leken en ze die kon vullen met het vlechten van bloemenkransen met Mina, of met de schilderlessen bij haar vader terwijl ze luisterde naar diens verhalen over de verboden liefde van Laila en Majnoen.

'Waarom vertelt u nou niet?' roept Zahra ongeduldig.

'Goed dan, nog één keer,' glimlacht Soraya.

'Eerst was er niets, toen was er wel. Voor God was er niemand. Er was eens een arm dorpsmeisje dat goed kon schilderen. Dat had ze van haar vader geleerd. Ze droomde ervan ooit een beroemde miniatuurschilder te zijn...'

WOORDENLIJST

aga	meneer
alan miayam	ik kom nu
albalou polo	rijst met kersen
ash resjté	stevige bonensoep met deegsliertjes
azaan	oproep tot het gebed
baba	vader
daf	traditionele oosterse lijsttrommel
djinn	onzichtbaar wezen, geschapen uit vuur, dat volgens de islamitische leer bezit kan nemen van mensen
djoen	lieve
djoenam	mijn ziel
doe'a maken	een smeekbede richten tot God
fesendjun	vleessaus met granaatappelsap en fijngehakte walnoten
ganoem	mevrouw
gastekari	het bezoek dat een huwelijkskandidaat met zijn familie bij het meisje van zijn voorkeur aflegt
gormeh sabzi	groene saus van groente en kruiden
halal	toegestaan volgens het geloof

halva	lekkernij gemaakt van sesamzaad, suiker, honing en plantaardige olie
haram	verboden volgens het geloof
hawiets polo	rijst met wortel
hosseinije	tijdelijk gebouw voor de opvoering van passiespelen in de rouwmaand
kersensharbat	kersensiroop
kisseh	handschoen om het lichaam mee te scrubben
korsi	tafel die van onderen verwarmd wordt en waarover lakens worden gedrapeerd
lotfan	alstublieft
maman	moeder
muezzin	oproeper tot het gebed
moellah	islamitische geestelijke
pahlavan	held, worstelaar
picheh	gezichtsbedekking
rakaat	onderdeel van het islamitische gebed
samanoe	zoet dessert van ontkiemd graan
sigeh	tijdelijk huwelijk
sin	naam van Perzische letter S
Sjahnameh	Boek der Koningen
sjeytan	duivel
sofreh-haft-sin	kleed met zeven symbolische voorwerpen erop ter gelegenheid van nieuwjaar
somaq	soort droge bessen
ta'arof	gespeelde beleefdheid
tasbi	bidsnoer
varzesh-e-Pahlavani	worstelsport, training van helden

BIBLIOGRAFIE

Rubaiyat of Omar Khayyam; A Critical Edition, Edward Fitzgerald, University of Virginia Press, 2008, (fragment p. 7)

The Story of Layla and Majnun, Nizami, R. Gelpket, Omega Publications US, 1996, (fragment p. 55-56)

A Century of Ghazels, Hafez, Kessinger Publishing, 2009, (fragmenten p. 76 en p. 134)

The Persian Book of Kings, Ferdowsi, Penguin Books, 2008, (de verhalen uit de *Sjahnameh*, p. 139, p. 166 en p. 196-205)